AF450020

EL AÑO DE MI AUTISMO ESPIRITUAL

19º Premio Internacional de Narrativa
"Ignacio Manuel Altamirano" 2022

Jurado:

Armando Alanís, México
Gustavo Ogarrio, México
Sergio Gutiérrez, Puerto Rico

Carlos Reyes Ávila

EL AÑO DE MI AUTISMO ESPIRITUAL

Primera edición, agosto 2022
Segunda edición, agosto 2023

El año de mi autismo espiritual
Carlos Reyes Ávila

ISBN: 978-607-633-478-2
El contenido de esta publicación es responsabilidad de las personas autoras.

"Cuánto más desagradable seas, mejor irán las cosas"
JACQUES LACAN

"El amor es el infinito al alcance de los perros".
LOUIS FERDINAND CÉLINE

DE MÚZQUIZ, COAHUILA, PARA EL MUNDO,
CON USTEDES: ALEXA GALAXIA

Mi nombre es Roberta Pérez. Tengo 27 años y mi problema ontológico por excelencia es que todo me aburre. Y cuando digo todo, literal, es todo, sin excepción: la vida, el mundo, las personas, el sexo, el dinero, el amor, las relaciones, el entretenimiento. No hay nada que no llegue a fastidiarme en un lapso muy breve de tiempo. Las personas a mi alrededor piensan que exagero o que sólo intento llamar la atención, pero no es así. También ese tipo de actitudes me aburren y fastidian. Si digo que me aburro es porque así es. No me interesa llamar la atención. No tengo problemas de autoestima, no soy narcisista, ni deseo ser el centro de atención de las fiestas. Al contrario, prefiero la soledad, el apacible silencio del anonimato y que me dejen en paz.

Nací en Torreón, Coahuila, la ciudad más aburrida del mundo. No hay nada en especial que la vuelva aburrida. Es como cualquier otra, pero en aburrido. Su gente es predecible. Pocas personas tienen opiniones propias y sus pasatiempos me parecen un asunto lamentable. No es un pueblo, pero está muy lejos de ser una gran ciudad. Digamos que es como un punto intermedio entre el pueblo y la urbe. No es lo uno ni lo otro. Además hace un calor del carajo que la califica como una ciudad inhabitable.

El lema a la entrada de la ciudad dice: *"Bienvenidos a Torreón, la ciudad de los grandes esfuerzos. Vencimos al desierto"*

Tal vez ahí radique el problema. La gente se esfuerza demasiado por cosas estúpidas, como aparentar. Nada es natural en Torreón. Todo es pose, apariencia, esfuerzo y artificio. Nada fluye. Todo está estancado. Y ni siquiera somos un verdadero desierto.

Sólo somos nudos de polvo y viento por las calles.

Cuando nos alcance el apocalipsis acabara con la vida en el planeta, pero Torreón seguirá existiendo, porque pues, hierba mala nunca muere. El infierno es indestructible.

Aquella mañana, acababa de salir del cuarto que rentaba en una vecindad de la calle Aldama, cerca de la Alameda. Comencé a caminar sin bien saber a dónde ir. Sólo sabía que tenía que desaparecer antes de que la policía viniera por mí.

No sabía si era verdad lo que las vecinas murmuraban. Acababan de encontrar muerta a mi amiga Alexa Galaxia en su Salón de Belleza.

Alguien la había asesinado encajándole unas tijeras en la garganta. La policía acordonó la escena del crimen, pero en el barrio las viejas chismosas me señalaron como presunta responsable del homicidio. ¿Por qué? No tengo una maldita idea. ¿Me odiaban? ¿Me temían? No lo sé. Las personas suele sentir aversión y miedo por aquello que no comprende. Creo que sólo querían deshacerse de mí y fue entonces que vieron la oportunidad y dijeron: *"Te fuiste Conchita al mar"*.

Una vecina llegó corriendo a mi cuarto para avisarme, para decirme que agarrara mis cosas y me largara, pero a las de ya.

— Mataron a tu amiga, la Alexa Galaxia, y la policía sospecha de ti, mija, dijo la vecina metiche. Yo que tú agarraba mis cosas y me largaba de volada, lo más lejos posible. Vete pa'l otro lado, —dijo—, o pa' Juárez. Pa'allá corren todos los que andan huyendo de la ley. Pero ya, criatura, ándale, agarra tus cosas y lárgate de una puta vez. Yo me encargo de guardarte tus mugres, no te preocupes.

No sé por qué, pero salí de mi cuarto con sólo una mochila. Estaba aturdida y conmocionada. No podía creer que mi única amiga en la vida estuviera muerta, y lo peor, que alguien la hubiera asesinado. Yo quería ir al Salón de Belleza a comprobar lo que me decían. Necesitaba ver el cadáver de Alexa, pero me lo impidieron. Entonces comencé a caminar sin rumbo, por si resultaba cierto aquello de que la policía pensaba que yo era sospechosa.

Fue esa infernal y calurosa mañana de agosto en Torreón cuando comenzó la historia de mi peregrinaje. Fue cuando comencé a ver la sangre de Alexa Galaxia en todas partes. En las calles, en los muebles, en las paredes y en el rostro de las personas. Antes de eso, mi único gran problema era que todo me aburría. No había persona, trabajo o pasatiempo que no me aburriera casi de inmediato. Después vino el homicidio y mi vida dio un giro inesperado.

Sé que suena raro, pero la sangre de mi amiga muerta se convirtió en mi brújula espiritual. De esa forma Alexa me indicaba en quien podía confiar y en quien no. Si veía un rostro manchado de sangre sabía que podía confiar. Si no la veía en un lugar o en una persona, entonces sólo me iba de largo. El método era sencillo. Además, nunca tuve miedo. De alguna forma entendí que era el modo que utilizaba Alexa para comunicarse conmigo desde el más allá.

Su homicidio siempre fue un enigma para mí. Esa mañana la encontraron en el Salón con las tijeras encajadas en la garganta.

Una clienta fue a buscarla y encontró todo cerrado. Sin embargo, a través de una ventana alcanzó a ver el cuerpo de Alexa tumbado sobre un charco de sangre. Fue ella la que comenzó a pegar de gritos y a armar un alboroto.

Nadie dijo nada. La policía no hizo gran cosa para descubrir quién la había asesinado, que es lo que hacen cuando la víctima es una persona de bajo interés para la comunidad. Además de mí, Alexa no tenía a nadie que se preocupara por ella. Yo tampoco reclamé nada al ver que las vecinas intentaban culparme a mí de su muerte. Ni si quiera hubo un funeral. Su cuerpo fue a parar a la morgue. Yo terminé huyendo de la ciudad por miedo a que me detuvieran e investigaran. Yo era joven, ingenua e inexperta en casi todo.

Alexa Galaxia fue mi primera amiga de verdad. La única con la que no me aburría nunca. Antes de ella mi vida había sido gris, monótona y sin sentido. Jamás he sido depresiva. Muchas conocidas insisten en decir que soy frígida y anorgásmica, pero se equivocan.

Puedo ser una zorra y disfrutar del sexo, tanto con hombres como con mujeres.

Dada la gravedad de las circunstancias no me limito al respecto. Mi problemas no es con los orgasmos, ni con el sexo. Es sólo que todo me aburre de inmediato. Todo excepto mi amiga.

Alexa era vidente, una especie de Tiresias contemporánea. Su verdadero nombre era Francisco Labastida y era originario de Múzquiz, Coahuila. Era aficionado al esoterismo gracias a su abuela con quien se crio. Fue su abuela la que inició a Francisco en las artes oscurantistas.

Doña Cata era la bruja del pueblo, y fue la que le dijo que hubo en error en su nacimiento, que debió de haber nacido niña y no niño. Jamás conoció a su padre y su madre lo abandonó desde que era un bebé. Después de dar a luz, su madre se largó con el primer trailero que encontró en el camino y dejó a Alexa con su abuela para no volver jamás.

Doña Cata, leía las cartas, hacía amarres y trabajos de brujería para vivir. Dicen que tenía el don de la clarividencia. Todos en el pueblo la trataban con respeto debido al miedo que le tenían. Los hombres le temían porque corría el rumor de que podía hacerte cosas como dejarte impotente de por vida, o hacerte algún amarre con lo cual te dejaba como un perenne zombi al lado de la esposa.

Se contaban mil historias de Cata, la bruja. Las mujeres la adoraban como si fuera una sacerdotisa. No ganaba mucho dinero.

En Múzquiz todos la cuidaban, le llevaban comida, ropa, alcohol y cigarros. Lo que sea que necesitara. De vez en cuando algún foráneo llegaba a contratar sus servicios y eran estos los que sí pagaban en efectivo.

Doña Cata siempre quiso tener una nieta, por eso fue por lo que desde pequeño vistió y educó a su nieto como una niña. A la edad de 13 años comenzó a conseguirle hombres para que tuviera sus primeras experiencias sexuales.

Poco a poco lo fue moldeando hasta convertirlo física y mentalmente en una mujer.

Cuando cumplió 15 años Doña Cata comenzó a regentear a su propio nieto y fue entonces que comenzó a ofrecer los servicios sexuales de su nieta a cambio de dinero.

Fue ahí cuando dejó de ser Francisco para convertirse en "Alexa, la putita joven del pueblo". También leía las cartas y comenzaba a hacer amarres y trabajos de brujería.

Algunas veces los clientes la buscaban para una lectura de cartas, o al menos de ese era el pretexto para acercarse y preguntar por el servicio completo que incluía la actividad sexual. Poco a poco el servicio de cartas se convirtió en una simple fachada.

Doña Cata al principio encontró beneficioso el giro del negocio hasta que la envidia y la competencia le llenaron la mente y el corazón de resentimiento. El negocio de Alexa comenzó a volverse cada vez más próspero, y aunque ella administraba los ingresos, no le gustaba nada que su nieta le robara la atención. Muchos hombres de pueblos y ranchos vecinos a Múzquiz supieron de Alexa y comenzaron a frecuentarla. Las esposas de los hombres querían linchar a la putilla que les estaba robando el candor de sus maridos. Muchas mujeres buscaban a Doña Cata, la bruja, para que les hiciera algún trabajo y asesinara a Alexa.

Las cosas se complicaron cuando comenzó a correr la sangre. Hubo hombres que se atacaron entre sí por celos. Hubo algunos que se enamoraron de Alexa y comenzaron a violentar a cuanto hombre deseaba contratar sus servicios. Al principio no pasó a mayores, pleitos de borrachos celosos, pero la policía tuvo que intervenir cuando apareció el primer muerto. Las mujeres de los pueblos cercanos comenzaron a señalar a Alexa como la responsable de los pleitos y del primer asesinato.

Doña Cata comprendió de inmediato el peligro en el que acababa de involucrarse su nieta, así que optó por sacarla del pueblo una madrugada.

De esa forma la envió a Torreón, le dio algo del dinero que había ganado y le dijo que por nada del mundo volviera hasta que ella la buscara.

Semanas después, Doña Cata, la bruja, fue asesinada a manos de una tromba de mujeres enfurecidas que la culpaban de que sus maridos ya no las desearan por culpa de Alexa.

Las mujeres del pueblo la lincharon, la asesinaron a pedradas e incendiaron su casa con ella dentro. No se encarceló a nadie. La policía se hizo de la vista gorda. Semanas después Alexa se enteró y supo que ya no volvería jamás al lugar que la vio nacer.

Fue entonces que entendió lo que debía hacer: Morir y renacer, reinventarse como la diva y pitonisa que estaba destinada a ser.

Se dedicó a trabajar día y noche sin descanso. Gastaba sólo lo indispensable. Lo ahorraba todo. Tenía un plan en mente y ya había hecho un presupuesto. Cumplidos los 18 años tenía que transformarse y dar a luz su nueva identidad. Estaba convencida de que Francisco Labastida debía de morir para permitirse renacer como la gran Alexa Galaxia, la Tiresias contemporánea del desierto.

Al cumplir los 18 con el dinero que tenía, optó por terminar de asesinar a su otro yo y optó por una operación de cambio de sexo. Como no tenía mucho dinero eligió una clínica de dudosa reputación que le había recomendado una amiga. La operación se complicó y Alexa vio de frente el rostro de la muerte.

La cirugía fue un desastre. Alexa estuvo muerta durante un par de minutos. El médico y su asistente sudaban pensando qué hacer en ese momento. Según cuenta, mientras estuvo muerta, Alexa descendió hacia lo más profundo del submundo, al infierno mismo, donde encontró las claves de la luz y la oscuridad.

Esas claves, parecidas a las runas, le habían sido otorgadas para trascender el tiempo. Dejó de temer. La muerte dejó de resultarle amenazante. Minutos después abrió los ojos. Acababa de regresar de la muerte y de los abismos de la oscuridad.

Al principio no pasó a mayores y no notó cambio alguno, pero con los días descubrió que ya no era la misma, y no sólo gracias al cambio de sexo, sino que comprendió que había vuelto de la muerte con ciertos dones y capacidades especiales.

Ya no necesitaba echar las cartas para adivinar el futuro. Alexa había trascendido las limitaciones del tiempo y el espacio. Ahora podía vislumbrar el futuro.

De esa forma se vio a sí misma como la diva que estaba destinada a ser. Gracias a su fama como vidente se hizo de muchos clientes. Acumuló más dinero y se hizo el cuerpo de ensueño que deseaba. Se puso implantes de senos y glúteos, se redujo la cintura y se modelo el rostro para parecer una estrella de cine.

Así fue como dio a luz a una estrella: Alexa Galaxia, la Tiresias contemporánea del desierto de Coahuila, mi amiga.

UNA DULCE AFICIÓN POR LA GENTE RARA Y COMPLICADA

Cuando me fui de Torreón la sangre de Alexa acababa de aparecer en mi vida. Al principio comenzó a seguirme por las noches. Ya después estuvo presente el día completo. Por supuesto yo no pude acercarme a la escena del crimen. Quise. Dentro de mí sentía unas morbosas ganas de acercarme al Salón de Belleza que en ese momento ya estaba encintado. El cuerpo de inmediato fue cubierto y una vez que los forenses hicieron su trabajo fue trasladado a la morgue.

¿Y si consigo ver el cuerpo en la morgue? Pensé. No sabía para qué quería verlo, ni de qué me serviría, pero el morbo me llamaba. Nunca falta un empleado lépero y degenerado que te deje entrar a ver los cadáveres si le enseñas las tetas. Al menos es lo que imaginaba.

Los empleados de la morgue deben de ser enfermos y pervertidos, de otra forma no me explico que elijan esos empleos. Tal vez yo debería de hacer carrera en la morgue, pensé. No sé, tal vez la cercanía con la muerte pudiera sacarme del aburrimiento, pero luego lo pensé con calma y abandoné la idea. Ni siquiera quise saber dónde estaba ubicada la morgue.

No sé si la policía me fue a buscar, como decían las chismosas de las vecinas. Yo de todas formas tenía toda una aburrida vida por delante. Me lamenté de no haberme quedado con al menos un juego de tijeras de Alexa, nomás de recuerdo. Yo tenías las mías, y no me gustaba usar otras.

Cada una de las noches siguientes soñé la sangre de Alexa. La soñaba con frecuencia. Me comenzó a gustar dormir en serio. La soñaba con frecuencia y me hablaba sin parar, como si estuviera viva. Yo le decía:

"Alexa, cariño, qué bueno que no estás muerta, soñé que te asesinaban, y las chismosas de las vecinas andaban diciendo que había sido yo quien te mató".

A lo que Alexa, recostada sobre la cama con las barriga al aire y mientras fumaba me decía:

"Déjalas, son unas zorras envidiosas, eso es lo que me desean, pero tú sabes que las divas somos inmortales".

Y yo estaba de lo más contenta, porque su muerte había resultado ser sólo un sueño. Claro, después despertaba y me entristecía al darme cuenta de mi error.

Soñaba con su sangre mientras dormía, pero después comencé a verla en todas partes aún despierta. Me la pasaba limpiando muebles o limpiando el piso, hasta que me acostumbré a verla, y dije, bueno, a nadie la hace daño ver un poco de sangre en todas partes. De esa forma la sangre de mi amiga me acompañó de tiempo completo y terminó por convertirse en parte de la decoración del mundo.

Soñar es mejor que vivir, a menos que vivas como te venga en gana, pero casi siempre cuando eres joven intentas vivir de acuerdo a lo que crees que es correcto. A mí eso no me pasó.

Cuando era adolescente tuve un amante mayor. Yo acababa de cumplir los dieciséis y él ya andaba por los cuarenta, pero estaba en buena forma y era raro. No se veía tan viejo. No era casado. Era divorciado, extraño y solitario, no era guapo, pero me gustaba. No puedo explicar la razón. Sólo me gustaba. La gente extraña y complicada me llama la atención, y él me gustaba de una forma no sé si morbosa, pero sí inquietante.

Al principio dudaba de que en realidad él pudiera fijarse en mí. ¿Por qué lo haría? Yo era demasiado joven y casi no tenía senos.

A esa edad me traumaba ser tan plana. Después, se me pasó como haces con todas las modas. Sobre todo cuando me di cuenta de todo lo que sufrían las mujeres de tetas grandes. Ya sé, tiene sus bemoles y sus ventajas.

Un par de tetas grandes abren muchas puertas, pero también muchas braguetas y si su tamaño es obsceno te fastidian la espalda y la columna.

Yo hice las paces con mis senos cuando vi que así podía pasar desapercibida. Las mujeres de tetas grandes llaman demasiado la atención. Lo mismo pasa con las nalgonas. Mi hermana decía que yo era una grosera, que me refería de manera despectiva a las mujeres. Digo, cuando todavía me hablaba. No es que sea despectiva, soy honesta y punto.

En fin, no podía creer que yo le gustara a un hombre de su edad. Y no sabía que él quería que yo fuera su novia. Después supe que los hombres de esa edad ya no creen ni en el noviazgo ni en las relaciones, sólo quieren un cuerpo firme y joven para masturbarse, satisfacerse y con suerte, divertirse. No sé, yo no lo vi tan mal. Sabía que él estaba conmigo sólo por el sexo. Yo era aburrida como una piedra. Ni modo que fuera interesante. Aunque él juraba lo contrario, y argumentaba que yo no era como las demás.

— ¿Cómo son las demás? Preguntaba.

— Estúpidas, me respondía. Las otras son estúpidas, pero tú eres diferente.

No pienso que tuviera que fingir. ¿Para qué lo haría? Yo vivía aburrida y sin tetas. Jamás opuse resistencia. Ni siquiera tuvo que esforzarse en seducirme o conquistarme.

Nos conocimos en la calle. En el centro.

Yo vagaba todo el tiempo, sola. Me quedaba sentada en la banca de una plaza viendo la gente pasar, intentando imaginar para qué rayos vivían las personas. Jamás lo pude averiguar.

Un día llegó y se sentó a mi lado. No pidió permiso, sólo se sentó a mi lado y comenzó a hablar. Yo casi no decía nada. Respondía a todo con monosílabos y a menudo con un encogimiento de hombros.

Un rato después me invitó a tener sexo con él en el motel de la esquina. No respondí nada. No dije ni que sí ni que no.

Simplemente me levanté de la banca. Él pensó que me había ofendido y que me preparaba para marcharme. Quiso disculparse, pero ante mi cara de extrañeza comprendió. Yo me había levantado para irme a coger con él al motel. Cuando terminamos, me preguntó por qué había aceptado, así tan fácil. Le dije que estaba aburrida. Y era verdad. Estaba tan aburrida que probar algo diferente tal vez me ayudaría.

— ¿Y te gustó? Me preguntó.

— Bueno. No sé. No estuvo mal. No lo había hecho nunca, le dije.

Pero apenas terminamos, volví a aburrirme, me vestí y regresé a casa.

En aquel tiempo mis padres aún no estaban separados. Me metí a la cama y nadie me pregunto dónde había estado toda la tarde y parte de la noche. Así era mi vida. Los demás se aseguraban de no hablar mucho conmigo. Era un acuerdo tácito.

Seguí viendo a mi amante durante algunas semanas más. Nos veíamos los jueves y domingos. Nunca otro día. Siempre en la misma banca de la plaza. Cuando llegaba, yo me levantaba y lo seguía. Ni siquiera conversábamos antes. Sólo nos metíamos al mismo motel barato de la esquina.

Hablábamos poco, y hoy casi no recuerdo nada de aquellas conversaciones. No me molestaba que me usara. De cierta forma yo también lo usaba para asesinar el tedio. Pero un día decidí no acudir más a la plaza.

Había tocado fondo. Se había agotado ese recurso. Coger con mi hombre mayor se había vuelto aburrido, tedioso y rutinario. Estaba aburrida de lo mismo. Fue cuando mis padres se divorciaron y yo me fui. Me mudé del barrio y evité los mismos sitios de antes. Esperaba aburrirme en otras partes.

La sangre de Alexa comenzó a formar parte de mi vida, pero también su voz y su presencia haciéndose protagonista en cada uno de mis sueños. Yo la acepté sin más. No me asusté. Fue ella quien me sugirió que me mudara. Me dijo que tomara mis cosas y me fuera a vivir a la Ciudad de México.

— Tienes que llevarnos a vivir a la colonia Roma, me dijo.

— ¿No es muy caro vivir ahí? Le pregunté.

— No importa. Siempre hay modo. El 70 % de las personas que viven en las colonias snobs de la Ciudad de México no ganan el dinero suficiente para vivir ahí, lo hacen para aparentar, pero ya estando ahí de alguna forma sobreviven, porque es lo que se hace, pues. Así que tú, Roberta, debes de llevarnos a vivir allá. Siempre quise vivir en la colonia Roma. Es el reino que merece esta diosa desencarnada.

¿Y quién era yo para negarle nada a mi querida amiga?

Sin dudarlo, tomé mis cosas, compré un boleto de autobús y me marché para no volver jamás. No le dije a nadie. No hacía falta. Sepulté por fin a mi familia y dejé con gusto todo mi pasado. A mí nada me daba miedo. Mi horror fue siempre el aburrimiento. Sin embargo, la idea de Alexa me gustaba, casi puedo asegurar que me entusiasmaba. Y eso es algo que pocas veces había experimentado: esa extraña sensación de sentirme motivada y entusiasmada por algo.

Llegué a Ciudad de México a las siete de la mañana. El clima era fresco y llovía un poco. La ciudad me parecía gris, pero no de un gris aburrido, sino de un gris especial, de esos que dicen:

"Ey, tranquila, sé feliz, yo te cubro del inclemente sol".

La ciudad era tan oscura, sombría y poblada que hasta pensé que podía llegar a gustarme. Salí de la Terminal del Norte de la Central de Autobuses. Compré en la calle una torta de tamal. Estaba hambrienta. Era buena señal, porque antes, incluso comer me era aburrido, pero había algo en esta ciudad de locos que me gustaba.

Eran las siete de la mañana. Llevaba muy poco equipaje y dinero. En el camino ya más o menos había ubicado la colonia Roma y sabía cómo llegar utilizando el transporte público.

Tomé el metro y me bajé en la estación la Raza. Ahí salí para subirme al Metrobús que circula todo derecho por Insurgentes en dirección a El Caminero.

Me bajé en la estación Sonora. Lo primero que vi fue un Salón de Belleza al que entré sin pensármelo dos veces. La sangre de Alexa manchaba todo el lugar. Era una señal afortunada.

— ¿Quieres corte de cabello, linda? Me preguntó la mujer de la recepción.

— Ando buscando trabajo. Soy estilista, tengo mis tijeras, dije. Acabo de llegar a la ciudad. No pretendo gran cosa. Mi amiga Alexa Galaxia fue asesinada y vine a la Ciudad de México porque ella me lo pidió.

No sé a razón de qué dije todo eso, pero al parecer la conmoví. Me preguntó quién era Alexa Galaxia, le conté la historia y al parecer le caí bien.

— En el gremio nos apoyamos, dijo. Te vamos a hacer un espacio. Hay días que tenemos mucho trabajo y nos falta personal. ¿Sabes hacer de todo? ¿Tintes, mechas, aplicación de uñas?

— Sí, señora, dije, Alexa me enseñó todo lo que tengo que saber.

— ¿Dónde te estás quedando?

— En ninguna parte, señora, acabo de llegar. Vengo de la central de autobuses. Me bajé aquí porque Alexa me dijo que tenía que vivir en la colonia Roma.

La misma mujer me sugirió que fuera a dos calles a buscar una habitación.

— Ve a Monterrey 185, me dijo, allí rentan cuartos. Es entre estas mismas calles, entre Querétaro y San Luis Potosí. No tiene pierde. Ahí siempre hay cuartos libres, y son baratos.

Y así fue como a las pocas horas ya me encontraba instalada en la Ciudad de México, en la colonia Roma. La renta era de 3 mil pesos por un cuarto de 4 por 4 metros. Claro, había que dejar otro mes de depósito y con eso se fue básicamente todo lo que llevaba. Sólo me quedaba un poco para comer. Lo bueno es que ya tenía trabajo y ni siquiera iba a tener que pagar transporte.

El cuarto y la casa en general eran basura. En la habitación de cuatro por cuatro metros no había nada más que una base y un colchón, sin sábanas, ni almohadas, una diminuta ventana y un pequeño mueble que podía usar para colocar mi ropa. Suerte que yo casi no llevaba nada.

La cocina era compartida. Tres refrigeradores viejos y una sola estufa. Los baños también eran compartidos. Un baño por piso, es decir, un baño que compartíamos los 5 inquilinos de cada piso. Todo eso era irrelevante para mí. La casa también estaba manchada con de sangre.

Comencé a entender que esa era la forma de comunicarse conmigo. Desde su muerte, utilizando la sangre, Alexa me indicaba dónde sí y dónde no estacionar.

Si salía a la calle sólo tenía que seguir el rastro de la sangre. A veces la encontraba en las paredes, y otras se presentaba en forma de charcos en el pavimento. A veces veía la sangre manchando el cielo, o cuando llovía, lo cual tomaba como un augurio de abundancia. Un buen día para morir en paz, pues.

Otras veces la veía en la ropa o el cabello de las personas. Incluso con el tiempo llegué no sólo a verla, sino a olerla. Sobre todo por las noches. Olía como a cobre, a hierro o azufre, nunca he sabido bien determinarlo. También la siento en la boca. Es como cuando pasas cerca de una industria metalúrgica, todo el aire huele y sabe a hierro, a plomo y azufre. Es un sabor metálico. De esa forma olía y percibía la sangre de Alexa por las noches.

Todo lo que yo tenía que hacer era seguir su rastro. Mientras lo siguiera iba a estar bien. Sólo tenía una regla, no permanecer demasiado tiempo en un lugar donde no pudiera percibir la sangre.

La sangre es vida, me dije. *La sangre de Alexa Galaxia es el camino.*

Nunca pensé que vivir en la Ciudad de México fuera tan sencillo y beneficioso para mi salud mental. El clima de la ciudad y tanta gente indiferente e indolente me beneficiaban mucho. Me sentía como en casa en la colonia Roma, incluso en ese infeccioso nido de ratas que es la casa de Monterrey 185.

MÁS PRÓXIMA A KURT COBAIN QUE
A COURTNEY LOVE

Lorena, la encargada del Salón de Belleza, y yo nos hicimos amigas pronto. No sé qué ve la gente en mí que siempre quiere adoptarme. No sé si parezco un michi recién nacido o un perro de la calle, flaco y extraviado. No lo sé.

En aquel entonces yo había renunciado a toda clase de feminidad. No tenía interés en llamar la atención de los hombres, así que opté por un look más del tipo adolescente grunge de los noventas.

Llevaba el cabello no tan largo, usaba mis tenis converse, jeans sueltos y camisetas de bandas alternativas o camisas de franela. Mi imagen era más cercana a Kurt Cobain que a Courtney Love.

Lo femenino y yo casi ni nos volteábamos a ver. Lo único femenino en mí era la menstruación, la cual a menudo brillaba por su ausencia. Mi ciclo menstrual era demasiado irregular. Igual no me preocupaba mucho.

Ya volverá, le decía yo a Lorena quien se preocupaba por las dos. Así es mi periodo, voluble e inestable, como yo.

—Pero ¿y si estás embarazada? Me preguntaba aterrada.

— Obvio no, Lorena, para eso es necesario tener sexo, según tengo entendido. Y yo pues, ¿cómo te explico? Llevo siglos sin actividad sexual con otros hombres.

—¿Eres lesbiana? ¿Alexa Galaxia y tú eran pareja?

— Dios, Lorena, no. Sólo soy un poco asexual, apática e indiferente. Me aburre el sexo.

Cuando dije eso, el Salón de Belleza entero guardó silencio y todos voltearon a verme cual si fuera un accidente humano.

— ¿Qué? Dije. No tiene nada de raro. El sexo me aburre. El sexo con otros está sobrevalorado. Sé satisfacerme sola. Me lo hago mejor que la mayoría de los hombres.

Desde ese instante todos me vieron de forma compasiva. Pobre desvalida, pensaban. A partir de ese momento me convertí en la mascota del Salón de Belleza.

—Lo que tú necesitas, Roberta, dijo Lorena, es que te cure esa ataraxia un negrote de dos metros.

— Lo mismo me decía Galaxia. Ella juraba que no había depresión que resistiera la salvaje cogida de un negrote.

—Sabia mujer, la Galaxia, decía Lorena.

La gente es jodidamente estúpida, pero me gusta. Si fueran inteligentes todo sería más complicado para mí. Afortunadamente la gente ha sido, es y será estúpida, por una sencilla razón: las personas jamás aceptarán que están equivocadas. Yo siempre he sabido lo que quiero: nada. ¿No comprendo por qué les cuesta tanto entender mi postura en este mundo?

A Alexa le era indiferente, ni siquiera le perturbaba que yo fuera como soy. Para mis padres siempre fui, además de una eterna decepción, una piedra en el zapato. Qué más da. La gente se preocupa por estupideces, como el hecho de que me aburra el sexo. Se confunden. No es que la actividad fisiológica llamada sexo me desagrade o me sea indiferente, es el asunto de tener que tratar con las personas lo que me aburre y me fastidia. El sexo está bien, las personas son el problema. Es como el amor, un perfecto crimen para el que lamentablemente requieres de un cómplice, citando a Baudelaire.

No me gustan las relaciones, no me gustan las personas, ¿y qué? En realidad, sé que a nadie le interesa de verdad lo que me gusta o no, y lo sé porque que a mí me resulta indiferente lo que a otras personas les pueda interesar. Sin embargo, los demás meten las narices en tus asuntos por una sencilla razón: defienden su postura al respecto.

Las personas sienten una urgente necesidad de aplastar mi postura ante el sexo, sólo porque intentan defender la suya. Mi pregunta es: ¿por qué no pueden quedarse fuera de mis asuntos? No pasa nada si no están de acuerdo, nadie está juzgando sus posturas, pero las personas experimentan la urgente necesidad de hacerte mierda para justificar sus vidas. A mi entender, una cosa no tiene nada que ver con la otra.

Tal vez a mí no me guste la pasta. ¿Qué sucede con eso? Nada. Pero otra persona tiene que venir a joderme y juzgarme porque en el fondo cree que tiene que comprobar que la pasta es Dios. ¡Joder! Sólo es harina. No pasa nada.

Es un maldito gusto y es irrelevante para la existencia y el funcionamiento armónico del universo. Digo, no se va a acabar el mundo.

No tienes que joder a los otros para defender lo que tú haces. Y por eso la gente me aburre y me fastidia. No se puede hablar de ti sin que ellos metan sus narices en tus asuntos.

No me fue del todo mal, en todo caso. Al convertirme en la mascota del Salón, los demás me daban abrazos y comida. No me regañaban si llegaba tarde o a veces sólo avisaba que no me presentaría a trabajar.

"Pobrecilla, pensaban todos. Es la lesbianita de clóset que no tiene orgasmos. Hay que comprenderla".

Y aunque al principio me sacudía su postura con respecto a mí, al final terminé por disfrutar de los beneficios. Cuando las demás personas dejan de sentirse amenazadas por ti, te empiezan a apreciar. Tal es el caso de la típica amiga gorda del grupo. Como no resulta una amenaza para nadie, las guapas la defienden.

"Es un amor de niña, dicen todas, ojalá y todas tuviéramos su corazón".

Pero en realidad nadie las envidia, ni se sienten amenazadas a su lado. Pero apenas ven a otra que pueda competir, comienzan a hacerla garras.

Tal es la condición humana, patética y estúpida, primitiva… por no decir aburrida.

Comencé a padecer insomnio.

A veces me levantaba sudorosa a las 3 de la mañana y salía de mi cuartucho a fumar en las escaleras del tercer piso. Por increíble que parezca, la Ciudad de México no deja de ser bulliciosa a ninguna hora. Hay menos actividad, por supuesto, pero aun así en ningún momento hay paz absoluta ni tranquilidad. Siempre está moviéndose. Siempre hay gente en la calle.

Esa noche, después de fumar, decidí salir a dar un paseo. Caminé por San Luis Potosí en dirección a Insurgentes. No había una razón para ir hacia allá, pero no pensaba mucho en ese instante. Caminé hacia donde las luces y el ruido me llevaban, y por supuesto el olor y el rastro de la sangre. Pensé que tal vez debía caminar un rato en el Parque México, pero antes, sobre Insurgentes me detuve. Aquello era una fiesta. Ni siquiera parecía que fueran las 3 de la mañana.

Había demasiada gente en la calle. Había muchos puestos callejeros abiertos. Un chico que vendía dulces, cigarros y refrescos estaba dormido en su puesto. Los tacos y tortas estaban a reventar. Las quesadilleras no se daban abasto. Se escuchaba música proveniente de algunos bares. Incluso el puesto de los jugos estaba a reventar. ¿Quién mierdas sale a la calle a las tres de la mañana a tomarse un jugo de apio y betabel? Pensaba yo.

El olor de la comida me daba asco. No recordaba cuando había comido por última vez, y sentía el gorgoreo en la tripa, pero a la vez el olor de la carne en el comal me daba asco. El olor de la sangre me hizo pasar de largo y seguirme caminando hasta el Parque México.

Tuve que andar un rato hasta encontrar una banca que no estuviera ocupada ya por los homeless. A esa hora el Parque México estaba lleno de drogadictos y vagabundos sin hogar que intentaban dormir cubriéndose con cajas de cartón.

Estuve a punto de sentarme encima de uno de ellos que no hacía mucho bulto. El homeless comenzó a gritarme como si hubiera invadido su propiedad.

A poco estuvo de levantar a los demás vagabundos para echarme de su unidad habitacional.

Entre mierda, olor a vagabundo, sangre y abandono, por fin encontré un lugar donde sentarme a fumar. Ahí estaba yo, en el centro neurálgico de la Condesa, a las 3 de la mañana siguiendo el rastro de la sangre de mi amiga muerta.

Me recosté como los demás homeless y fumé de cara al cielo. No se veía ni una maldita estrella, porque pues obvio, estaba en la Ciudad de México, donde todo es nubes y contaminación. Comencé a reír pensando que en esa ciudad incluso los homeless querían vivir en la Condesa o en la Roma.

Supongo que me quedé dormida unos minutos. Desperté cuando empecé a sentir frío. Llovía. La lluvia era ligera, pero constante. La temperatura comenzó a descender. Me levanté y me di cuenta de que estaba empapada. Me había quedado dormida en una banca a la intemperie. No como los homeless que al menos procuraban dormir en una banca con techo. Novata.

Me levanté y me revisé los bolsillos, por aquello de que me hubieran robado mientras dormía. El olor a sangre era más intenso. No había nadie en el Parque.

¿En qué momento habían desaparecido todos los homeless? No pensé que hubiera dormido demasiado. Miré a mi alrededor y aunque sabía que seguía en el Parque México todo lucía diferente a como lo recordaba.

No había un solo ruido. Todo era soledad y silencio. Olía a locura y muerte por todas partes.

Cuando me di cuenta estaba enfangada hasta las rodillas, caminando sin mirar por donde y andaba por el lodo enmierdándome por completo. La lluvia no cesaba.

Comencé a marearme, me sostuve de un árbol para no caerme. Levanté la vista y pude ver mi rostro reflejado en el tronco del árbol. No era mi rostro el que veía, era el de Alexa Galaxia.

— Ve a Insurgentes, me decía. Necesito hablar contigo.

— Alexa… ¿dónde estás?

Caminé rumbo a Insurgentes. No había autos ni gente por ninguna parte. Apestaba a aniquilación y muerte. Los negocios estaban abiertos e iluminados, pero no había personas en la calle ni en los bares. Tampoco en los puestos de tacos ni en los jugos. La gente había desaparecido de la ciudad, sin embargo, la ciudad seguía con vida.

Llegué a la conclusión de que cuando se acabara el mundo la Ciudad de México seguirá encendida, porque tiene vida propia. Y aunque se alimenta de la sangre de sus habitantes, no importa si ya no existe nadie. Ha bebido de tantas almas que le queda vida para la eternidad. Entendí que la Ciudad de México es una especie de vampiro que se alimenta de las angustias, los miedos y los sueños rotos de sus habitantes.

No sabía qué hacer. Alexa me acababa de decir que la encontrara en Insurgentes, pero ¿dónde? ¿Insurgentes… y qué más?

Cerré los ojos y recuperé el equilibrio. No podía andar toda la avenida Insurgentes sin ton ni son. Conociendo a Alexa ¿dónde podía querer que la encontrara? Por supuesto. La glorieta del metro Insurgentes. Pero a esa hora estaba cerrado el metro, pensé. Luego caí en la cuenta de mi insensatez.

Ni siquiera había personas en la calle. Qué más daba que estuviera cerrado. Caminé sobre Insurgentes hacia la glorieta. A cada paso que daba el olor y el rastro de la sangre se volvía más intenso. No vi una sola alma en el camino.

Por alguna razón que sigo sin comprender pensé que no estaba más en la Ciudad de México, sino en alguna sucursal del Purgatorio, que es donde estaba anclada mi amiga muerta.

Al llegar todo se hizo evidente. La boca de entrada del metro es el acceso al Purgatorio y aunque por ahí deambulan cientos de miles de personas a diario, nadie se entera jamás de nada. Cuando llegué la vi. Ahí estaba mi Alexa y lo que me dijo me puso en shock.

Desperté y estaba de nuevo en mi habitación en Monterrey 185. Eran las 10 de la mañana del día siguiente. Mi teléfono sonaba. Era Lorena preguntándome por qué no había llegado aún a trabajar. Le dije que había tenido un sueño extraño. Me levanté para irme al Salón. Era demasiado tarde para bañarme. Busqué entre mi ropa algo no tan arrugado y fue cuando encontré mis converse todos enfangados.

¿En qué momento? Pensé

El lodo en los Converse sólo podía significar dos cosas: o yo era sonámbula, o en verdad estuve con Alexa en el Purgatorio.

Y si estuve ahí entonces lo que me dijo era verdad y yo era una maldita loca condenada a la oscuridad eterna.

MARIE SÜE, LA BRUJA

Era blanca, flaca y correosa. Su cuerpo parecía negarse a retener la grasa. Casi no tenía tetas. Un par de gruesos pezones apenas, pero de tetas nada. Nunca había conocido a nadie que tuviera menos senos que yo, pero ahí estaba ella: Marie Süe, la bruja.

La conocí por Lorena, quien a fuerza de manipulación y chantajes me hizo acompañarla. La bruja tenía su consultorio en la colonia Obrera. Yo no conocía todavía muy bien la ciudad, y tomaba mis decisiones basándome en la sangre de Alexa. Si la calle sangraba, estaba bien. Si no percibía siquiera el olor o el sabor en el aire prefería marcharme. La sangre no representaba violencia ni mucho menos peligro como tal. Sabía que Alexa no iba a llevarme a donde estuviera expuesta. Eso era lo que siempre me decía en mis sueños:

"Roberta, jamás te expondría a peligros innecesarios".

Claro, porque para mi amiga la vida era riesgo y peligro.

¿El primero? Nacer.

¿El peor de todos? Enamorarte.

Decía que la violencia física era inevitable, pero que un par de chingadazos recibidos a tiempo nos ayudan a forjar el carácter. Sin esas palizas eventuales una se vuelve bruta y débil, decía en su infinita sabiduría la pitonisa Alexa Galaxia.

Así que aunque había escuchado hablar de la colonia Obrera no sentí miedo ni desconfianza. Nos fuimos en metro. No me pude negar. Lorena estaba aferrada a que la acompañara. No quería ir sola. Lo que creo es que estaba empeñada en que conociera a Marie Süe.

Obvio, Lorena seguía pensando que yo era lesbiana. Ninguna mujer en su sano y heterosexual juicio se aburre del sexo, pensaba ella.

Y entonces pasó.

Llegamos al lugar y la puerta estaba manchada de sangre. Sangre fresca. También olía y en la boca podía sentir el sabor a cobre y hierro, como cuando te sangran las encías. Tardó en abrir y parecía acabar de despertar.

Eran las 9 de la noche.

Se excusó diciendo que la noche anterior la había pasado despierta haciendo trabajos en el cementerio y que esa mañana "la Madam" ya le tenía otros dos encargos, de su "otro" trabajo, y que pues apenas a las 4 había llegado a casa, le dio de comer a los gatos y los dejó salir.

Fumó un poco, se masturbó un rato viendo porno en internet y se quedó dormida. Su cara estaba completamente manchada de sangre y le goteaba del cabello. Toda ella parecía acabar de salir de un inmenso mar de sangre. Me sentí excitada. No sexual, sino espiritualmente.

No sé cómo, pero sabía que Alexa Galaxia era quien de alguna forma me había hecho llegar a la vida de Marie Süe, la bruja.

LA REALIDAD SE DESFONDA COMO
UNA CUBETA VIEJA

La bruja tenía apenas 23 años. Era muy joven. De mi edad, pues. Nos hicimos amigas de inmediato. Despachó a Lorena y a mí, en esencia, me dio la orden de que me quedara. A empujones la sacó de su casa. Le dije que no conocía bien la ciudad, y que no iba a saber cómo regresar. Me dijo que podía quedarme a dormir, que era importante que no me fuera o que si era necesario, ella me podía acompañar a mi casa para que no me pasara nada en el camino. Le comenté que no tenía casa, que rentaba un triste cuarto en la colonia Roma.

Encendió un cigarro y me lo dio. Encendió otro y se sentó frente a la computadora. No dijo nada durante quince minutos. Checaba cosas frente al monitor sin pronunciar palabra alguna. Por momentos revisaba su teléfono y contestaba mensajes. Después se levantó, fue a la cocina y regresó con una bolsa grande de Doritos. Me ofreció.

— "Estás muy flaca, come" dijo.

Pero era obvio que ella era mucho más flaca que yo. No entendí su lógica.

Marie Süe siguió en lo suyo frente a la computadora. De debajo de la mesa sacó una botella de Coca Cola y de esa si no me ofreció. Yo me quedé ahí sin decir, ni hacer nada. Sólo la observaba. Y por extraño que parezca, no me aburría. Era la cosa más absurda de mi vida, pero estaba a gusto.

Quince minutos después apagó todo. La computadora y el celular. Tomó la Coca Cola y me pidió que la acompañara y que llevara los Doritos.

Nos sentamos a fumar en la azotea y estuvimos ahí pajareando durante horas.

— Yo soy tres en una, me dijo, pero no tienes nada de qué preocuparte. Todo está bajo control.

— ¿Cómo que eres tres? ¿A qué te refieres?

— Una es Magdalena, la mayor, en realidad es mi madre muerta que no termina de irse al otro mundo. Es terca y aferrada. Es la voz de mi madre muerta en mí. Magdalena es una nefasta, finge ser decente, es cuadrada, ortodoxa, además de fanática religiosa.

Todo el tiempo me está jodiendo con que me entregue a Cristo, pero lo que dice no tiene ningún sentido.

Marie Süe comenzó a hablar sin parar durante horas. Yo me quedé callada, no interrumpí ni una sola vez. Dejé que se desbordara en sus anécdotas. Así me enteré de que ella jamás había conocido a su padre y que Magdalena, su madre, se había embarazado una noche que lo conoció después de un concierto.

El papá de Marie Süe tocaba en un grupo norteño. Estaba de gira y después del concierto la conoció en un bar y se la llevó a la cama. La embarazó y Magdalena jamás volvió a saber de él. Quise preguntarle muchas cosas, pero preferí esperar un momento más oportuno.

Al parecer su madre había trabajado de mesera, fichera y prostituta en las cantinas cuando joven. Dejó la prostitución cuando nació su primer hijo, Mauricio, el hermano mayor de Marie Süe. Tres años después volvió a embarazarse y dejó también la mesereada.

Comenzó a trabajar en casa haciendo trabajos de costura para las vecinas de la colonia. No ganaba mucho, pero al menos tenían donde vivir y algo para no morir de hambre. Algunas vecinas le ayudaban con despensa y a veces con dinero.

En realidad lo que querían era que se uniera a los Testigos de Jehová. Cosa que nunca terminó por suceder.

Durante mucho tiempo Magdalena estuvo siguiéndoles el juego con tal de seguir recibiendo la ayuda económica de las vecinas. Incluso asistía a los grupos de estudio de las escrituras. Sin embargo, al final no quiso bautizarse.

Marie Süe me contó que era madre de dos hijos, un niño y una niña. Que se casó muy joven. Que conoció a su esposo y se embarazó lo más pronto que pudo con tal de salirse de la casa.

— Magdalena se estaba volviendo loca, dijo. Y yo no soportaba sus delirios. Fue ella la que se metió primero en la brujería. Tenía una comadre, le decían "la Diabla", era la madrina de mi hermano. Ella sí era bruja. Por eso mi mamá no quería hacerse Testigo de Jehová. ¿Y sabes cual era todo su rollo, Roberta? Quería que su comadre le enseñara a hacer brujería para hacer que volviera mi papá. Obviamente eso jamás pasó. Jamás. Un día nos enteramos que todos los miembros de la banda habían sido acribillados a la salida de un Palenque. Y fue entonces que Magdalena se volvió loca. Sabía que el supuesto amor de su vida estaba muerto, pero quería que su comadre, la bruja, le ayudara a invocar al Diablo para resucitar a su macho.

—Marie Süe, espera, le dije por fin. ¿Tienes dos hijos? Pero tú te ves muy joven. ¿Cuántos años tienes?

Me respondió que acababa de cumplir 23, que sus hijos estaban con su exesposo, que los había abandonado durante un episodio doloroso en su vida. Magdalena además de loca padecía de leucemia. Como podía, Marie Süe se hacía cargo de ella. Loca o no, era su madre y además de su hermano, ella era su única familia. Cuando Magdalena murió sintió que todo se había ido al carajo.

— Me fui, Roberta, ¿puedes creerlo? Abandoné a mi esposo y a mis hijos. No sé lo que me pasó, pero me perdí. Así de simple. Cuando Magdalena murió, sentí la desgarradura, me di cuenta de que algo se había roto en mi interior. Como si el soporte, los cimientos o la estructura que me mantenían cuerda se hubiera fracturado.

Mi realidad se desfondó como una cubeta vieja. Ese fue el origen de mi nacimiento. El verdadero.

El olor a sangre se hacía cada vez más intenso. Miré la azotea sobre la que estábamos sentadas y me di cuenta de que estaba totalmente cubierta de un espeso charco de sangre.

—Pero ¿a dónde te fuiste?

—A todas partes y a ninguna. ¿Sabes? En ese tiempo yo había empezado a trabajar y me iba muy bien. Ganaba mucho dinero en comisiones. Yo era rica.

—¿En qué trabajabas?

—Vendía casas. Me dedicaba a los bienes raíces, y era de las mejores. Gané dinero como nunca en la vida. De hecho todavía tengo los recibos de mis cheques. Si quieres te los enseño para que veas lo que ganaba.

De no ser por la sangre que veía chorreando de su cabello aquello me hubiera parecido un total absurdo. Decidí creerle.

— No es necesario, dije.

—Durante semanas me dediqué a vagar, dijo Marie Süe. Yo no vivía aquí en México. Yo soy de Mazatlán. Allá murió Magdalena. Allá se quedaron mis hijos con su papá. Yo nací como bruja acá en México.

—Pero ¿cómo llegaste acá?

—Durante semanas estuve extraviada. Hablé con mi esposo y le dije que los abandonaría y que no hiciera el intento por buscarme. Yo había muerto junto con mi madre.

Él dijo que era temporal, que estaba en shock, pero que se me pasaría, que buscaríamos ayuda profesional. Ya sabes, mandarme a terapia, conseguirme un tanatólogo o drogarme con pastillas. Pendejadas de esas.

Y lo cierto es que sí estaba en shock, pero yo tenía la certeza de que algo se había roto en mi interior. Era como una especie de desagarradura espiritual. Ese algo no soportó la tensión y se desgarró a la mierda. Y cuando eso sucede no hay vuelta atrás.

Así nos desgarramos y nos rompemos todos. Tú también tienes esa desagarradura, Roberta, lo vi de inmediato, por eso te pedí que te quedaras. Tú puedes "ver" igual que yo. Cuando los velos se desgarran logramos tener acceso al mundo de los muertos. Nos quedamos con un pie aquí y con el otro en el más allá.

No le di mucha importancia al asunto de la desgarradura. Me llamaba mucho más la atención su periodo de extravío. Ya después podría volver a ese asunto, que de algún modo ya desde niña intuía.

—Pero ¿vagaste como loca en Mazatlán?

—Sí, allá me perdí. Vivía en la calle. Hay muchas cosas que no recuerdo bien de aquella temporada, pero recuerdo que siempre estaba alcoholizada o drogada. Era extraño. Sé que muchas personas abusaron sexualmente de mí. Estoy segura de que al verme extraviada muchos hombres me violaron a su antojo y con crueldad. Y no me importaba. En aquella época yo vivía en estado vegetativo, sin conciencia. Lo que sucedía conmigo era que estaba muriendo para poder renacer como la nueva mujer que soy ahora. Antes solía llamarme Marisol Suárez. Hoy, como renacida, fui bautizada como Marie Süe, la bruja.

—Pero no estás segura de eso, puede ser que sólo lo soñaras, dije.

Aunque yo la entendía perfecto, y sabía por lo que había pasado. Entendí muy bien lo que intentaba decirme, y el olor a sangre me comenzaba a dejar cada vez más claro por qué me encontraba en aquella azotea con una bruja a la que acababa de conocer.

—Hubo una noche en que no sé por qué, recuperé un poco la conciencia y te lo juro, yo veía penes y huevos por todas partes. Me estaban violando en grupo. Era tanto el dolor y tanta la angustia que sentí en ese momento que terminé por desmayarme. Cuando desperté y recuperé la conciencia estaba aquí, en la Ciudad de México. ¿Cómo llegué? No lo sé. Pero lo que te puedo decir es quién me rescató.

Ni siquiera pregunté. Preferí seguir saboreando el delicioso sabor a sangre en mi boca.

Marie Süe encendió otro cigarro y me lo dio. Ni siquiera me preguntaba nunca nada y eso me gustaba. Parecía que todo el tiempo sólo me indicaba qué hacer. Fumé en silencio.

—Yo también tengo mi Alexa Galaxia, dijo Marie Süe, pero la mía se llama *"Karissia"*. Qué locura. Es una bruja. Y fue la que me recogió de la calle. Estaba yo tirada, moribunda y me llevó a vivir con ella. Era *trans*, igual que Alexa. Era una bruja negra, drogadicta y prostituta. Me cuidó y me alimentó hasta que me recuperé. Después me enseñó lo necesario para convertirme en bruja.

Fue Karissia quien me dijo que mi vida anterior era mentira. Toda ella. Que yo no debí nunca tener hijos. Que mi vientre estaba maldito, porque yo había nacido para ser bruja, y no podía evitarlo aunque me ocultara. Así que ella me iba a regresar a mi naturaleza verdadera.

—Como bruja…

— Obvio. El asunto es que en mi bautismo e iniciación algo pasó.

— ¿Qué cosa?

— Pues yo necesitaba morir para renacer. Y en la iniciación morí por envenenamiento. Bebí veneno de serpientes y sangre de cabras negras. Karissia me cortó las venas para desangrarme.

— ¿Y moriste? Pregunté, aunque sabía que la pregunta era estúpida.

— Morir es fácil. Renacer siempre es más complicado. El asunto es que cuando nací de nuevo, renací como Marie Süe, la puta y bruja. Me encantaba. Me encanta, quiero decir, ser la puta bruja que soy…

— ¿Pero?

— Se me colaron las otras dos al momento de nacer de nuevo. Se agarraron a mí dos pasajeras inesperadas… una de ellas Magdalena.

— ¿Y quién es la otra?

— La "Hadita", es una niña y se llama Mariana. Es una niña linda, dulce, es brujita también, pero de las buenas. Por eso le digo "hadita", porque es pequeña, es tierna y dulce, es luminosa e intenta hacer el bien.

— Por eso eres tres.

— Pues habemos tres, pero yo soy Marie Süe, la puta y bruja.

— Cuando dices puta, te refieres…

— A eso, soy prostituta. Alquilo mi cuerpo por dinero. Cuando me recuperé, Karissia quería que trabajáramos juntas, pero yo ya era bruja, yo no necesito de favores ni migajas. Me largué sin decir adiós. ¿Ingrata malagradecida? Pues ¿qué quieres? Soy puta y bruja. Encontré a la Madám que es la que me consigue clientes. Ya después lo alterné con mis trabajos de brujería. Me turno. De día soy puta y de noche bruja. Algo así. O a veces al revés, depende de mis clientes. Como me cogen muchos hombres casados, tengo muchos clientes mañaneros.

El olor a sangre en la noche inundó por completo la ciudad.

— Hay que entrar, dijo Marie Süe. Mejor te quedas, tengo mucho sueño como para acompañarte y me da flojera ponerme calzones. Además, tengo que contarte más.

Me acosté con ella en su cama manchada de sangre. Esa noche no soñé con Alexa Galaxia. Dormí precioso, como hacía tiempo no lo hacía.

—¿Quién chingados eres y qué haces en mi cama? Me dijo al amanecer. Me sentí mareada y confundida.

—¿Cómo entraste aquí? ¿Quién chingados eres? Voy a llamar a la policía, dijo.

—Marie Süe, tranquila, soy yo, ¿qué te pasa? ¿Estás bien? Tú me pediste que me quedara a pasar la noche.

—Me llamo Magdalena y más vale que te largues de mi casa, estúpida.

Me asusté. Era verdad lo que decía. Parecía que el espíritu de Magdalena se apoderaba de su cuerpo. Lo increíble era que incluso su rostro, sin dejar de ser el mismo, lucía como el de una mujer mucho mayor e incluso enferma. Marie Süe era la misma, pero en versión vieja y enferma.

No creo en fantasmas ni en posesiones, pero estaba convencida de que esa que me gritaba no era la misma loca que me había invitado a pasar la noche con ella. Lo supe porque ya no veía la sangre en su rostro. No veía ni olía la sangre por ninguna parte del departamento. Esa que estaba ahí era otra persona que no me convenía. Así que opté por levantarme en seguida y largarme. La loca siguió gritándome desde la puerta. Amenazaba con llamar a la policía si me volvía a ver.

De esa forma me encontré en la colonia Obrera sin una maldita idea de hacia dónde caminar.

Supe que si caminaba sin ton ni son, me perdería, así que sin más, tomé un taxi y pedí que me llevara a Monterrey 185 en la colonia Roma. Me subí con mucha seguridad y con cara de pocos amigos.

Ya había aprendido que si te subes a un taxi en la Ciudad de México con cara de miedo o nerviosa, los taxistas te ven la cara de provinciana y te llevan a dar vueltas a lo estúpido con tal de cobrarte más.

El secreto está en tener cara de estresada, malcogida, cara de culo y eternamente peleada con la vida. La cosa era parecer chilango, pues. Y yo me encontraba tan desaliñada y jodida que creo que el taxista me creyó. Llegamos en cuestión de minutos.

———

Ese día tampoco fui a trabajar. Lorena me llamó y le conté lo que había pasado con Marie Süe. Me preguntó si estaba bien, y le dije que sí, que sólo necesitaba descansar. Me dijo que me tomara el día libre y que durmiera. Si me sentía mejor más tarde o por la noche podía pasar a visitarme. Colgué y acto seguido caí fulminada.

A pesar del tremendo escándalo que imperaba todo el tiempo en la casa, conseguí dormir bien y soñé con Alexa. En el sueño hablamos sobre Marie Süe.

— Te gusta, no te hagas, me decía.

Y yo le juraba que no, que me caía bien y le seguía la corriente porque había visto la sangre en su casa y en su cara. Alexa hablaba y hablaba. No dejaba de insistirme en que me acostara con la bruja de vez en cuando, nomás para probar. Le dije que estaba triste por su muerte, y ella soltó la carcajada.

— Nadie muere nunca, Roberta, mucho menos una diva como yo.

— Pero a ti te asesinaron, Alexa, por cierto, dime ¿quién fue? ¿Quién te mató?

— Eso ya lo sabes, dijo, no te hagas que la virgen te habla, además te lo dije la otra vez en el metro, ¿no te acuerdas?

— No, claro que no, lo que dijiste aquella vez es absurdo. Explícame, Alexa, ¿por qué dijiste eso?

Justo estaba por responderme cuando desperté al escuchar que tocaban a mi puerta. Era Israel, el chico de la recepción. Abrí todavía modorra.

— Te buscan allá abajo.

Era Marie Sue. A pesar del frío y de que llovía, la bruja iba en short de mezclilla, botas, una raída camiseta y un ridículo rompevientos con gorra. Todos los hombres de la casa merodeaban a su alrededor como perros en taquería. Me le quedé viendo, esperando ver si se trataba de Marie Süe o de Magdalena.

—No te preocupes, dijo de inmediato al notar en mi rostro mis sospechas. Sí soy yo, Marie Süe. Magdalena ya se fue. Casi siempre la tengo bajo control. Esta vez se me salió. No sé qué pasó. Creo que estaba muy cansada. En fin. Vámonos. Acompáñame. Vístete y vámonos.

Ni siquiera se disculpó. Marie Süe era de esas personas que aunque te jodan la existencia jamás se disculpan. Casi que te atropellan y te explican la razón existencial del accidente, y al final terminas sintiéndote culpable por ser tan distraída y estar en el momento y lugar equivocado. Me gustaba esa chica.

— ¿A dónde vamos? No estoy bien vestida. No tengo gran cosa que ponerme.

—Vístete como yo y listo, dijo. Me vas a acompañar a mi trabajo.

—¿A tu trabajo…? Pregunté.

La bruja se dio cuenta de mi duda en el tono de mi voz. Soltó la carcajada y me explicó.

—No a ese trabajo que piensas, tarada. Soy bartender en un lugar, aquí en la Condesa. Vístete como yo y listo.

Sin saber por qué, le hice caso. Subí a mi cuarto y me puse lo primero que encontré. Tenía mucho frío, pero bueno, ella iba de shorts de mezclilla.

Ni modo. Claro, Marie Süe se veía en su onda, y yo parecía adolescente desnutrida. En fin, no iba a ligar.

Cuando bajé, varios hombres de la casa abordaban a la bruja quien reía con ellos. Llegué y me besó frente a todos, me metió la lengua hasta la garganta.

—Me retiro chicos, ya bajó mi chica y nos vamos de putas. Cuídense.

Desde esa noche me volví la más popular en Monterrey 185. El beso de la bruja me colocó de inmediato en la categoría de los más chingones de la casa.

Nos fuimos caminando por San Luis Potosí hasta llegar al Parque México antes de llegar a Pata Negra.

— Eres muchas cosas, Marie Süe, no sé cómo eres pobre, si eres puta, bartender y bruja ¿No deberías de tener dinero?

Ni siquiera me hizo caso. Era como si no hubiera dicho nada. Ni se inmutó. Daba miedo, pero bueno, ahí iba yo con ella fumando y caminando sin saber por qué la estaba acompañando.

— A Mariana, la "hadita" no le gusta que sea puta, dijo. A mí sí me gusta. Me gusta que me cojan, me encanta tener orgasmos, y si me pagan, pues mejor. Puedo distanciarme de mi cuerpo. Si el güey no me gusta, me desconecto y que se masturbe con mi cuerpo, yo sólo me concentro en alcanzar mi orgasmo y listo. Digamos que yo también me masturbo con sus penes.

—¿Puedes tener orgasmos con alguien que no te gusta?

— ¿Tú no? Yo puedo tener orgasmos sólo con pensarlos, Roberta. Ni siquiera necesito masturbarme o que me penetren para excitarme.

—¿Eso se puede? Digo, es muy práctico. Así ya no necesitas un hombre.

—Obvio, pero la verdad yo sí prefiero una buena verga… una gorda, rica, venuda y deliciosa.

—Me imagino.

— ¿Sabes? Magdalena tiene cáncer, dijo Marie Süe. Y Mariana, "la hadita", sufre alergias. Yo no. Yo soy perfecta. Mi cuerpo jamás enferma, pero cuando alguna de ellas se manifiesta padezco sus malditas enfermedades.

Por eso estoy de mal humor cuando Magdalena se manifiesta.

—Yo pensé que así era tu carácter.

Marie Süe volvió a ignorarme como hacía cuando decía algo que no le agradaba.

— Que jodido eso de tener que acarrear con enfermedades ajenas, dije esta vez para cambiar de tema.

—Tú estás aburrida, ¿cierto Roberta?

—En este momento no, pero en general casi siempre…

—Vamos a curar tu ataraxia y aburrimiento, dijo. Ya llegamos. Entra. Te voy a meter conmigo. El dueño es mi amigo. Te voy a regalar los tragos. Haz lo que te digo. Me vas a ayudar con un trabajo.

— ¿Qué cosa?

—Relájate, no es nada legal, ni bueno, ni decente. No te preocupes.

El lugar no era nada del otro mundo, pero parecía ser divertido. Esos lugares de evasión perpetua me aburren hasta las nalgas. Sin embargo esa noche me divertí, hasta donde eso era posible para mi mente en perpetuo modo aburrimiento. Marie Süe tomó su puesto detrás de la barra, sirvió una cerveza de barril y me la dio.

— Te voy a preparar un cóctel de mi creación, dijo. Es especial para aniquilar todo: decencia, prejuicios, miedos, nombre, religión y código postal. Se te va a olvidar de una puta vez todo tu pasado, tus neurosis y tu eterno aburrimiento. Relájate, Roberta. Toma esto mientras tanto. Abre la boca.

Sin saber por qué, lo hice. Abrí la boca y Marie Süe colocó un papel debajo de mi lengua. Aprovechó y me besó frente a algunos clientes que se acercaban a la barra.

— Diviértete chica. Nos vemos más tarde. Voy a trabajar.

A la mañana siguiente desperté en una habitación que no era la mía, ni la de Marie Süe. Abrí los ojos y no reconocí el lugar. ¡Rayos! Por favor, que no haya venido a coger con un gordo, pensé. No con un gordo, por favor no. Me levanté de la cama y para mi alivio descubrí que estaba sola. Traía puesta toda la ropa, incluso los converse. Al parecer llegué y me desplomé vestida.

Me sentí bien. Acababa de dormir precioso. En efecto, no recordaba nada de la noche anterior, ni cómo había llegado a esa habitación, ni con quien. Busqué el baño, oriné y me lavé la cara.

Tomé mi teléfono y mi bolsa. Todo estaba completo. No había perdido nada. Incluso tenía dinero y llaves a la mano.

Qué extraño, pensé. Exploré un poco el lugar.

Era un departamento. Me asomé por la ventana y pude darme cuenta de que estaba en un lugar con muchos edificios iguales. Podía ser Tlatelolco, pero no estaba segura.

¿De quién era ese lugar y qué estaba haciendo ahí yo sola? Me dirigí a la otra habitación y no había nadie. Comencé a revisar las cosas para ver si me daba una idea de quién vivía ahí, pero nada. Todo era demasiado impersonal. Casi no había muebles.

Libros, periódicos y revistas en el suelo por todas partes. No sabía qué hacer y me comenzó a dar hambre.

Busqué en la cocina, y no encontré refrigerador ni estufa. Busqué en la alacena, y encontré sólo algunos platos y tazas viejas, pero nada de comida. Pensé en llamar a Marie Süe. Saqué mi teléfono, y vi que estaba muerto, descargado por completo.

No me quedó otra más que explorar. Abrí la puerta y me largué. Pensé dejar una nota, pero además de que no encontré nada con qué anotar, no supe a quién debía de dirigirla ¿y qué iba a decir? ¿Gracias? Mejor salí, ya después localizaría a la bruja y seguro ella me diría qué fue lo que pasó.

Salí a la calle, era temprano. Me gustaba el clima. Estaba fresco, y aunque yo seguía en shorts y tenis, no me sentía realmente incómoda. Busqué el metro. Al Metrobús casi no le entendía todavía, pero si encontraba la terminal del metro sabría moverme. Pregunté en la calle. Y una señora con cara de pocos amigos me dijo que "allá todo derecho". Fue todo lo que dijo. Nunca he entendido la forma en como la gente te ve en la calle.

Te miran con una expresión que dice *¿por qué si sabes que te odio te atreves a seguirme hablando?* O a veces te ven con cara de *¿Y esta estúpida ridícula quién es?* Digo, en el mejor de los casos. Creo que a veces sólo te miden como pensando *¿qué le puedo robar a esta pendeja?* O bien *¿si la secuestro y la vendo, cuánto me darán por ella? ¿Me alcanzará para pagar la fianza y sacar a mi hijo de la cárcel?* No son inventos míos, en esta ciudad así te ve la gente, por la nada.

Seguí caminando, todo derecho, como me dijo la malcogida, y a media cuadra un hombre mayor me detuvo para preguntarme dónde quedaba la Biblioteca Vasconcelos. Me detuve un instante, y quise ubicarme, pensar, y decirle que yo misma estaba un poco desubicada, que no era de la ciudad, pero antes de que lograra pronunciar nada el hombre me dijo: *"Ya déjalo, olvídalo, me vas a perder más, gracias por nada".*

¡Qué puta mierda! Ni siquiera dije nada. La gente está loca. Además de pendeja y neurótica la gente se pone quisquillosa. Sólo dudé un segundo y ni siquiera había pronunciado una sílaba y el cabrón ya me había regañado y mandado a la mierda.

Estúpidos chilangos de basura, pensé.

Me gusta esta ciudad.

Y no, no es que yo sea masoquista. No me gusta que me traten mal, pero al menos son impredecibles. No dejan de sorprenderte.

Para mi sorpresa, caminando todo derecho, terminé por encontrar la Biblioteca Vasconcelos. Me terminé de ubicar. Ahí en Buena Vista podía tomar el Metrobús que va por Insurgentes. Casi al cruzar la calle me detuvo otro hombre para venderme chicles.

— No quiero, gracias, le dije.

Si seré estúpida, pensé. ¿Por qué seguía siendo cortés? Lo provinciana me brotaba por los poros.

— Tómelos, güerita, me dijo, yo se los regalo.

Nadie regala nada en esta jodida ciudad de basura, pensé.

— No, gracias, le respondí. No podía evitar seguir diciendo "gracias".

— No desconfíe, amiga, me dijo. Yo se los quiero regalar. Ya usted me regala lo que sea su voluntad.

— No me gusta el chicle, le dije ya más seca. Gracias, pero, no gracias.

La provincia hablaba por mi boca.

El hombre al verme fumando y viendo que no iba a sacar nada de mí optó por su nueva estrategia.

— Bueno, entonces regáleme un cigarro.

¡Mierda! Pensé. Si no me vende el chicle al menos quiere quitarme algo. Ni hablar, con tal de que dejara de joder saqué la cajetilla para darle el cigarro y que me dejara en paz.

— No, de esos no, dijo el hombre. Esos son de los chinos, cuestan 10 pesos en Tepito. De esos no me gustan. Me dan asco. Deme un Marlboro.

— Señor, estos son los que tengo, le respondí.

— Ya déjelo, güerita. Gracias por nada. Compre de los buenos, no fume esa mierda, dijo el hombre y se marchó dejándome hablando sola como si fuera él quien no deseara hacerme el favor o si yo le estuviera haciendo perder su valioso tiempo empresarial.

Cero y van dos.

¡Qué mañana!

Ya dos pendejos en un lapso de no más de diez minutos y tres cuadras me ningunearon y pendejearon. ¿Dónde había estado metida todos estos años? ¿Qué pensaría Alexa Galaxia si me viera dejando que dos imbéciles me maltrataran de esa forma?

Fue entonces que me percaté de la diferencia. La realidad se desfondó como una cubeta vieja y sentí el vértigo de mi caída en el abismo de la absoluta y espesa nada.

¿Y mi sangre? ¿Dónde estaba la maldita sangre?

No la veía ni la olía por ninguna parte.

¿Dónde mierdas está mi estúpida sangre?

La sangre de Alexa Galaxia que me indicaba dónde sí y dónde no. De haber estado presente ni siquiera me hubiera detenido a hablar con esos cabrones. Nada de eso. De haber estado presente la sangre ni siquiera hubiera tenido que preguntarle a la malcogida dónde mierdas quedaba el metro.

Sólo hubiera tenido que seguir el rastro de la sangre en la banqueta o el olor de la misma en el aire. Y la sangre en los rostros de las personas me hubieran indicado a quién debía hablar y a quién no.

¡Joder! Por primera vez desde que llegué a la Ciudad de México me sentí frágil, vulnerable, débil y exiliada, cual vil pendeja, a la cueva del lobo. Es decir, me sentí expuesta. Sentí que Alexa Galaxia me acababa de soltar de la mano. Pero ¿Por qué?

¿Por qué me has abandonado, Alexa?

¿Era yo quien la estaba soltando o era ella la que me soltaba a mí para volverme independiente? Yo no quería ser independiente. Mi historia personal hacía evidente el hecho de que soy experta en malas decisiones. Además, no sé distinguir lo malo de lo que en verdad me jode. Digo esto porque lo conveniente ni siquiera entra en mi campo de visión. Jamás se encuentra dentro de la baraja de opciones a elegir. Sólo puedo optar entre lo malo, lo que me jode y lo que me mata.

Cuando Alexa murió, al menos me dejó el rastro de su sangre, mi estrella de Belén, mi brújula espiritual. De esa forma me descubrí abandonada en el mundo, expuesta a la terrible voluntad del mundo. Deseé que esto fuera sólo temporal. Como cuando pierdes durante algunos minutos la señal del wifi, o la fe. Esa perra que se va y regresa cuando el hambre te hace ver tu suerte.

Pero eso me tenía sin cuidado. Mi problema es que yo no podía andar por la vida confiando en mí, así nomás de buenas a primeras. No señor, la vida no es tan simple. Hay gente chingona capacitada para tomar buenas decisiones. A veces la cagan, pero se hacen responsables. Yo no soy de esas, lo reconozco y estoy bien al respecto. Yo sí necesito que Alexa me diga qué hacer. Digo, por eso me mudé a la Ciudad de México, porque me lo dijo un montón de veces:

"Roberta, debes llevarnos a vivir a la colonia Roma en la Ciudad de México".

Y yo hice caso cual vil perrito obediente de su amo.

Repito, no tengo problemas al respecto. Claro, no voy a obedecer a cualquier pendejo. Mi vida es un fastidio, pero no quiero volverlo insoportable. Galaxia me ayudaba a ver de otra forma el mundo, como una pasarela o un divertido Cabaret.

¡La bruja! La estúpida bruja, pensé. Ella fue la que me robó mi sangre.

No sé por qué ni cómo ni en qué momento, o para qué, pero sabía que Marie Süe estaba involucrada.

De haber estado lloviendo en ese momento me hubiera entregado al llanto hasta disolverme en un charco callejero, mezcla de mierda, lágrimas y miseria.

OTRA VEZ EL PURGATORIO

Ni siquiera me subí al Metrobús. Caminé por todo Insurgentes hasta llegar a la Roma con la esperanza de recuperar mi sangre perdida por las calles. Tal vez estaba paranoica y Alexa sólo se había puesto en *stand by*. Tal vez exageraba y estaba haciendo drama. Así que puse atención. Como pude, logré detener el tren de pensamientos colocando mi atención en el cuerpo y los sentidos. No deseaba perderme nada. Ni un olor, ni un sonido, ni una sombra. Estaba atenta a cada sensación de mi cuerpo físico. Todo estímulo que afectara mis sentidos sería captado por mí al instante, pero nada.

Llegué a la Glorieta de los Insurgentes y nada. Ni rastro de la sangre. Si es que había un lugar donde podía recuperarla era ese: la boca de entrada del metro, que yo estaba segura era un portal al Purgatorio, el mismo lugar donde había encontrado a Alexa y donde me había revelado la dolorosa verdad de su muerte. Me sentí triste, sola y abandonada cuando no encontré nada más que un montón de gente yendo y viniendo.

La Ciudad de México te hace ver tu suerte. Siempre. En medio de ese gigante gris de cemento te encuentras con tu soledad, con tu absoluta y definitiva realidad existencial. Sólo estoy de paso. Si desapareciera, si dejara de existir, el universo ni siquiera se daría por enterado. Entendí que mi ego estaba angustiado ante la contundente verdad existencial: mi vida era del todo inoperante e intrascendente. Sin importar lo que hiciera en el mundo, en este plano de existencia todo sería irrelevante.

Cuando Alexa se marchó me fui con ella. Eso era lo mismo que sucedía en el caso de la bruja y Magdalena. Por eso la madre se aferraba a la vida. Le aterraba dejar de existir.

Aunque nuestro cuerpo se encuentre saludable y vivo, no logramos existir a menos que vivamos en la mente de alguien más.

Jamás he conseguido relacionarme de manera saludable con las personas. Siempre pensé que el mal del ser humano consistía en las relaciones tóxicas que sostenemos con los demás. Pero el jodido problema existencial no son los otros, sino la forma en que nos relacionarnos con estos.

El infierno no son los demás. El infierno son "las relaciones".

Me senté a fumar en la Glorieta de los Insurgentes. ¿De dónde sale tanta gente insatisfecha? La estación del metro me parecía un arquetípico vientre que escupía pendejos a diestra y siniestra. Aburrido. Más y más gente estorbándose a sí misma.

Marie Süe se me vino a la mente. Hice un esfuerzo por recordar lo sucedido la noche anterior. La bruja me puso un ácido en la boca y me estuvo preparando cocteles. Eso lo recuerdo. Primero me besó y me dio una oscura cerveza de barril. Dijo que me prepararía un coctel de su creación. Si pienso mal, puedo suponer que me dio algún brebaje raro.

Dijo que me ayudaría a olvidarlo todo. Y bueno, no recordaba nada de la noche anterior, pero no creo que fuera eso a lo que se refería. Para eso unos cuantos Gin Tonics eran más que suficiente. Olvidar es fácil, el alcohol es un pretexto nada más.

En algún momento me presentó a una chica… Matilda, dijo que se llamaba, pero no le creí. Por alguna razón pensé que era uno de eso nombres que la gente adopta nomás porque sí, porque no les gusta su propia identidad.

Recuerdo que me dio la impresión de que la tal Matilda era una especie de grupi de la bruja. La miraba y le hablaba con adoración a pesar de que se notaba que era mayor.

Calculo que tendría al menos unos 34 años, mientras que la bruja acababa de cumplir los 23. Supongo que de eso deduje que la tal Matilda, que imitaba la forma de vestir y hablar de Marie Süe, deseaba convertirse en su aprendiz de bruja. Pero no recuerdo nada más.

En algún momento consideré que el departamento en Tlatelolco era de la tal Matilda. Tal vez terminamos las tres ahí y ellas habían salido temprano por la mañana antes de que yo despertara.

Recuerdo que en Pata Negra Marie Süe dijo que iba a curarme la ataraxia y el aburrimiento. Y bueno, al menos desde que desperté en Tlatelolco no lo había sentido. Me sentía desconcertada, angustiada, vulnerable, despojada y expuesta, pero aburrida no.

¿Acaso de eso se trataba? ¿Otorgarme un problema más jodido para olvidarme del menor? Al menos tenía un poco sentido, debo reconocerlo. Te cambian el aburrimiento por la angustia. ¿Era eso? ¿Marie Süe me había curado el aburrimiento arrojándome a la angustia existencial?

Digo, vaya remedio. Pero ¿cómo había podido robarme la sangre de Alexa? Y si la había robado ¿la conservaría? ¿La podría recuperar? Tenía que encontrar a la bruja.

Me levanté y caminé hacia Monterrey 185, aunque no llegué. Caminando por Álvaro Obregón sumergida en la angustia existencial de mis pensamientos me pasó lo que me faltaba. Un pendejo intentó arrancarme el bolso. Lo sujeté con fuerza, y en el jaloneo salí disparada hacia la avenida. Una motocicleta me golpeó. Perdí el conocimiento. El mundo se me borró. No perdí el conocimiento de inmediato.

Observé la desgarradura. Pude ver la boca de entrada del metro Insurgentes y volví a encontrar a Alexa en las puertas del Purgatorio, aunque sólo fue un instante. Alexa se dio la media vuelta y desapareció en las entrañas del metro. Intenté seguirla, pero apenas entré y la perdí. Me sentí más sola y triste que nunca. Me senté a llorar en el andén del metro, donde por cierto no había nadie. De alguna forma sabía que esa versión del Purgatorio pertenecía a una realidad alterna. Quise lanzarme a las vías del metro, pero antes de que pudiera levantarme abrí los ojos y me vi tirada en Álvaro Obregón.

No me dolía nada, de hecho, no sentía nada y no podía moverme.

Me sentía aturdida y colapsada. En shock. Escuché a la gente gritando a mi alrededor. Estaba adormecida. No cierres los ojos me decían las voces.

"Quédate conmigo", me dijo un hombre que al parecer era el paramédico.

— Quédate conmigo. Quédate conmigo… fue lo último que escuché. Cerré los ojos y me desmayé.

FRACTURADA:

LA HISTORIA DE MIS HUESOS

Desperté en el hospital. Sola y confundida. No recordaba casi nada. Una enfermera vino a verme, pero no me dijo gran cosa. Quise conocer mi situación. Sólo me respondió que más tarde vendría el doctor a revisarme y podría hablar con él. Le pregunté por mis cosas. Me miró como si le resultara una carga y un fastidio.

— Quiero llamar a alguien, dije, necesito mi teléfono.

Estaba descargado. Un enfermero, se ofreció a conseguirme un cargador. No sé, nunca me he relacionado de manera saludable con la energía femenina.

Pude encender mi teléfono y le marqué a Lorena. Mi primer pensamiento fue buscar a Marie Süe, para pedirle explicaciones acerca de lo sucedido la noche anterior y exigirle que me devolviera la sangre de Alexa. Estaba aterrada. Sin mi sangre yo estaba convertida en una perfecta víctima de la ciudad. No iba a durar mucho de esa forma. Si no conseguía nada, lo mejor era que me largara de regreso a Torreón.

La prueba de que todo estaba jodido sin Alexa era ese accidente que acababa de sufrir. Tenía sólo una mañana sin la sangre y ya por poco estaba muerta. No me sentía segura. Sí claro, al menos estaba viva, pero ¿hasta cuándo?

Lorena se asustó. Me preguntó dónde estaba. Me dijo que pasaría a buscarme en cuanto pudiera encargar a alguien el Salón de Belleza. Insistí en que no había necesidad, pero no quiso escucharme.

Resultó que Marie Süe estaba desaparecida.

Vaya, qué conveniente, pensé.

No era la primera vez que me pasaba algo similar.

A los trece años estuve a punto de morir en un accidente extraño. Casi me mato dentro de un elevador en el que jugaba. Era un edificio viejo en el centro de Torreón. Ya desde entonces nadie me ponía atención.

Si estaba o no, a todo mundo le daba igual. Yo caminaba y recorría sola la ciudad. Un día encontré un viejo hotel que me gustó. No sé, había algo en su arquitectura que llamaba mi atención. En la fachada había columnas de estilo arabesco. Me pareció fascinante, como de otro mundo.

Jamás pensé que no pudiera entrar sin estar registrada. Ni siquiera cruzó por mi cabeza un pensamiento similar.

Fascinada, entré al hotel. Y no es que los empleados no me hubieran visto. Todos me vieron, por supuesto. Tal vez pensaban que estaba ahí hospedada con mis padres. Nadie me dijo nada y yo exploré el hotel con libertad. Subí al elevador y comencé a apretar botones. Me gustaba el movimiento y el ruido que hacía al subir y al bajar. Se notaba que era muy antiguo y le costaba ponerse en marcha. A mis trece años aquello resultaba divertido.

Y así fue hasta que el elevador dio de sí y se desplomó. Desde lo más alto hasta el sótano y sin hacer escalas, el viejo ascensor parecía querer llevarme de la mano al mismo infierno. No sólo se derrumbó el ascensor. Gracias al impacto, parte de los muros se derrumbaron a su vez, o viceversa. Tal vez los muros cedieron antes y eso provocó el derrumbe del ascensor. Lo cierto es que todo terminó conmigo al fondo del sótano con múltiples fracturas en mi cuerpo.

Hasta que me sacaron de ahí los trabajadores del hotel comprendieron que yo no estaba hospedada sino que sólo era una niña solitaria que se había colado para jugar en el ascensor. De esa forma el hotel se deslindó de responsabilidades.

No morí de milagro pero sí que me quedé inmóvil durante todo un año. Todo ese tiempo no pude caminar. Hicieron falta dieciocho meses de terapia física para recuperar el movimiento por completo.

Hasta ya cumplidos los quince pude volver a andar por cuenta propia. Sin embargo desde entonces jamás he dejado de sentirme frágil y vulnerable. Siento que si llueve en algún momento es posible que caiga un rayo provocando el derrumbe de un árbol, y dicho árbol caerá justo por donde yo vaya pasando. Así funciona mi mente desde entonces.

Ya no recuerdo la cantidad de fracturas que tuve. Ni siquiera de esa forma mi familia me puso atención. Digamos que todos estaban más complacidos con mi triste situación de cama. Al menos de esa forma sabían dónde estaba todo el tiempo y como era casi autista, no hablaba mucho y era silenciosa. Pasé a convertirme en un mueble más de la decoración de mi recámara. Cuidarme era lo mismo que cambiar las sábanas en un hotel. Algo rutinario.

No me quedó otra más que leer. Mucho. Siempre. A pesar de estar la mayor parte del tiempo recostada, no lograba conciliar un sueño de calidad, y como no gastaba mi energía y mi mente estaba siempre activa, entonces el sueño brillaba por su ausencia.

Me quedaba despierta hasta muy tarde leyendo. Dormía unas cuantas horas y otra vez a seguir leyendo.

Me gustaba leer filosofía y los libros sagrados. El libro tibetano de los muertos, el Tao Te King, Chuang Tzu, cosas así. Eso o novelas rusas. Esas me gustaban porque me duraban más. Los libros complicados y angustiantes colmaban mis ansias carnívoras de que algo hiciera estallar el mundo.

Casi no tenía amigas. Nadie me visitaba. Sólo de vez en cuando algún amigo o pariente de mis papás entraban a mi habitación a verme. No a saludarme, sino a verme. Les daba curiosidad ver a la niña rota, a la rarita que se cayó dentro de un elevador, que se rompió todos los huesos y no murió. En todo caso abrazaban a mi madre, y se compadecían de su penosa suerte.

— Mira, nada más, le decían sus amigas, ¿cómo te vino a suceder esta desgracia? Eres una santa. Tanta carga que llevas sobre tus espaldas.

La fracturada era yo, pero esas señoras mezquinas y religiosas compadecían la suerte de mi madre, como si la tragedia hubiera descendido sobre ella.

A veces me dedicaban algunas palabras también a mí.

— Pórtate bien con tu madre, es una santa. Tu mamá hace todo para cuidarte y mira, tú siempre tan inconsciente provocándole tanta pena y disgusto. Tu mamá ya tiene asegurado el cielo. Reza mucho, niña, pídele mucho a mi padre Dios para que te perdone.

Cosas por el estilo me decían las amigas de mi mamá cuando pasaban a visitarla y me veían a mí como se mira un perro sarnoso en la calle.

Siendo honesta, a mí no me importaba. Ni para bien ni para mal. La caída del ascensor había sido al menos algo interesante en mi existencia. Yo no lo veía como una tragedia. Claro, tenía el inconveniente de no poder moverme ni caminar con libertad, pero desde ese momento entendí que jamás sería feliz. Los libros sagrados me enseñaron que la única constante en esta vida, en la rueda del Samsara es el deseo y la miseria. Por esa razón, el sufrimiento me quedaba lejos y ni me tocaba.

¿Para qué fastidiarme la vida angustiada si de cualquier forma todo es sólo ilusión? Mi problema era el aburrimiento. No sé, de alguna forma pensé que la tragedia a partir de ese momento se convertiría en mi mejor aliada.

El drama de la existencia y la comedia trágica me conducirían hasta la muerte por veredas menos insoportables.

También comencé a aficionarme por los libros de Milan Kundera, quien después de Kafka y Dostoievski se convirtió en mi tercer autor favorito dentro del equipo de los escritores.

Disfruté mucho a Schopenhauer y a Cioran, a quien comencé a considerar mi alma gemela. Durante algún tiempo "Desgarradura" fue mi libro de cabecera. Diría mi Biblia, pero jamás consideré dicho libro relevante. Para mí cualquier libro de Cioran era más revelador que toda la Biblia entera.

No es que pretendiera ser una hereje ni nada por el estilo, pero Cioran había hecho más por mí que toda la historia del cristianismo, y todo eso por una sencilla razón: Cioran hablaba de mí, parecía comprenderme mejor que nadie. La Biblia parecía hablar de todo menos de mi existencia.

Y eso es lo que pasa con las religiones: ni siquiera te tocan. Las religiones están emparedadas en sí mismas. Las religiones son monumentos al ego y dedicadas a la adoración de sí mismas. No hablan de las personas, sólo hablan de lo maravillosas que son quienes están al mando, no sus seguidores, quienes resultamos ser poco menos que basura. Al menos esa es la impresión que me dio siempre al escuchar hablar a las señoras amigas de mi madre. Todos están mal menos los miembros oficiales del "J.C. Team". Ya sabes, las amigas del buen Yisus Craist.

En ese sentido siempre estuve más del lado de los punks y de David Bowie. La música me toca, me mueve y me comprende. La música me conecta porque habla de mí. En definitiva, Bowie ha hecho más por mí en una canción que el cristianismo entero en toda su existencia. Leonard Cohen, Lou Reed, Nico, Bauhaus, Patti Smith, Nick Cave, Iggy Pop, e incluso David Lynch han sido y serán siempre quienes me ayudan a tolerar esta aburrida y nefasta vida. Cuando Pitágoras habla de la música de las esferas en mi corazón vibra una canción de David Bowie.

Salí del hospital en Ciudad de México, tres días después. De milagro no me había quebrado nada, sólo estaba llena de golpes, contusiones, y arañazos. Me dolía respirar. Lorena insistió en llevarme a su casa mientras me recuperaba.

Yo prefería quedarme en mi estúpido cuarto, pero Lorena no aceptó ningún tipo de negociación. Además, sus argumentos eran válidos. Mi habitación estaba en un tercer piso, sin elevador, y para ir a la cocina tenía que bajarlo, y volver a subir al segundo piso de otra sección de la casa.

En mi condición no sólo era complicado, sino peligroso. Y sin la protección de la sangre de Alexa, pues yo estaba demasiado expuesta a todo. No es como que se fuera a quedar en casa a cuidarme.

Claro que no. De cualquier forma yo tendría que arreglármelas sola. Tampoco estaba inválida ni estaba fracturada.

Una semana después estaba perfectamente recuperada y me marché. En el camino no me fui a mi cuarto en Monterrey 185. Primero fui a la Obrera a buscar a la bruja. Me abrió la puerta Matilda, su perrito faldero. Marie Süe estaba durmiendo como siempre. La grupi bizca me dijo que me fuera, que no pensaba despertarla.

Yo empecé a subir la voz. Matilda comenzó a empujarme para sacarme del departamento. Con el barullo Marie Süe se despertó. Me saludó y me dejó entrar como si nada. No me hizo preguntas, sólo dijo "pásale". Encendió un cigarro y abrió una botella de Coca Cola, caliente y sin gas. Le pidió a Matilda que nos dejara solas. La mandó a comprarle cigarros, Doritos y más Coca Cola. A regañadientes, la bizca salió del departamento, dejándonos solas.

— Marie Süe, ¿dónde rayos estabas y qué pasó con la sangre?

— ¿Cuál sangre? Dijo

—Ya sabes, la sangre de Alexa. Ya no puedo verla. Sólo recuerdo que fui contigo a Pata Negra y me embriagaste con tus tragos especiales. Desperté en Tlatelolco, no sé por qué, estaba sola, caminé de regreso a casa y cerca de Insurgentes, cuando venía a buscarte, me atropellaron. Estuve en casa de Lorena una semana y hasta ahora pude venir. Quiero que me digas qué pasó con la sangre, ¿por qué ya no puedo verla?

La bruja me observaba en silencio, con indiferencia. Se notaba fastidiada. De mí y de todo. No se le veía con ganas de dar explicaciones y menos a mí. Por supuesto no creí que fuéramos amigas ni nada por el estilo. Las personas como Marie Süe no tienen amigas.

— Ah eso… dijo. No lo sé. Debes aprender a hacerte responsable y cuidar tus cosas. Yo no la tengo. A lo mejor ya aburriste a Alexa y prefirió abandonarte. La comprendo. Eres una mujer muy aburrida.

Sabía que mentía y me retaba. ¿Qué rayos podía hacer yo al respecto? Nada.

— Por favor, Marie Süe, sólo quiero entender. Es todo. Ni siquiera es un reclamo. Sé que fuiste tú. No vine a pelear contigo. Sólo necesito respuestas. Me conformaré con lo que digas.

— Qué patética, —dijo, pero nada más.

Me quedé ahí en silencio, mirándola, esperando que dijera algo que calmara mi ansiedad, pero nada parecía hacerla cambiar de opinión.

— Si ya terminaste de hablar, mejor cállate, dijo.

— ¿Eso era lo que deseabas desde el principio? ¿Quedarte con la sangre de Alexa?

— Te hice un favor, mejor ya vete, voy a recibir un cliente, — dijo y fue todo. Abrió la puerta y me señaló el camino. Me fui con la derrota encima. Fui a su casa en busca de respuestas y regresé con algunas certezas: la vida apesta, la gente es egoísta y yo soy una estúpida. Lo de siempre, pues.

Me largué caminando de regreso a mi cuarto aun con las esperanza de percibir aunque fuera un poco la sangre de Alexa en la ciudad. No pasó. Nada. Si durante algún breve tiempo me sentí especial al percibir la sangre en el mundo, ahora estaba de regreso a mi aburrida y mediocre realidad. Yo era sólo una más entre millones de mexicanos en la ciudad más triste y solitaria del mundo.

Me quedé en cama durante tres días. Lorena me llamó de inmediato para preguntarme por qué me había ido de su casa. Le expliqué que ya estaba bien, y que tenía pendientes.

— Pero ¿qué clase de pendientes puede tener alguien que no tiene sexo ni amistades, Roberta? Me dijo.

No iba a explicarle el duelo que vivía. Por primera vez desde que habían asesinado a Alexa Galaxia me encontraba ante la inminente realidad de mi absoluta soledad. Mi amiga estaba muerta y por fin acababa de despertar a esa realidad. Su muerte me asustaba por la situación en la que me dejaba a mí. ¿Ella qué? Ya estaba muerta. Mi situación era el abandono.

No quise darle explicaciones. Sólo le dije que necesitaba pensar algunas cosas, y reflexionar sobre ciertas decisiones que necesitaba tomar. Insistió en que regresara a su casa.

— Dame un par de días y te prometo que regreso, Lorena. Dos días es todo lo que te pido. Quédate tranquila. No voy a salir de aquí — le dije y colgué el teléfono.

Escuché cantar un pájaro en el techo de mi cuarto. Me pareció de lo más extraño. Ese sonido ajeno a la ciudad liberó un recuerdo de mi infancia.

Cuando cumplí 11 años y mi familia aun no me ignoraba por completo, pedí de regalo un pájaro negro. Yo quería un mirlo. Me parecían hermosos. No quería un cuervo ni un chanate. No sé, esos pájaros me parecían demasiado oscuros, no por el color, sino que me parecían perversos, inteligentes y siniestros, como los de Hitchcock. Y yo era una niña de apenas 11 años. Yo quería un mirlo.

Mi papá hizo lo que pudo, que no fue mucho.

En vez de un mirlo, recibí un canario pintado de negro con no sé qué carajos. Mi papá fue al mercado donde un hombre vendía canarios y periquitos. Le preguntó si vendía mirlos, y este le dijo que eran muy difíciles de conseguir, pero que si quería podía venderle un canario pintado de negro con algún tipo de pigmento vegetal.

Debo reconocer que se veía lindo, y bien pintado no lucía tan falso. Al día siguiente mi canario negro, o mirlo falso, se comenzó a despintar.

La pintura se le estaba cayendo y su color amarillo original se empezaba a vislumbrar. Al segundo día la pintura negra casi estaba disuelta por completo. El canario lucía amarillo con manchas negras. La realidad se asomaba por la ventana como sucede todo el tiempo.

Es difícil sostener una mentira durante mucho tiempo. Al final la verdad te atropella sin clemencia.

Al tercer día me levanté pensando que lo que encontraría sería un canario amarillo, y que ya no habría ni siquiera restos de la pintura negra. Me equivoqué. Ya no había nada. El canario amaneció muerto. Al parecer el hombre no había usado pintura vegetal. En todo caso el pigmento era tóxico y el canario no soportó siquiera los tres días.

Me quedé en shock. No lloré. Mi padre quiso que lo enterráramos en el patio. Yo lo saqué de su jaula. Tomé su frágil cuerpo con mis manos y lo arrojé al bote de basura. Estaba muerto ¿Ya qué importa? pensé. Dos días duran las mentiras. No lloré.

La vida es falsa. La gente miente. No se puede evitar la muerte. Todos usan a todos los demás. Y al final sólo queda aburrimiento. La vida es aburrida. A partir de entonces dejaron de gustarme los animales o las plantas, además de las personas, obvio. ¿Qué caso tiene amar algo que va a morir? ¿Qué caso tiene todo? Nada. Esa mañana decidí que cuando fuera adulta no me casaría ni tendría hijos.

Tanto Lorena como otras personas que me conocían estaban seguras de que yo me tiraría a la depresión o a la vida autodestructiva. No hay nada más predecible y aburrido que eso.

¿Para qué evadirme con drogas, alcohol y sexo? Ya lo había intentado antes y no resultó. Puedes drogarte hasta morir, pero entonces ¿cuál sería el sentido de tu existencia? Si lo que quieres es morir puedes optar por un método más directo, rápido, efectivo, menos triste y doloroso.

Con no más de 200 pesos puedes marcharte de este mundo si tienes los contactos adecuados. Lo que necesitas se vende en las farmacias. Morir es fácil, lo complicado es mantenerte vivo sin tanta angustia. Yo no quería morir. No quería destruirme. Estaba aburrida y no sabía qué hacer. Pensé en regresar, dejar la Ciudad de México, pero ¿para qué? En todas partes encontraría las mismas frustraciones.

Me gustaba sentarme en el Parque México a ver pasear a los perros. No porque fueran bonitos. Lo mismo me da ver los perros de la calle, pero ahí hay más. Me gusta porque nunca veo que los perros se aburran.

No lo sé, pero a mi parecer si existe una vida aburrida es la de los perros, pero jamás parecen aburrirse. No se cuestionan.

Puede ser que tengan hambre, que quieran que los saques a pasear, que los acaricies y que juegues con ellos, pero y cuando tú no estás ¿qué sucede? ¿Qué pasa durante todas esas largas horas que el humano sale de la casa a trabajar y el perro se queda ahí, echado, sin nada qué hacer? ¿Acaso son maestros zen como los gatos y se mantienen el día completo en estado de presencia? ¿Y entonces los humanos somos imbéciles a raíz de nuestros incesantes deseos? Jamás había considerado que yo tuviera deseos. Al contario, todo el tiempo pensé que el motivo de mi angustia existencial era precisamente la ausencia absoluta de deseos.

Entendí que en todo caso yo no me daba cuenta de mis deseos. Tal vez mis deseos no eran tan específicos ni particulares.

Las chicas de mi edad querían un novio, viajar, casarse, tener hijos y formar una familia; querían tener un novio guapo, amable, inteligente, y fuerte que las cuidara y protegiera. Obvio, que las mantuviera, porque nunca supe de ninguna que quisiera trabajar para ganarse la vida. Nada de eso, todas eran siempre unas perezosas mantenidas.

Claro, querían que aunque ellas engordaran su esposo jamás se fijara en una chica joven de mejor cuerpo, porque por alguna razón inexplicable las iban a amar pues nomás porque sí. No sé. Nunca las comprendí muy bien, por eso me aislaron de inmediato.

Pues yo no quería ni deseaba nada de eso. No quería viajar. No moría por conocer Europa. No deseaba encerrarme en una oficina ocho horas diarias, pero tampoco deseaba sentirme como me sentía. Entonces ¿qué me estaba jodiendo la existencia? ¿Por qué me sentía expulsada en medio de la nada?

Los perros desean, pero no son conscientes de ello. Desean, sí, desean jugar, desean salir, pero no son conscientes de sus propios pensamientos. De lo que deduje que pensar me estaba aniquilando. Entonces fue cuando me iluminé. Tuve un *insight*, una revelación.

El secreto había estado ahí frente a mis narices todo el tiempo. La gente más estúpida del mundo conocía y practicaba la verdad universal: haz lo que todos, no desees nada personal, no te hagas conciente de ti mismo, ni de tus pensamientos. No cuestiones nada. Sé que parece una estupidez y una locura.

¿Ser como mis amigas subnormales? Bueno, en momentos de crisis como este, hay que ser osado y tomar audaces decisiones.

Me levanté. Me bañé. Bueno, lo intenté, pero como casi siempre, el baño estaba ocupado.

Como éramos 5 personas o más compartiendo el mismo baño no podías usarlo cuando quisieras. Lo más probable era que estuviera ocupado y sucio. Un puto asco, pero eso no me importó. ¿Qué hice? Lo que los demás. Me quedé en el pasillo fumando y revisando el celular. No faltó quien pasara por ahí y se acercara a charlar conmigo. Claro, ¿por qué no? La respuesta era sencilla, sólo tenía que dejar de ser yo hasta que se desconfiguraran mis antiguas programaciones personales. El camino era hacia el otro lado. Comencé a hacer lo que antes me negaba. Incluso mis roomies me invitaron a salir, y yo acepté.

Semanas antes habían dejado de invitarme, por una sencilla razón: todo me daba igual.

Sintieron mi rechazo y apatía, entonces dejaron de invitarme, pero la nueva Roberta estaba dispuesta a salir de fiesta. No a perderme, pero sí a divertirme como los demás. Hacer lo que los otros. Integrarme.

El baño por fin se desocupó. Me bañé y me fui a casa de Lorena. Todavía no comenzaba mi nuevo estilo de vida y ya empezaba a fastidiarme. Lorena estaba contenta y comenzó a presentarme hombres a la primera oportunidad. Parecía disfrutar el hecho de que me convirtiera en su proyecto personal. Incluso me regaló algo de ropa. No quería que anduviera por la vida con mis outfit al estilo Kurt Cobain. Casi todo el tiempo me encontraba en el Salón de Belleza y en la casa de Lorena.

— ¿Puedes meter hombres a tu cuarto de la Roma? Me preguntó

— ¿Puedo? No lo sé, pero supongo que sí, es mi habitación. Puedo hacer lo que quiera. Nadie me dijo que no podía usar mi cuarto para coger. Es eso por lo que preguntas ¿cierto?

— Sí, sí, claro, dijo. Te pregunto porque, bueno, a veces es bueno tener tu espacio, y no vamos a meterlos a mi casa.

— ¿A quiénes Lorena? No pienso andar de puta, ya pasé por esa etapa.

— Nunca digas nunca, Roberta.

— Espera, yo no dije nunca, sólo dije que…

— Lo que sea, niña, no discutas. Coger es normal y está bien. Ya deja tus prejuicios morales.

— Lorena, por Dios, ¿de qué prejuicios hablas? Yo soy atea.

— Roberta, a veces eres bien quién sabe cómo.

Me di cuenta de que empezaba a exasperarla y recordé que el plan era sólo evitar ser yo.

Por más que me parecían absurdos sus razonamientos, hice lo que mejor sabía hacer: decirles sí a todos y terminar haciendo sólo lo que yo quería. Y bueno, de esa forma entendí por qué no me gustaban las personas. Imaginan cosas, ponen palabras en tu boca que nunca pronunciaste.

No estoy en contra del sexo y no tengo prejuicios morales al respecto. Ni siquiera soy creyente. Mi vida sexual no se encuentra reprimida, sólo me fastidian las personas, pero ya estaba harta de intentar explicárselo a los demás.

Lorena siguió presentándome hombres. Mandé al carajo a más de la mitad, ¿Por qué? Pues en primer lugar no me gustaban. Lorena sólo me arrojaba penes al por mayor, sin filtros. Si tenía pene servía. Punto. Soy complicada para los gustos. Todos tienen pene. Eso no es determinante para mí. No se trata de cantidad sino de gustos egocéntricos. No sé por qué nadie lo entendía. Cuando uno se fija en alguien es sólo por caprichos infantiles y egoístas. Ni siquiera nos fijamos en el hombre que nos conviene.

En todo caso buscamos el amor de papá en los hombres equivocados. Además las mujeres somos expertas en crearnos dramas con hombres que no nos soportan. Esos son los que preferimos todo el tiempo. Porque hacerte novia de un hombre conveniente es aburrido. Y eso todas las mujeres lo sabemos. Lo digan o lo callen, todas lo sabemos. Es un secreto a voces. Y no, no estoy loca. Ni soy rara. Sólo digo lo que pensamos todas, pero nadie dice. Es todo.

Sí, tuve sexo con algunos. A otros los mandé al carajo de inmediato, aunque Lorena se enojaba. Ni modo. Tampoco es que fuera la puta de su congal. Ni modo de cogerme un gordo sólo para no hacer quedar mal a la señora. Ni que me pagaran.

No sé por qué, pero me acordé de la bruja en ese tiempo. Sería porque entre otras cosas también trabajaba como puta. Scort de día, bruja por las tardes y bartender por las noches. Le pregunté a Lorena si la había visto recientemente. Me dijo que todavía no le tocaba, que la visitaba una vez al mes, pero que aun no se llegaba su cita. No me preguntó nada. Sólo me respondió así, sin más.

Yo no me encontraba satisfecha con lo que había pasado entre nosotras. Estaba segura de que ella había borrado la presencia de Alexa de mi vida.

Y no es que tuviera la necesidad de recuperar la sangre. Pensándolo bien, ¿para qué la quería?

Tal vez esa era la voluntad de Alexa, que Marie Süe nos separara para que ella pudiera fundirse por completo en la nada y yo entendiera que tenía que empezar mi propia vida.

Me sentía aturdida. Debo reconocer que gracias a la ayuda de Lorena conocí gran parte de la ciudad. Los hombres a los que me ofrecía cual vil ramera me invitaban a pasear. Claro, nada era de gratis, unos tragos en Polanco, una fiesta en Santa Fe y después abre las piernitas o abre la boquita y empieza a chupar que esto no es de oquis. Ni que fueras virgen o la princesa Leia.

Ya casi ni trabajaba, pero Lorena me lo permitía. Casi nunca tenía dinero, pero a veces los hombres me compraban cosas. Uno de ellos incluso me ofreció un mejor trabajo. Me gustó la idea. Era en un despacho de abogados. ¿Qué iba a hacer yo ahí? No lo sabía, pero me sonaba interesante el cambio. Eso sí, tenía que dejar de estar bajo las órdenes de Lorena. Me ofrecieron un sueldo bastante bueno. Con eso incluso podría conseguirme un departamento de verdad, para mí sola.

Me interesé y al parecer no me querían de puta, como al principio imaginé. Por no encontrar una mejor forma de explicarlo diré que yo iba a ser la chica de los recados y los mandados. Una especie de secretaria ejecutiva. Eso sí, tenía que cambiar mi imagen.

Emilio me recomendó. Él trabajaba ahí y dijo que veía algo en mi carácter que le parecía interesante. Me preguntó si no estaba interesada en un empleo dentro del despacho.

Lorena me dijo que lo pensara bien. Pero ¿qué tenía que pensar? Yo no quería ser peluquera o nini toda la vida. Yo no quería convertirme en Lorena. Después descubrí que le rompí su corazón, porque eso es exactamente lo que ella quería: que me convirtiera en ella.

¿Por qué? Muy simple, si yo seguía sus pasos así quedaría justificada su estúpida existencia.

Le di las gracias por todo. Regresé a mi cuarto en Monterrey 185 y me presenté a trabajar en el despacho de abogados el lunes siguiente a primera hora.

El fin de semana compré algo de ropa. Me quedé sin dinero, pero al menos ya no estaba en el mundo de las putas, las brujas y la sangre de los muertos en la calle.

ENTRE MÁS DESAGRADABLE SEAS, MEJOR IRÁN
LAS COSAS. MANGO

Entre más pronto trasciendas tus errores y entierres la culpa, mejor irán las cosas. Algo así. O como decía Lacan: *"Entre más desagradable seas, mejor irán las cosas"*. Palabras más, palabras menos. La idea es la misma. Y eso es lo que yo estaba determinada a hacer. A mis 25 años no estaba de humor para dar explicaciones. El mundo no me las daba a mí, ni yo las pedía, estábamos a mano. Entonces decidí seguir haciendo lo que podía con lo que tenía.

Es obvio que no soy una genio. No nací para ser una sumisa y abnegada ama de casa. No nací para ser madre ni buena esposa. Soy demasiado complicada como para mantener un trabajo de planta. Jamás quise tener aburridas obligaciones. Soy disciplinada, pero no me gusta que nadie me diga lo que tengo que hacer.

Los primeros meses me fue, digamos que normal, en el despacho. Comencé por familiarizarme con todos. No fue bueno ni tampoco malo. Normal. Yo servía para algo. Así me veían los demás, en función de mi utilidad. ¿Para qué estaba ahí? Una vez que entendieron qué era lo que hacía comenzaron a utilizarme, en el buen sentido de la palabra. Estaba bien con eso. Digo, por eso te pagan.

Terminé consiguiéndome un departamento en la colonia Narvarte. No era mucho, no era grande, ni nuevo, pero al menos vivía sola y de forma más o menos decente.

Escapé por fin de la pocilga de Monterrey 185. Comencé a comprarme ropa y cosas para mi nuevo hogar. Rentar fue todo un maldito infierno. En la Ciudad de México nadie confía en nadie.

Todo es complicado y desgastante. No puedes solicitar ver el departamento así nomás cuando tú tienes tiempo. Te agendan.

Es decir, el agente inmobiliario agenda sus citas según su tiempo y convoca al menos a otras quince personas que estén interesadas en el mismo departamento.

No sé si los demás pensaban lo mismo que yo, pero yo decía, si somos quince interesadas al menos catorce se irán con las manos vacías. El agente es quien reparte las cartas. ¿Acaso estábamos mendigando un pedazo de techo bajo el cielo?

No importa si tú no tienes tiempo ese día que el agente te cita. Es cuando él o ella lo va a mostrar, así que hazle como puedas, y eso sólo en el supuesto caso de que te interese. Más o menos en ese tono es que te lo explican. Ni siquiera se esfuerzan un poco en no parecer tan hijos de puta. Lo hacen a propósito para que tú veas quién está a cargo y quién tiene los pelos de la burra en la mano. No sé qué mierdas significa eso, pero así me lo explicó Emilio cuando le pedí que me ayudara a conseguir departamento.

Después de acudir a la cita, el día y la hora pactada por el agente, acudimos todos a verlo. Tal vez no los quince quisiéramos el departamento, pero quienes sí lo queríamos teníamos que presentar una carpeta imposible con documentos imposibles. Avales, referencias, cuentas del banco, declaraciones de impuestos, análisis de sangre, títulos nobiliarios, comprobantes de linaje, cartas de no antecedentes criminales, boletas de calificaciones desde el kínder hasta el doctorado, llevar muestras y evidencias de que has cazado dragones, la sangre de un vampiro, el vello púbico de una virgen y más cosas imposibles.

Y una vez que cumples con todos los requisitos los dueños estudian todas las carpetas con calma y eligen al postor más conveniente. ¡Mierda! Yo sólo quiero rentar el departamento, no quiero desposar a la princesa, pensaba yo.

Rentar un departamento en la Ciudad de México es casi tan engorroso y complicado como tramitar un préstamo en el banco.

Primero tienes que demostrar que no lo necesitas para que te lo concedan. Si quieres un préstamo casi que tienes que demostrar que eres rico y tienes un montón de propiedades. Algo similar para rentar el estúpido departamento.

De no haber sido por la ayuda de Emilio jamás lo hubiera conseguido por mi cuenta. Fue él quien me consiguió un aval que pudiera facilitar la fotocopia de las escrituras de su casa, por supuesto libre de gravamen, y ubicada en el Ciudad de México. También me ayudó con los comprobantes de ingresos.

Ahí sí, tuvo que hacer arreglos para comprobar que yo tenía ya un año trabajando con ellos. Y como el despacho de abogados tenía buena reputación y yo contaba con su aval no hubo mayor problema y renté mi diminuto departamento de 85 metros cuadrados de una sola habitación por una renta mensual de doce mil pesos, más doce mil de depósito y una fianza de 3,500 pesos más otros dos mil por pago de servicios. Sin cochera, ni teléfono, ni internet, ni lavadora, y sin amueblar. Pero al menos ya tenía un departamento, que no era mío, pero para el cual a partir de ese momento empezaría a trabajar.

La mayor parte de mi sueldo se iba en pagar renta, servicios, y comida. Eso sin contar que tuve que comprar muebles y ropa presentable para el trabajo. De entrada con lo que debía ya estaba condenada a quedarme en el trabajo por al menos todo el año. Por si acaso se me ocurría entrar en crisis como acostumbraba, bueno pues no. Esta vez la ciudad me haría entrar en cintura. A crecer, Roberta. Adiós filósofa existencial… Hola, godín existencial urbano.

Seguí cogiendo con Emilio. Ni modo de negarme una vez que fue él quien me consiguió el trabajo y en teoría el departamento. No tenía llave nomás porque, la verdad no sé por qué.

Claro que yo no quería que tuviera llave de mi departamento. Ni siquiera éramos novios y en el despacho me trataba como una simple empleada más.

Lo cual no me molestaba, de hecho me relajaba que al menos en el trabajo no se me arrimara o anduviera agarrándome las nalgas.

No quería que hiciera tan evidente que me tenía de su putita. No lo juzgo a él, ni a mí, por supuesto. Responsabilizo de todo a la ciudad misma, a la bruja y a Alexa por abandonarme. Si yo era tan feliz siendo una eterna adolescente grunge, ¿por qué no se cuidó de no ser asesinada? Y si ya muerta seguía conmigo, ¿por qué permitió que la bruja nos separara?

Una noche que Emilio pasó a cogerme un rato, quise contarle todo. No sé por qué. Tal vez sentí la necesidad de escupirlo. No lo hice. Estuve a punto, pero de pronto tomé conciencia y me contuve. De por sí pensaba que era una zorra, además ¿cargar con que creyera que estaba loca? No era buena idea.

Los lunes, al salir del despacho me llevaba a mi departamento. Se quedaba ahí un rato, pedía comida y se bebía algunas cervezas, después me cogía, se dormía un rato y se largaba. Jamás se quedaba. Sospecho que creía que si se quedaba yo me haría ilusiones con él. Cosa que era una absoluta estupidez. Me gustaba que me cogiera. No quería quedarme siempre sola. Además yo ya cogía con otros. Con ninguno en más de dos ocasiones, era mi regla. No me descaraba. No temía que Emilio se enterara. Sabía que no le iba a gustar enterarse de mi alterna vida sexual, pero eso era algo que a mí me tenía sin cuidado

¿Qué iba a hacer? ¿Despedirme? Claro que podía, pero ¿para qué? Eso no me jodería. Para ese entonces yo ya estaba más que instalada. La transición es lo complicado en la mudanza, los gastos fuertes, los muebles, el depósito, pero la tormenta había cedido. Yo navegaba en aguas más tranquilas. Y ¿por qué no iba coger con otros hombres que me gustaran?

Estaba seguro de que él cogía con otras y nosotros no teníamos ningún tipo de relación sentimental.

Sólo era sexo libre, promiscuo y sin compromisos. Todos los lunes y uno que otro viernes. Si se enteraba y me despedían sabía que yo podía salir adelante sola.

Incluso pensé en volverme puta, en el peor de los casos. Cosa que al final terminé haciendo.

Conocí una chica en el gimnasio. Era scort. Decía llamarse "Mango". Qué locura. Nunca quiso decirme su verdadero nombre. Le caí bien. La conocí en el gimnasio un día, en el estacionamiento. Su coche no encendía. Yo no tenía, pero sabía un poco de autos. Desde siempre me junté con hombres. Me acerqué y le pregunté si le podía ayudar. Me vio con cara de *"¿Y tú qué puedes saber de autos?"*

No me ofendí, ni nada. Cualquier mujer hubiera pensado lo mismo. Sólo eran cables sueltos de la batería. No era nada en realidad. Mango me adoptó y me hizo su amiga. Era estúpida como ella sola, pero era divertida. Su coche era lindo. Era un Honda Civic Coupé Azul metálico. Se notaba que era caro.

— Debes de ganar muy bien, recuerdo que le dije.

— Sí, amiga, soy puta y gano lo que quiero. ¿Vienes a este mismo gimnasio? Nunca te había visto, me dijo.

Ya nos habíamos encontrado en los vestidores, pero jamás me había puesto atención. No me ofendí. De hecho apenas acababa de entrar. El ejercicio nunca fue lo mío. Me gusta pasar desapercibida. Como la gente me fastidia pues me siento bien si no me hablan. Lo que me cayó bien de Mango fue que sin tapujos me dijo que era puta. Ni siquiera dijo que trabajaba como scort o como modelo. Cosa que hacen muchas mojigatas. Se sentía orgullosa de ser puta. Se ofreció a llevarme a mi casa. Le dije que vivía en la Narvarte, y el gimnasio se encontraba en la colonia Nápoles.

— No importa, me dijo, yo voy para la Roma. Ahí es donde atiendo. Me queda de pasada. Te llevo, no hay problema.

Cuando llegamos quiso entrar a conocer mi casa. Así lo dijo: "Enséñame tu casa". Le dije que no tenía cochera. No importa, ahorita encuentro dónde estacionarme.

Y sí. Desde esa noche nos hicimos amigas. Después de Lorena, Mango fue mi primera amiga real en la Ciudad de México. Marie Süe pudo ser mi amiga, pero me bateó. También era puta. No sé si se me dan. Están de moda.

Mango me dijo que si no era prejuiciosa ella me podía ayudar a entrar al mundo de las putas. Me daba risa. Aunque ya no usaba el outfit de Kurt Cobain, mi cuerpo no dejaba de parecer el de un miembro oficial de los Ramones o Sonic Youth.

— No te creo, dijo, Mango. A ver, encuérate, déjame verte. No importa que seas flaca. Con que nos seas gorda ya triunfaste.

— Mango, pero a los hombres les gustan culonas y chichonas como tú.

— Los hombres son calientes y la meten donde sea, donde los dejen. También les gustan flacas. Lo que les gusta es que sean güarras. Yo conozco unas colombianas flacas que parecen lagartijas que tienen muchos clientes y en distintos países.

— ¿Cómo pueden tener clientes en distintos países?

— Ay nena, actualízate, me dijo ¿qué no conoces Twitter? Andar de puta en la calles es para las feas, o las nacas, o las viejas que no usan las redes sociales. Eso sí jamás andes de puta en Facebook. Esas nomás son putas por pendejas. Es decir, son de las que no cobran. Nomás son putas por solas.

— Yo no tengo Facebook, le dije.

— ¿Lo ves? Dios nos puso en el camino para que nos encontráramos, dijo Mango recostándose en el sillón

"Pero yo soy atea" —pensé, pero no lo dije.

— Sí, puede ser, fue todo lo que dije.

— ¿Entonces eres abogada? Me preguntó.

— ¿Qué? No, para nada.

— Dijiste que trabajabas en un despacho de abogados.

— Mango, si fuera abogada no viviría en este departamentito.

— Cierto, dijo. Mis clientes abogados por lo regular viven en Polanco o Santa Fe.

Mango siguió insistiendo en que podía ayudarme a volverme puta y ganar mucho dinero. Me dijo que ella sabía manejar las redes y que no era envidiosa ni nada por el estilo. Imaginé que al igual que Lorena, también ella quería adoptarme como mascota y convertirme en su sucesora.

Pero ¡Qué carajo! ¿Acaso me ven cara de plastilina? ¿Por qué mierdas se pensaban todas que yo estaba ahí como materia dispuesta a que todos me dieran forma?

Emilio me cogía sin preguntarme si quería. Lorena quería que la continuara. Alexa Galaxia me donó su sangre para adiestrarme a la distancia.

Marie Süe me la robó y ahora Mango quería volverme puta.

¡Váyanse a la mierda todos! pensé mientras escuchaba su inagotable y aburrido monólogo. Entonces le dije que sí.

— Hazme puta, pues, le dije y me quedé dormida.

EL PUNTO SIN RETORNO:

EL NACIMIENTO DE MAGDALENA GALAXIA

Decidí aceptar la oferta de Mango.

Mientras cuidara mi higiene y pudiera evitar involucrarme con psicópatas todo iba a estar bien. Recordé que Marie Süe me dijo que ella se desconectaba de su cuerpo cuando el cliente no le gustaba. Me di a la tarea de entenderlo y ponerlo en práctica.

El eje del mundo es el dinero. Que lo tengas no asegura tu felicidad, pero vas a poder comprarte algunos pasatiempos y placeres que te ayuden a distraerte mientras te llega la hora. La vida no es para quedarse, estás de paso y nada más. No hay por qué crear apegos.

¿Cómo quieres ser recordada el día de mañana que te hayas ido? Me preguntaba mi madre cuando era niña. ¿Para qué quiero que me recuerden si ya voy a estar muerta? Ni siquiera me ponen atención mientras estoy viva. Entonces, decidí comenzar a practicar el desapego.

Elegí mi nombre de batalla: Magdalena, como la de Cristo. Aunque yo le agregué mi toque personal. Yo me puse *"Magdalena Galaxia"*, en honor a mi difunta amiga. Estaba segura de que el éxito me esperaba.

Mango quería que me llamara *Cherry Lips*, pero ¡Por favor! Una cosa es que sea puta y otra que sea una descerebrada subnormal. Me negué. El argumento de Mango era bueno: Los hombres son estúpidos.

Tú construyes un personaje y ellos te lo compran. Es como disfrazarte, pero yo no quería vestirme de colegiala o de niña fresa. Yo quería ser como la más grande de todas las putas: María Magdalena.

Yo no quería ser puta para coger. Yo quería dinero y ya. Ganar dinero cogiendo no califica como sexo fácil.

De fácil no tiene nada, pero se hace pronto si no lo gastas en pendejadas como Mango. Yo sabía algo que ella no.

Puedes coger, puedes vender tu cuerpo una obscena cantidad de veces. Puedes practicar la prostitución, pero existe una delgada línea, la cual si llegas a cruzar no hay vuelta atrás, y te quedas en el viaje.

Se trata del "punto de no retorno". Es como con los hongos. Tienes que estar atenta. Mango nunca supo nada de eso, así que ella cruzó el umbral y jamás vio la orilla de regreso.

Existe una cantidad límite de horas para putear. Los padrotes de antaño lo sabían perfecto. No es exacto, porque no es científico. Es más parecido al arte que a la ciencia y depende de cada prostituta, de su personalidad y de la adaptabilidad de su mente. Depende de cuánta tensión es capaz de soportar la mente de la prostituta, pero digamos, sólo por mencionar una cantidad, que tienes un margen de mil horas de trabajo en la prostitución. Si no rebasas ese límite no te desgarras y todavía te puedes retirar.

Los padrotes pueden ver cuando te vas acercando al límite. Lo notan en tu conducta y comportamiento errático. Ellos saben que estás a punto de cruzar la línea. Entonces él sabe que estás a punto de dejar de ser funcional para sus propósitos. Y es entonces cuando te exprime todo lo que puede para luego despacharte, te deja naufragando en los abismos de tu mente descompuesta. En ese momento te vuelves loca, pasas a ser material descompuesto, como si fueras un automóvil desvielado.

Cuando eso sucede, la prostituta comienza a consumir crack u otras drogas cada vez más tóxicas y más baratas. Los clientes comienzan a escasear. Entonces la prostituta termina en la calle vendiéndose con poca suerte por unas monedas o en ocasiones a cambio de algo de droga. Digamos pues que mientras más se aleja de la orilla, más contacto pierde con la realidad, se devalúa y truena. Yo no tenía padrote, sólo a Mango, y ella no sabía nada de esa antigua sabiduría.

Mi ventaja era saber todo esto y mantenerme alerta. Tener siempre presente mi conducta y no perder conexión con la realidad.

Casi no bebía y no me metía nada de droga. Las chicas se meten chingadera siempre, todo el tiempo. Dicen que no tienen problemas con el oficio, pero entonces ¿por qué se meten tanta pendejada?

La mente miente.

La gente se engaña o al menos intenta hacerlo todo el tiempo. Las prostitutas dicen no tener problemas, pero… oh sorpresa, un día descubren que el catecismo impuesto desde la infancia sigue saboteándote desde el subconsciente. Ahí está el juicioso y flamígero dedo de Dios señalando tus pecados.

La iglesia, mediante la culpa, ha acabado con más personas que el mismo crimen organizado. Ahora que, si lo piensas bien, no siempre, pero sí en muchos casos, la religión ha resultado ser un crimen muy bien organizado.

No renuncié de inmediato al despacho de abogados, seguí siendo la recadera y mandadera de todos. Empecé con pocos clientes, pocas horas. Mi lugar de trabajo fue el ROMA-AMOR, el famoso motel de la colonia Roma. No quise meterme en complicaciones y por más que me ofrecieran mucho dinero, no aceptaba ir a domicilios particulares.

Toda la promoción se hacía por Twitter. Mango me instruyó. Grabábamos videos y nos tomábamos fotos juntas y ella me recomendaba. Me pasó los tips que necesitaba para el oficio.

Le pregunté qué debía de hacer con Emilio. Me dijo que ella se encargaba. Un día sólo llegó y me dijo:

— Listo, todo está arreglado. Emilio no tiene problemas con tu nuevo oficio. Puedes seguir trabajando o renunciar. Todo depende de ti.

Quise saber qué había pasado, y me dijo que nada, que le explicó todo y él había sido bastante abierto y comprensivo.

Sí, cómo no. No le creí una palabra, pero, en fin, lo importante era el resultado.

— ¿Tengo que seguir cogiendo con él los lunes? Pregunté.

— No, ya no. Emilio dice que no le gustan las putas. Bueno, sí, pero tú no. Contigo quería exclusividad. Ya sabes, tu versión puta no le gusta. Los hombres son machos, pero al menos hay muchos y para escoger. A veces tienes clientes que están buenos. Te la vas a pasar bien. Y cuando no, pues ya sabes, cierras los ojos y finges que disfrutas. La vida es eso: pose y simulacro.

Mi paso por el mundo scort no duró mucho. Un año apenas. Sin embargo fu el año de preparación que antecedió al año de mi autismo espiritual. Ya me había mudado a un departamento en la colonia Del Valle y me había comprado un auto.

Mango estaba cada vez más loca y extraviada. Seguía siendo mi amiga, por supuesto, pero yo seguía teniendo presente el punto de no retorno, y sólo veía cómo Mango se alejaba de la orilla y se adentraba en los confines del abismo.

Estaba próxima a cumplir los 26 años. No quería seguir ejerciendo la prostitución y dejar que eso me definiera. Era joven, atractiva y desapegada. Decidí volver a mis raíces. Ya la ciudad no representaba una amenaza para mí.

Había ganado dinero como nunca en mi vida. Además de mis honorarios, algunos clientes VIP me regalaban cosas. No me hacía falta nada. Decidí hacerme el mejor regalo que podía para celebrar mis dulces 26.

Digo, quién sabe si como las estrellas del rock, yo también moriría a los 27. Más valía irse de esta vida haciendo lo que uno quiere.

Y eso en mi caso era: Nada.

Cheaqué mis cuentas y vi que tenía lo suficiente para mantenerme durante al menos otro año sin necesidad de hacer absolutamente nada. Así es. Durante un año no iba a hacer "pinches nada".

Eso era lo que yo quería y tenía la forma. Adiós putería. Adiós mundo y sociedad.

Ese fue el año sabático que me tomé para descansar del mundo. Lo nombré el año del autismo espiritual. Mi vagina, mi boca y mi ano me lo agradecieron.

EL LEÓN NO ES COMO LO PINTAN, A VECES ES UN GATO VIEJO,
GORDO Y DESVELADO

Lo esencial no puede verse con los ojos sino con la inteligencia. Ser guapo o atractivo es sólo publicidad y mercadotecnia.

Siempre preferí la gente gris, las personas silenciosas que no llaman mucho la atención. La popularidad nunca fue mi hit. No quise, ni pretendí, ser popular. Se hace mucho escándalo alrededor del hecho de ser popular.

La búsqueda de popularidad es para idiotas. Incluso un mojón de mierda es bastante popular entre las moscas. Sólo siendo scort era rentable llamar la atención.

Mango sufría porque quería andar de novia y jamás lo conseguía. Decía que el problema de andar de novia a su edad, —tenía 32—, era que luego tu hombre te deja cuando le gusta otra más joven que tú.

Tengo que ubicar a esta estúpida, pensaba.

No se lo dije así.

Le expliqué el asunto de forma asertiva y cariñosa, como haces con una niña subdesarrollada a la cual no quieres herirle demasiado sus sentimientos, ni arruinarle por completo el cuento de hadas.

— Mira, aunque lo dudes, la realidad es diferente, Mango. De hecho, apenas te haces novia de alguien y en ese mismo instante a tu novio le empiezan a gustar todas las mujeres más que tú. No te deja porque en algún momento otra más joven le guste más.

Nada de eso. Desde el momento en que se hacen novios, cualquiera le gusta más que tú, por la simple razón de que tú ya eres su novia, a ti te da por hecho y ya te tiene. El deseo depende de que la consumación no se consiga.

Para mantener interesado a un hombre tendrías que mantenerlo eternamente en el suspenso.

Que siga aferrado a la posibilidad y a la esperanza, pero que jamás te tenga al cien. Sólo así puedes retenerlo, pero si te haces su novia comienzas a aburrirle. Tu novio comienza a notar más tus estrías, tu celulitis y tus várices.

Todo lo que antes en ti era perfecto comienza a manifestarse como lo que es: una señal clara del deterioro y del transcurrir del tiempo, que en ese caso comienzan a verlo como defectos.

Por eso las relaciones son aburridas. No sé para qué mierdas quieres un novio, Mango, si a veces ni tú misma te soportas. Digo, perdón, no lo decía por ti, sino por todas nosotras, pues. Si una misma no se soporta.

Pensé que me había pasado de la raya, pero no. Mango soltó la carcajada.

— Eres una estúpida tira-netas, Roberta, por eso me caes bien. Y ya sé, ni yo misma me soporto, pero por eso mismo quiero un novio para que me soporte y me apapache.

¡Aburrido! Gritaron al unísono todas mis neuronas.

Sólo puse los ojos en blanco y me quedé callada.

A mí por eso me gusta la gente chata, gris, que vive como ameba y pasa desapercibida. La gente me exaspera con su enferma necesidad de llamar siempre la atención. En cambio, la gente gris camina y vive libre por todas partes. Nadie la molesta, nadie la cuestiona, nadie la critica, nadie se mete con ellas, porque nadie nota su existencia. Delicia de delicias. En eso quería convertirme yo. Aunque por ser rara eso se me complicaba. Llamaba demasiado la atención. Aunque fuera por ser extraña terminaba siendo señalada como la loca.

¡Qué coño tiene que hacer uno para volverse gris! Gritaba como loca en mi departamento. Cuando eres insomne te vuelves pesimista. Todo resulta igual para ti. Lo mismo son las 9 de la mañana que de la noche. En tu mente algo sucede y todo comienza a darte exactamente lo mismo. Dicen que las personas inteligentes son insomnes. A menudo sucede, pero ojo, no por ser insomne significa que eres inteligente. Hay gente estúpida que sólo tiene problemas para dormir. A menudo funciona en una sola dirección, no en ambas.

Cuando eres estúpido lo eres durmiendo o sin dormir. Y cuando eres inteligente igual. Duermas o no. El asunto es que puedes volverte pesimista. Yo siempre fui insomne. Desde el accidente en el ascensor lo fui más. No sólo me volví apática y pesimista, sino que además pienso que empecé de manera prematura a despertar a la verdad del mundo. El león no es como lo pintan. A veces es un gato viejo, gordo y desvelado.

EL AÑO QUE ME DEDIQUÉ A LA PUTERÍA DE PAGA

El año que me dediqué a la putería de paga, fue el más extraño de mi vida, por una razón especial, fue el año en que de manera extraordinaria apareció otra "yo", una segunda Roberta. Es decir, no que emergiera una doble personalidad oculta. Nada de eso. De manera literal y material existían a la vez en el mundo físico dos Robertas.

No sé cómo sucedió. Tampoco recuerdo el momento exacto del nacimiento de mi doble. Era yo y no era yo. Era como un clon mío, pero en otra versión. Esa otra Roberta que no era yo y que a su vez sí lo era, la clon, pues, tenía mi misma edad, pero hacía cosas diferentes. Esa no se dedicaba a la prostitución, sí era puta, igual o más que yo, pero esa no se dedicaba al oficio. No cobraba pues. Creo que ella le salía más cara a los hombres. A la otra Roberta le encantaba ponerse de novia. Y por lo que supe, a veces tenía de dos o tres al mismo tiempo. Le gustaba beber y salir todas las noches. Era bastante amigable y social, y por increíble que parezca esa falsa Roberta no era atea. Decía ser católica y diseñadora gráfica.

No era una hermana mía, aunque bien podía pasar por ella. El asunto es que yo sabía que no existía una gemela extraviada por ahí. Sé que surgió una noche mientras trabajaba. Me sentía aturdida. Ese día había tenido muchos clientes. Había empezado a las 11 am en el Roma-Amor y me fui de ahí pasadas las 2 de la mañana. Me metí no sé cuántas líneas de coca para aguantar. Ni modo. No me gustaba drogarme en la oficina, pero no es sencillo coger y poner bonita cara con los clientes después de tantas cogidas. El asunto es que en ese tiempo yo estaba de moda.

Me fui a mi casa y me tiré en la cama. Me quedé desnuda. No tenía fuerza para buscar algún pijama. Me metí así a la cama. Me sentía agotada.

Me quedé dormida apenas puse la cabeza en la almohada. Desperté a mitad del sueño. Comencé a soñar con esa otra yo que tenía mi mismo cuerpo, mi mismo nombre y mi mismo todo.

Me dijo que lo que hacía era trabajo para dos y que ella estaba ahí para ayudarme. No me asusté porque sabía que soñaba. Me divertí con mi propia historia. Siempre he creído que jamás duermo por completo. Antes de dormir, y mientras sueño, mi mente crea historias.

Digamos que me cuento cuentos para ayudarme a conciliar el sueño. Imagino e invento situaciones. ¿Qué pasaría si un día de las paredes salieran duendes? No sé. ¿Qué pasaría si una noche al irme a dormir y al comenzar a soñar creara otra yo para que me ayudara con los clientes o las tareas de la casa?

Supongo que eso es lo que yo pensaba antes de quedarme dormida, y cuando comencé a soñar continué la historia. Por eso creé en mi sueño una clon personal. Era como separar una gota de agua en dos perfectas mitades. Hablé con Roberta 2 y le di las gracias por aparecer en mi vida. Se despidió de mí y la vi abrir el armario buscando ropa.

— ¿Qué haces? Le pregunté.

— Busco algo lindo, voy a salir, es temprano. No te preocupes. Voy a intentar no estar en los mismos sitios que tú al mismo tiempo. Si quieres podemos dejarnos notas aquí mismo en el buró. Digo, para no encontrarnos por error. Ah y otra cosa, —dijo Roberta 2—, necesitamos fijar algunas reglas, no traer hombres al departamento. Porque, aunque somos idénticas ellos no se van a dar cuenta de cual es cual, pero nosotros sí. Y aunque en esencia somos la misma persona y a mí no me incomoda compartir amantes, podemos meternos en problemas. Así que si nos quieren coger que nos lleven al motel o a sus casas. Aquí no vamos a meter hombres, ¿estamos?

Le dije que sí con tal de que se marchara y me dejara seguir durmiendo. Digo, ya estaba durmiendo y soñando, pero necesitaba también dormir en el mismo sueño.

A la mañana siguiente no recordaba haber soñado el desprendimiento de mi doble. Me enteré, o bien recordé su existencia, cuando empecé a encontrar notas en el buró que decían dónde iba a andar durante todo el día. Era como si dormida me escribiera notas a mí misma recordándome mi agenda del día siguiente. Aunque nada de lo que decía en esas notas me checaba.

Palacio de Hierro de Polanco, Las Lomas, Santa Fe. No entendía nada de mis propias notas. Sabía que eran mías porque era mi letra, pero los lugares no me checaban en mi agenda. Fue cuando recordé el sueño de Roberta 2. No le hice caso. Sólo tenía que poner atención. Necesitaba descanso. Tal vez me estaba acercando de forma peligrosa al punto sin retorno.

EL EXTRAÑO RETORNO DE ALEXA GALAXIA

Decidí dejar la putería de paga cuando la sangre de Alexa Galaxia regresó a mi vida. Recuerdo esos doce meses como quien recuerda, observa o sueña las películas de David Lynch. Todo te resulta confuso y alucinante. No digo que malo, porque a mí me gustan sus películas, pero así es como recuerdo el año que me dediqué al más antiguo de los oficios. Tenía 25 años y estaba en plenitud de todo. Por fin me sentía medianamente libre de la pesadilla del aburrimiento que me había perseguido desde siempre.

El guion de aquellos meses se caracterizó por la discontinuidad. No había un discurso lineal. El argumento era confuso y las escenas o recuerdos brincaban sin relación aparente. Insisto, no es que fueran desagradables, de hecho, le aportaban tono, pero el discurso y la narrativa en definitiva no era lineal ni tradicional. Si tuviera que narrarlos no sé si pudiera ponerle un orden. La verdad es que recuerdo casi todo, menos la secuencia de los hechos. No sé bien que pasó antes, ni qué pasó después. Ni quien era quien, porque a menudo confundía los sitios, los nombres y las personas.

Los seis primeros meses conservé mi empleo en el despacho de abogados. No había razón para no atenderlo. Además, me pagaban más o menos bien, y gracias a Mango no había ningún inconveniente con Emilio. Ya no cogí con él, porque me hizo el feo. No me gustó que me botara, pero bueno tampoco era para ponerse a llorar. No estaba enamorada. De hecho, no recuerdo haberme enamorado nunca. Encariñado tal vez, pero enamorado no. Ni siquiera me había enganchado sexualmente con nadie nunca. Así que eso del enamoramiento era un tema ajeno a mi marco de experiencias. En fin, seguí trabajando seis meses en el despacho mientras me hacía de clientes en el Roma-Amor.

Una noche, uno de los socios mayoritarios me invitó a una de las fiestas exclusivas del despacho. Los empleados no asistíamos, pero él insistió en que fuera. Incluso se ofreció a comprarme un vestido. Me dijo que lo cargara a la cuenta de la empresa. Por supuesto que lo hice y me mandé la cuenta de un lindo y coqueto vestido de puta de 5 mil pesitos.

Tampoco abusé tanto.

Después de medianoche el socio que me invitó estaba un poco borracho y me llevó aparte para hablar conmigo. Me dijo que tenía un par de meses de seguirme en Twitter.

¡Mierda!

Entonces sabía de mi otro oficio, el de la putería de paga, pues. Pensé que me iba a correr. Pero bueno, nadie le compra un vestido a alguien sólo para despedirla. Entonces entendí el negocio.

Nada es gratis, Roberta.

Me preguntó qué tal me iba en mi otra chamba, le dije que apenas estaba empezando y que no tenía ni mucha experiencia ni muchos clientes, pero que aprendía pronto. Le dije que tenía una amiga que era mi mentora.

— Mango, me dijo. Claro, la conozco. He sido su cliente algunas veces. Buena chica.

Me preguntó por mis honorarios y que si estaba desocupada esa noche. Le dije que él era mi jefe y que ya me había comprado el vestido, que con eso podía considerar cubiertos mis honorarios, y me dijo que de ninguna manera. Abrió la cartera y me entregó 5 billetes de 500 pesos. Además, me atiborró de coca. Eso sí, me pidió que lo llevara a mi departamento. No me cogió toda la noche, sólo un par de veces. Nos emborrachamos, nos metimos coca y charlamos. No puedo negar que estuvo bien, pero era mi jefe y para nada era mi tipo. No era muy viejo, tendría 45 cuando mucho, pero no sé, parecía triste y solitario. Hay hombres exitosos así, con nada más que dinero. Esos son los que prefieren la compañía de las scorts. Si yo fuera hombre sería como mi jefe. Si tuviera pene seguro también cogería con putas, pero alternativas como yo.

Al día siguiente encontré en el buró una nota.

"Cumple el acuerdo, Roberta, por favor. Quedamos en no traer hombres al departamento".

Recuerdo bien el momento en que se fue mi jefe. Estaba a punto de amanecer, pero por más ebria y drogada que estuviera sabía lo que hacía y no recuerdo haber escrito la nota. De hecho, gracias a la coca no pude dormir de inmediato. Tuve que tomarme un par de whiskys más y una pastilla para dormir.

Mi jefe ni siquiera me sugirió que renunciara. En la Ciudad de México suceden cosas extrañas. De verdad ahí le importas un carajo a los demás. En las demás ciudades la gente es demasiado prejuiciosa, metiche y mojigata. Si eres puta, de inmediato te quieren crucificar.

Acá no. Acá mi jefe supongo pensó en lo conveniente que resultaba tener una linda putita a la mano. No sé, la gente sola es más eficiente. Se deja de estúpidos prejuicios. Y la Ciudad de México está llena de gente sola y triste, por decir lo menos. No es que en otras ciudades no haya gente triste, pero su tristeza es diferente. Allá nadie está realmente solo.

La familia está contigo. Bueno, no en mi caso, pero sucede a menudo en el interior del país. Mi caso es la excepción a la regla. Acá incluso tus padres se olvidan de ti apenas pones un pie fuera de la casa. Y eso está bien. Eso me gusta. Hay más independencia. Las relaciones íntimas son las que provocan el desorden.

Seguí con mi trabajo en el despacho, pero ya después de los primeros seis meses me resultó complicado mantenerlo. No podía ser oficinista y puta. Necesitaba descansar, administrar mejor mis tiempos o muy pronto terminaría llegando al punto sin retorno. Entre el sexo, las drogas y las desveladas, pronto iba a quedar tan loca como Mango o las demás colegas.

Tomé la decisión de abrazar el oficio de la putería de paga como dios manda, como abrazó Magdalena a Cristo, sólo por citar la referencia. Y hay que recordar que mi nombre de batalla era Magdalena Galaxia. Si pensaba prostituir mi cuerpo tenía que entrarle en serio y pensar en grande. Mis clientes y seguidores comenzaron a aumentar. Llegué a cobrar 5 mil pesos por una hora. El sexo anal y otras perversiones se cobraban aparte. Me estaba yendo bien. Estaba ganando mucho dinero.

Una tarde llegué a la habitación del Roma-Amor que el cliente había reservado. Cuando entré, vi la sangre en la cama, en el edredón y las almohadas. Me dio asco, pensé que no habían limpiado. Ya ni siquiera imaginaba que pudiera ser la sangre de Alexa. La vi en el espejo. Y me quedé pasmada. La habitación lucía como la escena de un violento y sanguinario crimen.

Comencé a excitarme mucho. Mi cliente me pareció más sensual que nunca. Me arranqué la ropa y le abrí la bragueta de inmediato. Le saqué la verga, me puse de rodillas y se la comencé a chupar. No sé por qué, pero en ese momento, al ver y oler la sangre, sentí que mis hormonas se disparaban enloquecidas, me sentí como perra en celo. Me urgía sentir su verga en todos mis orificios sexuales. Incluso lo dejé que me cogiera por atrás sin cobrarle el extra.

Cuando tomé su pene y lo puse en mi ano, se detuvo.

— No traigo para eso, dijo.

— No te preocupes, la casa invita, le dije, pero dale duro. Cógeme como en la revolución, muchacho. Yo no soy tu esposa, a mí me coges como diosito manda.

Él no vio la sangre, porque pues, no había sangre en el lugar. Esa sólo yo podía percibirla con todos mis sentidos. Me sentí excitada, llena de energía, y completa. Me fui a casa contenta, pero confundida.

La sangre de Alexa había regresado como un ex que apenas se entera que estás en paz y vuelve a sacudir tu vida. A mis 25 años me sentía perfecta. Sin miedo ni vergüenza. No me daba pena dedicarme a la prostitución. Era temporal, y eso podía jurarlo.

La ciudad estaba a mis pies. Yo no tenía miedo. Incluso había superado la pérdida de Alexa. Es decir, por fin había vivido mi duelo, y justo en ese momento fue cuando Alexa volvió por mí desde la muerte.

¡Joder con esta!

CALLE LA NOCHE

Salí del Roma-Amor más excitada que nunca. Me subí a mi auto, puse música de Bauhaus y conduje sin rumbo fijo. Todavía después de la cogida me sentía excitada. Necesitaba que la voz de Peter Murphy me cogiera por todos mis sentidos. No sé cuánto tiempo estuve así. Diría que, en trance, pero no lo sé. No supe dónde estaba. De pronto me di cuenta de que todo era más oscuro y silencioso.

Entré en un túnel y todo se volvió confuso. El túnel parecía inagotable. Yo manejaba y no veía otro auto, ni delante ni detrás de mí, pero eso sí, podía oler perfecto la sangre, podía sentirla en la lengua, en el paladar y se me presentaba en forma de manchas en el parabrisas.

Seguí manejando y escuchando música. Recordé a mi doble, a Roberta 2. ¿Dónde podría estar en este momento? ¿Por qué después de un año había vuelto la sangre de Alexa? Entonces ¿no la había robado la bruja?

Por fin salí del túnel y me encontré perfectamente perdida. No sabía donde estaba hasta que reconocí una calle. Era la misma donde vivía Marie Süe, pero se veía diferente. Como cuando ves una calle en sueños. Detuve el coche. Nunca había ido manejando hasta allá. No sabía si era buena idea ir a buscar a la bruja, pero ya estaba ahí y la sangre acababa de volver a mi vida. ¿Qué podía pasar?

Tomé mis cosas y cuando estaba a punto de bajar vi que Marie Süe me observaba de pie frente al auto. Me asusté. No sabía que decirle.

— Ya volvió, ¿cierto? Dijo

— ¿Quién? Pregunté, aunque sabía que se refería a la sangre de Alexa.

— Ven, dijo, sabía que ibas a venir.

— Comenzó a caminar hacia su departamento. Quise preguntarle si era seguro dejar el coche ahí, pero no dije nada.

— Sé lo que piensas, dijo.

— ¿Qué cosa?

— No, no está Matilda conmigo.

— No, Marie Süe, no estaba pensando en eso.

— Matilda está muerta, dijo

— ¿Cómo dices? ¿Cuándo murió? Lo siento mucho…

— Matilda no existe, Roberta… dijo la bruja… es un espectro. Tú puedes verla al igual que la sangre de Alexa porque estás un poco loca. Matilda no existe en este plano de existencia. Bueno, existió alguna vez, pero hace muchos años que murió. Se suicidó después de que la violaron aquí mismo en esta calle. Por cierto, ¿ya viste cómo se llama esta calle?

— No.

Y era cierto, jamás me había fijado en el nombre de la calle. Y en ese momento lo vi: la calle se llamaba "La Noche".

— Calle "La Noche", dijo Marie Süe. Qué loco. ¿No crees? Por eso me gusta vivir aquí. Matilda sabe perfecto que está muerta, pero está aferrada a que yo la convierta en bruja. Es una maldita enferma.

Llegamos a su departamento y subimos a la azotea, con los respectivos cigarros, la Coca Cola de 2 litros y los Doritos, la canasta básica de la bruja.

— No te preocupes por tu coche, dijo, a esta hora no hay nadie vivo que esté interesado en autopartes.

No estaba preocupada por eso. El rastro de sangre chorreando en el cabello de Marie Süe me excitaba y me daba confianza. Además, era un coche comprado con dinero de la putería de paga.

Nos sentamos y entonces Marie Süe me miró a los ojos:

— Tú mataste a tu amiga Alexa Galaxia, dijo. Por eso su sangre te persigue.

Sentí como si me hubiera dado un golpe en la boca del estómago y me hubiera sacado el aire. Sentí náuseas y comencé a vomitar ahí mismo.

— Estás loca, le dije. Yo amaba a Alexa.

La bruja sonrió y me dio un ligero golpe con la palma de la mano en la frente.

Perdí la conciencia.

Al despertar, estaba en mi cama, en la Colonia del Valle. En el piso encontré cigarros, una botella de Coca Cola vacía y una bolsa de Doritos tamaño familiar.

ENCUENTRO CON EDITOR: MEMORIAS GUARRAS DE
UNA PUTA PRETENCIOSA

Antes de tomar mi año sabático, en los últimos meses de mi año en la putería de paga, me hice amiga de un músico, uno de esos hermosos narcisistas que piensan que son la viva reencarnación de Jimmy Hendrix o Jim Morrison. Me lo cogí al menos tres veces antes de que me invitara a salir. Cogíamos y platicábamos.

Resultó que teníamos gustos musicales y literarios parecidos. Porque pues, yo además de puta era toda una chica underground. De esa forma se puede decir que nos hicimos amigos. Bueno, no sé si tanto, porque no sé bien cómo funcione eso de la amistad. Mis amigos siempre terminan muertos o locos.

Me gustaba el chico, era sólo un poco mayor que yo. Era arrogante y me trataba equis.

— Casi ni pareces puta, me dijo, bueno, de las que cobran. Sin ofender, claro. Me refiero a que no te ves tan loca. O no sé si la estoy cagando, Magdalena, mi intención no es ofenderte.

— Roberta, le dije

— ¿Qué cosa?

— Me llamo Roberta. Magdalena Galaxia es mi nombre de batalla. Y no te preocupes, loquito, entiendo lo que dices. Tú casi ni te ves tan narcisista y tarado. Digo, más o menos, pero casi siempre a los músicos se les nota más.

— ¿Por qué eres puta?

Digamos que las palabras no eran su fuerte y era medio imbécil al momento de elegir las palabras adecuadas.

— Porque me aburro, León Larregui suburbano Región 4. Me gusta ganar dinero y no soporto que nadie me diga lo que tengo qué hacer. Soy incapaz de seguir órdenes y de no partirle el hocico a alguien que se cree superior a mí. Pero en esencia es porque me aburre.

— Y porque te gusta el sexo, dijo

— No, por eso no. De hecho, soy un poco apática del sexo.

— ¿Eso cómo es?

— Es fácil, no soy como los hombres que sólo quieren estarla metiendo todo el tiempo donde sea, ni como las zorras que siempre quieren ir por la vida empaladas. A mí me gusta coger, sí, pero casi no. Lo del dinero me estimula más. No cogería contigo, ni con nadie pues, si no hubiera dinero de por medio. Digo, como dices tú… sin ofender. Esto es un negocio. No es que no me gustes, pero no cogería contigo sin el dinero de por medio.

— Estoy seguro de que sí lo harías.

— ¿Lo ves? Ahí está. Ahí sí ya pareces músico, una mezcla de estúpido, narcisista y arrogante. No eres tan guapo, créeme. Hay millones de hombres mucho más guapos que los músicos. Hay hombres que ejercitan su cuerpo, pero equis. Ese no es el punto. Aunque fueras el hombre más guapo del mundo no cogería contigo si no hubiera dinero de por medio.

— Entonces sí eres una puta.

— Pues no es como que haya venido a rezar o a hacer amigos. Ofrezco un servicio y ya.

— Me caes bien, Roberta. ¿Quieres ir a la fiesta de aniversario de Spotify? Nos invitaron a tocar.

— Mientras no pienses que así me vas a coger de gratis, sí, ¿por qué no?

Después de esa fiesta siguieron otras. No sé, terminé por convertirme en la amiga favorita de los rockstars y músicos alternativos. Como a esas fiestas también me llevó a otras de escritores y artistas.

Triunfé en sociedad en todas y cada una de ellas. Conocí actrices, escritores, pintores, actores y todos pensaban siempre que yo era escritora. Se sorprendían cuando les decía que era puta y no escribía nada.

Incluso un editor se interesó en mi vida, en la historia de Alexa Galaxia, lo de la sangre, la bruja y Mango. Me dijo que si estaba interesada él quería publicarme un libro.

— Tienes talento, dijo. Tienes algo que a mí me gusta en los escritores que publico. Tienes experiencia, tienes nervio y fibra. Estoy seguro de que si escribes vas a arrojar algo interesante. Escribe tus memorias.

— ¿Cuáles estúpidas memorias? Dije. Apenas acabo de cumplir 26 años hace un mes. Antes de los 16 yo era un brócoli. Todo esto que te cuento pasó en diez años y no soy nadie. Soy una estúpida que se aburre y ya. No creo que haya nada que contar.

— Trabaja, escribe, me dijo. Anota mi correo y mi teléfono. Tómate un tiempo, escribe y mándame lo que tengas. No vamos a hablar de nada hasta que escribas. Si yo veo que es basura te lo digo y tan amigos como siempre, ¿vale?

No perdía nada con intentarlo.

Lo cierto es que de los 16 a los 26 descuidé un tanto mis lecturas, pero ya había sido devoradora de libros y filósofos. Lo que perdí en lecturas lo gané en experiencias. Así que, bueno, ya estaba ahí. Vi la sangre en el rostro de Editor y pensé: por algo será.

— Está bien, Editor. Ya tengo el título de mi libro. Prepárate para hacernos millonarios, le dije.

— ¿De verdad? ¿Cómo se llama?

— *Memorias guarras de una puta pretenciosa.*

— Me gusta, dijo. Me gusta. ¿Quieres coger? Celebremos.

— Pos ya qué. Vamos.

La estúpida fiesta era de lo más aburrida

Si te vas a dedicar a la escritura debes estar dispuesto a visitar la lona, no una, sino en repetidas ocasiones. Escribir es morder el polvo, aniquilarte. Si la vida te da palizas desde la infancia, la literatura te coge y te tiene de su perra todo el tiempo.

Sentí las ansias, pero también las ganas. Tenía muchas ideas, pero ni una sola que me indicara por dónde empezar. Al menos tenía el título: *"Memorias guarras de una puta pretenciosa"*. Casi podía verlo en los aeropuertos y los Sanborns. Un buen libro, jodedor, macizo y por supuesto, violento. Un libro que sacudiera a las personas de la ataraxia y del ontológico aburrimiento, porque si no, en todo caso ¿para qué escribir nada?

Yo por supuesto no era, ni pretendía ser, escritora. De verdad, profesional pues. Siempre amé leer, pero no quise enlistarme en las filas de esos hermosos angustiados fracasados, por decir de los mejores, como Dostoyevski. Los demás sólo escriben libros y están ahí por vanidad, con la esperanza de conseguir algo de fama, sexo y el amor que nunca recibieron de sus padres.

Yo era (soy) una fulana más del tipo de Cioran y Borges, siempre he preferido leer antes que escribir. Ya hay demasiados grandes escritores y escritoras que lo hacen perfecto. ¿Yo qué más puedo aportar? Claro, siempre está el asunto de escribir el libro que tú quieres leer, y escribir el libro que sólo tú podrías crear. En fin. No me gusta llamar mucho la atención. Prefiero ser la tenue mancha de humedad en la pared. Algo no muy llamativo. Pero me gustaba la idea de escribir el libro. El plan era escribir uno y ya, ese sobre mis años punks en la putería de paga.

Sólo tenía un problema: ni era escritora, ni sabía cómo se escribe un libro, ni tenía una maldita idea de nada. Me angustié antes de comenzar. Aunque debo admitir que la angustia siempre me motivó a moverme de sitio. La buena noticia era que al menos la sangre de Alexa había regresado a mi vida y que pues yo estaba en pleno año sabático con respecto a mi trabajo en la putería de paga. Al menos tenía, sangre, dinero y tiempo.

Lo primero que hice, obedeciendo a mi intuición de artista pretenciosa fue irme de compras.

No lo sé, yo tenía dinero y aunque sabía lo que quería escribir, no tenía ni puta idea de cómo llevarlo de mi cabeza a la página en blanco. Así que me fui de shopping.

Me hice de un cómodo y delicioso sofá cama, color rojo, sangre de toro, obvio. Una cafetera y una laptop. En aquel entonces había dejado de fumar, pero decidí volver al ruedo. No sé por qué, pero pensé que fumar era bueno para la sinapsis. Así que retomé y me compré un montón de ceniceros, paquetes de cigarros y un montón de zippos, por aquello de que los pierdo todo el tiempo. No es que fuera rica, pero Editor había quedado en darme un adelanto en cuanto leyera mis primeras páginas. Además, siempre estaba la opción de regresar a la putería de paga y hacerme de algunos ingresos extras.

De momento, mis redes sociales, las de "Magdalena Galaxia" se quedaron en *stand by*. Me hice de un nuevo chip para mi móvil. No quería ser interrumpida por mis hormonales clientes deseosos de meterme la verga a cada rato. Estaba en modo "Jean Genet" veinticuatro siete. Que Mango se ocupara de mis clientes.

Lo del sofá es sencillo de explicar. A veces cuando escribo necesito recostarme para pensar mejor. Necesito tirarme boca arriba con las piernas al cielo como cuando mis clientes se ponían de aretes mis tobillos para metérmela hasta el fondo. Fumar acostada de esa forma me ayuda a liberar bloqueos en mi mente. Fluyo. De esa forma, el sofá colocado al lado de la mesa junto a la ventana me funciona para la relajación y la creatividad.

Estaba viviendo en la Colonia del Valle, en la calle Búfalo. Casi no tenía muebles. El departamento era espacioso, blanco y tenía ventanas grandes. Era perfecto para escribir. En mi recamara sólo había un colchón matrimonial en el piso. Jamás quise comprar la base, ni burós ni cabecera. ¿Para qué tanto esnobismo? Mi recámara tenía vestidor propio, aunque yo no tenía mucha ropa.

 Casi todo lo que tengo cabe en unas cuantas maletas. No sé, siempre he tenido la impresión de que en cualquier momento me largo a otra parte y no quiero fastidiarme mucho en la mudanza.

Todavía me quedaba otra habitación vacía. Pensé convertirla en mi estudio, pero la ventana daba hacia los otros departamentos del edificio.

Yo prefería tener mi mesa y mi sillón en la sala para fumar viendo hacia la calle, asomarme como gato a ver a las personas que pasan por ahí caminando desde temprano y hasta tarde, siempre con cara de angustia y pesadez.

Eso es algo que me gusta desde siempre, ver pasar a las personas y adivinar o imaginar cuán difícil y complicada les va resultando la vida.

No estaba lejos de Coyoacán, pero sí había la suficiente distancia para no caer en la tentación de salirme como hípster a caminar allá a cada rato. Me quedaba más cerca Parque Hundido, a donde a veces sí salía para sentarme a ver a la gente cargando con la pesadumbre de su existencia. Allí decían que a menudo violaban mujeres a medianoche.

Un día de bloqueo me salí a comprobar los rumores, pero como dijera Julio Torri: *Como iba dispuesto a perderme, las sirenas no cantaron para mí.* También me quedaba cerca el metro Insurgentes Sur, lo que me aseguraba un constante flujo de personas angustiadas a todas horas. Alimento para las ansias carnívoras de mi mente descompuesta, sedienta siempre de sangre fresca, sangre con olor a fracaso, impotencia y frustración.

De no ser por la desesperación de las personas no sé cómo viviría o escribiría.

Me gusta el olor a tedio y crisis que desprende la ciudad.

Estoy habituada a esa sensación y siempre he sido una especie de voyerista de la realidad y de las personas. Soy una morbosa y obscena mirona. Pero no es algo sexual, es algo más bien existencial. Saber que hay más personas allá afuera, aburridas y angustiadas, me colma de alivio y esperanza. Y eso es lo que me motivaba a escribir.

Sin embargo, estaba seca. Nada. Las primeras tres semanas fumé, me metí coca, mucho whisky y nada.

Escribí, sí, pero nada me gustó. Comencé relatando mi accidente en el ascensor. Me pareció infantil, lamentable y ñoño. Borré todo y comencé de nuevo con la muerte de Alexa Galaxia. No me desagradó del todo, pero no terminaba de convencerme. Editor me llamaba a veces y me invitaba tragos para platicar. Claro, a menudo terminábamos cogiendo. Probé para ver si el sexo me ayudaba a liberarme, pero no.

Editor me caía bien. No me gustaba, no era guapo. Pero al menos no era gordo ni aburrido. Sospecho que era bisexual, pero como que no terminaba de salir del clóset. Al menos no era gordo. Detesto a los obesos y a las carnosas. Detesto a la gente indolente y autocomplaciente, pues. El sexo ayuda, pero también estorba, quita el tiempo.

Es decir, en el instante en que coges, durante el acto, todo es revelación, orgasmo, volver a lo instintivo y a lo salvaje, sin embargo, la cuestión plantea un engorroso inconveniente. ¿Qué cosa? Pues que siempre hay ahí un "otro". Porque en el momento de la cogedera uno se ilumina y desea brincar a la libreta o a la computadora a teclear con furia. Otra cosa es que la persona con la que coges se saque de onda o se ofenda. Que piense: ¿y yo qué carajos hago aquí? Gente insufrible y delicada que no comprende el voluble temperamento artístico.

Casi seis meses después me descubrí con apenas 100 páginas de mi libro. No me quedaba claro si eso que escribía era más cercano a la novela de ficción o a las memorias. Sin embargo, Editor, que no me quitaba el pie del cuello, decía que le gustaba. No sé. A veces creo que sólo quería seguir cogiéndome. Siempre he pensado que quienes me cogen son gays de clóset. Lo digo porque mi androginia es evidente. Casi no tengo tetas y parezco un perpetuo adolescente. Eso sin contar mi innegable parecido a Kurt Cobain con todo y outfit de perdedor. Muy de *teen spirit* suicida.

¿Qué puede excitarles de mí además de coger como una guarra? Porque del físico ni hablamos. Comencé a adoptar los hábitos alimenticios de la bruja quien se alimentaba sólo de Doritos y Coca Cola, además de cigarros Lucky Strike o en su defecto Camel. No me daban ganas ni tiempo de ir a hacer las compras. Mucho menos de cocinar. Sé cocinar y bien, pero de ganas, nada.

Escribir me angustiaba. Escribir era como el sexo anal, me dolía, pero había algo en ese tormento que me gustaba. Y una vez que te relajas y lo aceptas, la diversión comienza.

Una fría y lluviosa mañana de enero al salir de bañarme me quedé desnuda frente al espejo. Dios, este cuerpo es horrible incluso para un varón adolescente, pensé. Sin músculos, sin curvas, flaca, pero flácida, sin tetas, piel lechosa y cabello a medio camino entre largo y corto, mal peinado, rostro inexpresivo. ¿Cómo es que hay hombres que deseaban seguir cogiéndome con este cuerpo? No sé, no me excitaba a mí misma. Tampoco es que me considerara fea. No lo era. Mis facciones me ayudaban. Si me esforzara, cosa que no pensaba hacer, hasta podría ser linda. Pero eso requeriría de mejorar mi alimentación y con suerte comprar mejores trapos y eventualmente hacer algo de ejercicio. A la mierda. Los hombres son unos degenerados, homosexuales y pervertidos. Si me quieren coger que me cojan, mientras me paguen. Tocaron a la puerta. No esperaba a nadie. Era Editor.

Me caga cuando alguien llega a mi casa sin previo aviso. Esos estúpidos que se invitan solos.

Con él no podía ponerme odiosa, es decir, no podía ser tan yo, porque pues, iba a publicar mi libro. Lo sé, soy una basura convenenciera insegura como el resto de las personas. No me distingo de nadie ni lo pretendo. Es lo que hay.

Abrí. No venía solo. Iba acompañado de una flaca rara. No rara como yo. Rara, más del tipo de esas que andan sueltas por la vida formando parte activa del esquema de la sociedad. Es decir, de esas que trabajan y llevan una aparente vida normal, pero que se nota a leguas que son material de hospital psiquiátrico.

— Mi amiga, Julia Gankz.

— Qué tal, dije, pasen.

— Le hablé de ti, dijo Editor, andábamos por el barrio y como no sales, pensé que estarías aquí. No estarías escribiendo, ¿o sí, Roberta?

— No, nada. Escribo de madrugada, o muy tarde o muy temprano.

La loca se quitó el abrigo. Era más flaca que yo, de ser eso posible. Editor se sentó en mi sofá rojo, sacó su provisión de coca y empezó a hacer rayas en la mesa de centro. La flaca encendió un cigarro y caminó hacia la ventana.

— ¿Tienes whisky? Preguntó la flaca.

No respondí, sólo caminé a la cocina, tomé una botella, saqué algo de hielo y tres vasos desechables rojos. No tengo copas. Los coloqué en la mesa y me serví uno.

— Sirve tres, dijo Editor sin levantar la vista de la coca.

Obedecí cual vil esclava, pero no le ofrecí nada a nadie, sólo dejé servidos los tragos. Editor terminó de hacer las rayas y a la primera que ofreció fue a Julia. Después él esnifó y a mí me dejó al final. Quise negarme, pero lo cierto es que sí se me antojaba drogarme un poco.

Me metí dos rayas chonchas. Levanté la cabeza, tomé mi trago y entonces la vi. La sangre manchando el rostro de Julia Gankz. Mierda.

Cuando desperté de madrugada, Editor no estaba, sólo éramos Julia y yo, desnudas en mi cama. Ella bañada en un delicioso charco de espesa sangre. La abracé, comencé a besar y a lamer su espalda desnuda y su cuerpo libre de grasa. No es que ella me gustara, era sólo que me excitaba la sangre que emergía de su cuerpo cuando se excitaba. Mientras estaba tumbada boca abajo comencé a comerle las nalgas, luego el culo. Dejé el clítoris para el final. Le abrí las piernas, la coloqué boca arriba. La flaca estaba muy drogada y todavía muy ebria. Al final me senté en su cara y ella empezó a lamer mis labios y mi clítoris. Cambié de posición y terminamos en un delicioso 69.

Ni siquiera recuerdo en qué momento Editor se había marchado.

Hay editores que de verdad saben estimular tu creatividad.

Se fue de mi casa sin decir gran cosa. Cuando despertamos, dos horas después de nuestra última revolcada, se levantó y se metió a la regadera. Quince minutos después se puso a responder mensajes en el teléfono. Me preguntó si tenía café. Acababa de preparar una jarra y yo tomaba una taza con whisky frente a la ventana. A esa hora yo seguía borracha. Las dos horas de sueño no lograron ponerme sobria ni de chiste, por eso preferí seguir bebiendo hasta desplomarme.

Julia se sirvió café y preparó cuatro líneas de coca sobre la mesa. Inhaló 2 y después me ofreció las otras. No hablamos. Todo sucedió en silencio. Se sentó en el sofá rojo para terminar el café, mientras seguía enviando mensajes a toda velocidad desde su celular.

En un momento, se levantó. Colocó la taza en la barra de la cocina. Encendió otro cigarro, caminó hacia la puerta y me envió un beso a la distancia con un guiño de ojo. El Uber que pidió la esperaba afuera. Lo vi desde la ventana donde yo seguía bebiendo café con whisky. Me levanté para ver la hora. Eran apenas las 9 de la mañana. Tomé la botella y mi laptop, me las llevé a la cama. Puse algo de porno y seguí bebiendo hasta que me quedé dormida. Pensé en escribirle a Editor, pero ¿para qué? Los buenos momentos debemos conservarlos en la inmaculada ebriedad de la memoria.

Me quedé en la incertidumbre. No recordaba cuando Julia y yo nos habíamos quedado solas. Ni cuando nos metimos en la cama. Mis recuerdos se remontan a cuando desperté en la madrugada y la vi desnuda a mi lado.

Dos días después regresó a mi departamento. Era mediodía. Yo me preparaba para seguir escribiendo cuando sonó el teléfono. Era ella que estaba en la calle, montada en su CR-V Honda blanca. Estaba estacionada en doble fila.

— Baja, acompáñame. Te traigo más tarde.

Ni siquiera lo pensé. Escribir siempre puede esperar, a menos que sea algún enamorado quien me invita a salir. En ese caso siempre utilizo el recurso de que mi obra es lo más importante para mí en la vida y los mando a la chingada. Pero con Julia era distinto. Sólo tomé la chamarra, mis cigarros y mi celular. Bajé las escaleras y me subí a la Honda de Julia Gankz.

— ¿A dónde vamos?

— Acompáñame a una junta. Es rápido. Es con un socio, es buena onda. No te preocupes. Prometo que si tienes cosas que hacer te regreso de volada. Sólo quería verte. El otro día me fui así nomás.

— No te preocupes, no pasa nada. ¿Editor te dio mi número?

— Claro. Me dijo que estás escribiendo un libro bien chingón.

— Bueno, eso piensa él. Yo no estoy tan segura.

— ¿De qué no estás segura? ¿De estarlo escribiendo o de que está chingón?

— Casi creo de ninguna de las dos.

— Yo también escribo.

— No sabía que fueras escritora.

— No soy, dijo. Soy actriz y cantante, pero también compongo. Sólo que de momento tengo en pausa mi carrera artística. Me estoy dedicando a los negocios.

— Ya decía yo que los escritores no conducen estos autos.

— Tú también vas a tener una de estas, vas a ver. Cuando seas *best seller*.

No sabía nada de ella y sin embargo, estaba ahí acompañándola a sus juntas, que en realidad fueron demasiadas. Recorrimos la Ciudad de México de punta a punta. Imaginé que así era su vida, siempre conduciendo sola y que por eso había pasado por mí, para hacerle ameno el día. Me sentí su estúpida mascota. Tampoco es que habláramos mucho, porque mientras conducía seguía haciendo llamadas desde su celular sincronizado al auto. Ninguna llamada era personal, todas eran de negocios y todas tenían que ver con reunirse. Juntas y más juntas. A veces pienso que los ricos hacen dinero programando juntas. Es todo lo que veo que hacen: reunirse a hablar. Y ya después los demás hacen el trabajo.

Julia era muy diferente a mí, por no decir que todo lo contrario. Lo único en lo que nos parecíamos era en que las dos éramos flacas, estábamos locas y que éramos mujeres, pues. Pero ella era fresa, rica, proactiva, adaptada a la sociedad y a los negocios. Era todo lo contrario a mí que andaba por la vida cargando con mi perpetuo aburrimiento. Claro que estaba el asunto de la otra noche en que bebimos, nos drogamos y cogimos, pero ya estaba acostumbrada a conocer mujeres deseosas de revolcarse en el delicioso reino del Samsara.

Cuando me llevó a mi departamento, me di cuenta de que había perdido un día entero haciendo nada. Seguía sin saber nada de ella, salvo que se reunía con personas. En ningún momento hablamos de lo que ocurrió aquella noche.

Intenté preguntarle, pero siempre estaba ocupada hablando por teléfono o contándome algo acerca de su negocio.

El único detalle que pude averiguar era que tenía un hijo al que cuidaban sus papás la mayor parte del tiempo. Dos meses después de que la conocí me presentó a su novio. En realidad, era su prometido. Incluso tenían planes de boda. Supe que tenían una relación de más de 8 años. Aquella noche, lo que pasó fue que acababan de pelear y todo aquello terminó con nosotras dos drogadas y en la cama. Julia tenía ganas de embriagarse y llamó a Editor. Este la llevó a mi casa y bueno, lo demás es historia. Comprendí que ninguna de las dos ejercíamos el lesbianismo de tiempo completo hasta que la ocasión lo ameritaba.

Aunque me aburría acompañando a Julia a sus juntas lo seguí haciendo. Por una razón: siempre estaba aburrida, hastiada y aturdida de la vida. Andar trepada en la Honda, sin hacer nada, me ayudaba de una forma extraña. Entendí mucho mejor cómo funciona el mundo. Por supuesto el tedio se volvía más intenso y yo llegaba a casa con ganas de borrar el mundo de una buena vez por todas. Ni siquiera me daban ganas de beber. Sin embargo, me ponía a escribir.

Sucede que cuando siento que la vida apesta un poco más de la cuenta lo único que me salva de asfixiarme es ponerme a escribir. De esa forma gracias a la involuntaria ayuda de Julia, por fin terminé mi libro un mes antes de la fecha estipulada para la entrega.

MEMORIAS GUARRAS DE UNA PUTA PRETENCIOSA:
LA VIRGINIE DESPENTES MEXICANA

Mi libro era malo. Mucho. Pero, aun así, llegó a la imprenta y peor… ¡A las librerías y a los Sanborns! No sé por qué, ni cómo pasó, pero la gente lo compró. Yo digo que fue gracias al título, al marketing y la portada. Eso de las *"Memorias guarras de una puta pretenciosa" (basada en hechos reales)* como que le despertaba a la gente el morbo, algo con qué entretenerse. Les arrojé mi clítoris en bandeja de plata para que lo hicieran garras… y les gustó. Amaron mi estilo. Sin embargo, yo lo sabía, el libro era malo. Porque como siempre lo he dicho, sólo soy una triste pretensión de escritora. Sólo soy una guarra que se aburre y no lo oculta.

La prensa acartonada y la academia me hizo mierda. Lo cuál me favoreció entre los lectores. No supe cómo sucedió, pero de un momento a otro me volví la zorra favorita del burdel. Algunas almas caritativas de buena voluntad comenzaron a llamarme *"la Virginie Despentes mexicana"*. Maldita bola de *fallados*. Gracias a ellos mis ventas fueron buenas desde el inicio.

Jamás hubiera imaginado que yo podría mantenerme de los libros. Mi libro ganó un premio al mejor libro del año escrito por una persona menor de 30. Y apenas ese efímero éxito empezó a asomarse por la ventana, me hastié. Todo me fastidia de inmediato. Si la experiencia de la escritura del libro había sido dolorosa, no era nada comparada con la tediosa tarea de promocionar el libro. Tener que asistir a los programas de radio y televisión donde sólo te hacen preguntas idiotas del tipo: ¿En qué te inspiras para escribir? ¿Te consideras una mujer depresiva? ¿Qué opinas de la difícil situación económica del país? ¿Qué mensaje deseas transmitir a los jóvenes a través de tus libros? Lo que me gustaba, sin embargo, era moverme. Viajar sin detenerme.

Una tarde, viajé a la Feria del libro de Guadalajara. Era finales de noviembre. Para no empezar a golpear personas decidí salir a caminar un poco. Entré a un Walmart. A la salida me encontré a un coro de niños pidiendo dinero.

— ¿Gusta cooperar para la Casa Hogar del Niño? Me dijo uno de los chiquillos.

— No, le dije a secas. Ni bien ni mal. Le respondí con la verdad, sin mentiras, ni ofreciendo explicaciones ni justificaciones.

El niño me preguntó que si quería cooperar y le dije no.

Una gorda *malcogida* que estaba ahí con los niños al ver mi respuesta libre de toda hipocresía sólo me gritó "Gracias". Claro, me lo dijo en tono de sarcasmo.

Ni siquiera la volteé a ver, sólo le pinté el dedo y me largué.

Regresé caminando al hotel donde me hospedaba pensando ¿acaso la Casa Hogar de niños no necesita dinero el resto del año? ¿Por qué sólo piden limosna cuando se acerca la navidad? ¿Y por qué la gorda se molestó con mi respuesta? Muchas personas se excusan diciendo que no tienen cambio, pero mienten. Y la malcogida sabe que mienten. La única que no insultó la inteligencia de los niños fui yo al ser honesta. ¿En qué parte de la historia terminé convertida en la villana?

Me encerré en mi habitación con mis Doritos, chocorroles, y Coca Cola a ver televisión. No tenía ganas de irme de parranda a donde iban los escritores cool. Lo que quería era regresar a casa cuanto antes. Entre tantos escritores e intelectuales, la sangre de Alexa brillaba por su ausencia.

No lamenté la escritura de mi libro. Lo que lamenté fue no medir ni anticipar las consecuencias. Me sentía entregada a una nueva forma de prostitución, pero ya estaba ahí y sabía que sin importar a donde fuera iba a sentirme igual.

UN PAR DE FUGITIVAS REFUGIADAS EN CUERNAVACA

La encontré ahí, de pie, en la librería donde presentaba mi libro. Acababa de regresar a la Ciudad de México y ya estaba de vuelta en el ruedo haciendo una nueva presentación. Entonces la vi de pie esperando que terminara el evento. Lucía ansiosa y preocupada, nerviosa o estresada: Julia Gankz. Ni siquiera sonreía.

Apenas terminé de firmar algunos libros y me hizo señas desde el otro lado. No se me acercó. Me indicó con la cabeza que fuera a donde ella estaba. Era como si hubiera pasado por mí y estuviera fastidiada por hacerla esperar. Me acerqué y nos fuimos. Ni siquiera me despedí.

No dijo nada, sólo que me fuera con ella.

— ¿Problemas en el paraíso? — pregunté.

— ¿Qué? No. Tenemos que largarnos de aquí. Hubo un problema fuerte en mi negocio. Estoy en riesgo y necesito irme un rato.

Yo no sabía que rol jugaba en ese asunto.

— Mi líder está metido en un problema de fraude en la empresa y al parecer van a venir por los que seguimos. Ya me deben de estar buscando, explicó Julia.

Preferí quedarme callada. De cualquier forma, sabía que nunca respondía mis preguntas.

Sólo escupía nerviosa las palabras.

—¿A dónde vamos? —pregunté. ¿Quieres ir a mi casa? ¿Deseas pasar ahí algunos días hasta que se arregle todo?

— ¿Estás loca? Me gritó. Tenemos que largarnos cuanto antes. Esto no se va a resolver pronto. ¿No lo entiendes? Nos van a meter a todos a la cárcel. Esto no se va a resolver pronto porque sí somos culpables. La empresa es un fraude. Tenemos demandas imposibles de ganar.

— Julia, ¿qué quieres que haga yo?

— ¿En serio eres tan estúpida o qué te pasa? Volvió a gritar. Tú también estás involucrada. Tú eres mi socia. Si caigo yo, caes tú.

— Pero ¿de qué carajos hablas? Yo ni siquiera sé si entiendo a qué te dedicas. Yo sólo te acompaño a tus juntas. Ni siquiera sé nada del negocio.

— Mira, tengo efectivo guardado para este tipo de emergencias. No hay problema. Vamos a volver a empezar en otra parte. Dejé a mi hijo con mi mamá. Si después lo arreglo todo mandaré por él. Si no, bueno, mis papás y mis hermanos lo van a cuidar por mí.

Comencé a fastidiarme. Observé un pequeño hilo de sangre que descendía de la oreja de Julia.

— Ok, está bien, dije, pero explícame bien qué carajos fue lo que pasó.

Fuimos a mi casa por algunas cosas, mi ropa y mi computadora. Cosas básicas. En esencia de lo que se trataba era de salir de la ciudad cuanto antes. Al parecer todos los socios se dedicaban a estafar a las personas en un fraudulento negocio de estructura piramidal. Ya habían atrapado al líder de la empresa y ahora iban por los socios directos, entre ellos Julia, quien incluso me había asociado a mí con tal de utilizar mi nombre. Comprendí que por eso me traía por todas partes a su lado. Quería que los demás vieran que yo existía. Y como ahora me había convertido en una celebridad literaria de pronto estaba demasiado en la mira de todos.

— Mañana seguro aparecerás en todos los periódicos, dijo. Ya veo los titulares: *"Célebre escritora involucrada en fraude piramidal"*. Incluso la editorial terminará afectada.

— ¿Editor sabe de esto?

— Mi niña, despierta ya. Somos socios. Nosotros financiamos la editorial. La editorial entre otras cosas lava dinero. Claro que Editor sabe perfecto el cagadero en el que estamos metidos.

— Mierda, dije y me quedé en silencio hundida en mis reflexiones.

¿Lo bueno? Mi fama comenzaría a crecer de forma espectacular. ¿Lo malo? Tenía que esconderme y ni siquiera iba a poder cobrar un peso. Seguro si estaban tras de mí y me encontraba prófuga mis cuentas serían congeladas. Julia tenía dinero en efectivo, bastante. Al enterarse de lo que se le venía cerró las cuentas que pudo. Mucho de su dinero lo guardaba en efectivo, en dólares, para ser precisos.

Lo primero que hicimos fue refugiarnos en una casa en Cuernavaca. Esa casa estaba a nombre de otras personas, pero pertenecía a la familia de Julia. En la casa vivía una familia que eran quienes la cuidaban. Gente humilde que limpiaba la piscina, cortaba el césped, y mantenían todo en orden. Ya nos esperaban con todo listo.

— Tómalo como unas vacaciones, mi niña. La tía Julia Gankz te va a llevar al cielo.

— Oye, ¿y tu prometido?

— A ese cabrón ni me lo menciones. El muy hijo de puta nunca quiso entrar conmigo en el negocio. Desde el inicio dijo que todo le parecía demasiado fraudulento. Que se vaya al diablo. Maldito imbécil.

— Pero a mí me metiste sin avisarme, ¿por qué con él no lo hiciste igual?

— Roberta, ¿quién crees que financió tu libro?

Ni siquiera respondí.

— ¿Recuerdas que firmaste contratos antes de publicarlo?

— Mierda

— Esos papeles que firmaste, claro que eran los de tu contrato editorial, pero también eran algunos donde te asociaste conmigo. La buena noticia, mi niña, es que ahora también eres rica. ¿Recuerdas que te dije que serías una escritora con dinero y que también tendrías una CR-V Honda. Felicidades. Cortesía de tu amiga, Julia Gankz. No me lo agradezcas, nos hice un favor a ambas.

— ¿Qué vamos a hacer, entonces? Pregunté

— También tenemos negocios legales, por dinero ni te preocupes. Yo me juré una vez que nunca más volvería a ser pobre. Y primero muerta antes de volver a ser jodida, Roberta.

No creí nada de lo que decía. No sé. A lo largo de los años he llegado a la conclusión de que nadie es tan chingón como quiere hacer creer a los demás. Siempre hay un truco detrás del tinglado. Juran ser artistas exitosos, y tú ves que tienen mucho dinero, pero lo que ignoras es que el dinero se los dan los papás, por ejemplo, quienes sí son ricos.

Otra cosa que he ido aprendiendo en la vida es que de lo que el 80 por ciento de lo que la gente dice es mentira. Las personas no se comunican abierta y honestamente. Cuando una persona habla, no desea comunicarse, lo que hace es proporcionarte información que desea que tú tengas. Es decir, siempre te dicen algo con un motivo oculto. Cuando una persona habla, no dice ni lo que cree ni lo que piensa, ni lo que hace. Debes de ser muy estúpido para creer que lo que la gente dice es verdad. Nueve de cada diez veces es mentira, o es una verdad a medias. La gente dice cosas para que tú te hagas cierta idea de ellas y nada más. Por eso, como un hábito arraigado ya no les creo nada. Yo la cagué. Reconozco que fui una estúpida al firmar los contratos sin leerlos. Lo cierto es que no la vi venir.

En el camino a Cuernavaca, Julia me contó que antes de ser rica era actriz y cantante, pero que algunas veces había trabajo y otras no.

Lo cual terminó por no encajar en su vida con un hijo que mantener. El punto de quiebre llegó cuando le robaron la mudanza entera. Contrató una empresa para que hicieran el trabajo. Una vez que los empleados montaron todo en el camión, ella tomó su coche y se dirigió al nuevo departamento a esperar el camión de la mudanza. Dicho camión jamás apareció. Le robaron todo. Cuando quiso averiguar, se enteró de que la empresa no existía como tal. El número lo había tomado de un anuncio pegado en la calle. Era lo más barato y por eso los había contratado. Ese día fue cuando decidió no volver a ser pobre jamás, sin importar lo que tuviera que hacer en el camino.

Julia juraba que ella no había estafado a nadie. Aseguraba que el problema venía de más arriba, y de otros negocios del líder de la empresa. ¿Cómo podía creerle cuando a mí me había involucrado bajo engaños? Lo cierto es que Julia me vendía la idea de que ella me había hecho un favor y que me había convertido en una escritora exitosa y de culto.

Llegamos a Cuernavaca a medianoche. Nos recibieron los viejos que cuidaban la casa. Le entregaron las llaves y le rindieron cuentas. Luna me mostró uno de los cuartos y me dijo que podía tomar ese. Despachó a los viejos, sirvió tragos e hizo algunas llamadas desde su habitación. Al salir se había puesto el traje de baño.

— ¿Quieres nadar un rato?

Como no tenía traje me metí en ropa interior.

Una hora después llegó un hombre a la casa. Llevaba cocaína como para drogarnos hasta el fin del mundo. Durante semanas nos hundimos en una larga, deliciosa y soporífera fiesta de sexo, alcohol, y drogas.

Tal como lo predijo Julia, en los diarios se publicó la noticia de la escritora de moda involucrada en un fraude piramidal y que desde días antes se encontraba desaparecida. La gira internacional había sido cancelada. Editor también estaba siendo buscado. Nadie conocía su paradero.

De Julia Gankz no se hablaba en los periódicos.

Lo que nos jode a todos es la maldita esperanza.

Hay quienes creen que es lo que nos mantiene a flote, pero no sé, yo lo veo al revés. La esperanza es la que nos mantiene hundidos en el fondo, como una especie de ancla existencial que no nos permite emerger a la superficie. La esperanza nos hunde. Otra cosa diferente es tener los huevos para salir adelante y jamás rendirse. Tampoco soy de esa idea. A mí cualquier tipo de resistencia me da exactamente lo mismo. Toda resistencia implica tensión, y tarde o temprano la cuerda termina por romperse. Esa es la razón por la cual la gente se vuelve loca.

Una semana después de que nos encerráramos en Cuernavaca nos enteramos de que Editor estaba en prisión. Lo detuvieron por lavado de dinero, asociación ilícita, fraude y malversación de fondos. Luna Lanz ni se inmutó.

— No te preocupes, dijo, lo vamos a sacar. Es bueno que agarren a alguien. Ya estamos trabajando en eso. Tú tranquila, mi niña, disfruta de tus vacaciones todo pago. Es un bono por el excelente trabajo realizado para la empresa. Los abogados de mi papá están haciendo su trabajo. Nosotras sólo debemos mantener un perfil bajo y listo. Si te aburres o necesitas algo sólo tienes que pedirlo y yo haré que nos lo traigan. ¿Necesitas algo? ¿Drogas? ¿Hombres? Tienes tu computadora, escribe tu siguiente libro. Ponle: *"Nuevas memorias guarras de una puta fugitiva"*

No me quedaba claro si de verdad Julia lo tenía todo bajo control o sólo le importaba un carajo lo que le pasara a los demás. Digo, a mí me tenía embarrada en ese asunto, pero al menos había tenido la decencia de pasar por mí y de esconderme con ella. Si me agarraban nos íbamos juntas.

Lo que yo entendía era que Julia no se fiaba de nadie ni dejaba nada al azar. Lo que hacía todo el tiempo era llamar a personas y seguir moviendo piezas. Yo me quedaba frente a la televisión esperando enterarme un día de que todo mundo me estaba buscando para encerrarme en prisión. Me sentía perseguida por la fatalidad. No obstante, nada de eso sucedió.

La sangre seguía presente. Por la noche el rastro se volvía más intenso en toda la casa. Durante el día podía percibirla en el cuerpo y cara de Julia. Terminamos durmiendo en la misma cama.

No quise cuestionarme si yo sólo era el juguete sexual de Julia Gankz, y esa era la razón por la cual me tenía a su lado. Me sentía como su perra favorita, su mascota, su consolador y su juguete. No sólo me cogía, también me arrastraba a su desmadre. Jamás pudo hacer lo mismo con su novio, pero en mí encontró a la huérfana perfecta sedienta de atención que la seguía a todas partes mientras movía el rabo.

Lo que Julia no sabía, y nunca le dije, fue que yo estaba ahí con ella sólo por la sangre y mi ontológico aburrimiento. Darte cuenta de que "puedes darte cuenta" es una fatalidad y una catástrofe. Y eso fue lo que me pasó a mí desde la vez del accidente en el ascensor. Me di cuenta de la cruda y violenta condición humana. Estamos aquí de paso y somos provisionales. Eso es todo. No tenemos plaza en este mundo que no es otra cosa que una aduana. Estamos aquí por mientras, pero las personas no parecen darse cuenta de nada y viven encerrados en sus miedos como si fueran a vivir tres mil años cuando menos.

De no ser por la sangre, jamás la hubiera seguido. Claro que me gustaba coger con ella, pero era demasiado flaca. Bueno, ambas lo éramos, y eso es raro. Si quisiera sexo con otra mujer tal vez lo haría con Mango. Pero no sé por qué las flacas correosas me persiguen, como el caso de la bruja.

La inteligencia no es lo que me seduce, es decir, no me gusta la gente estúpida, pero la inteligencia no es lo que hace que yo me fije en las personas. Lo que me gustaba de Mango, de Marie Süe y de Julia era el desparpajo, su forma de hacerse presentes en el mundo. No parecían aburrirse jamás, parecían tener todo bajo control.

El aburrimiento no parecía hacer mella en sus vidas. Al contrario, siempre parecían tener en algo en mente y planeaban conquistarlo. No sé si mentían todo el tiempo y aquella actitud sólo era fachada y pose, pero eso me gustaba en cada una.

No parecían verse atrapadas en esa nube de tedio y aburrimiento donde yo había vivido casi todo el tiempo. Por eso me gustaban. Nunca eran aburridas. Podían ser, y eran, conflictivas, peligrosas, tóxicas, cabronas, hijas de puta, desalmadas, convenencieras y manipuladoras sí, todo eso y más, pero aburridas jamás. Y la sangre estaba presente en cada una de ellas. Jamás pude encontrar lo mismo en un hombre. Tal vez con mi novio de 40, pero en aquel entonces la sangre de Alexa Galaxia todavía no se manifestaba en mi vida.

Una mañana, decidí salir a caminar por las lentas y apacibles calles de Cuernavaca. Estaba harta del encierro. Por mí que pasara lo que tuviera que pasar.

Sabía que Julia se molestaría, por eso salí antes de que despertara. Me fui sin más a caminar. No niego que hubo momentos en que me puse nerviosa. Sobre todo, cuando veía patrullas circulando a ritmo lento a mi alrededor. Pensé que en cualquier momento se bajarían para aprehenderme. Nada de eso pasó. Desayuné en el mercado e incluso compré algunas cosas.

De regreso a casa Julia me recibió con una bofetada.

Por extraño que pueda resultar, jamás nadie me había pegado en mi vida. Digo, fui puta y anduve expuesta en toda clase de situaciones y con personas raras, pero nadie nunca me había puesto una mano encima. No me dolió, pero tampoco supe cómo reaccionar. Como era mi primera vez me quedé aturdida, en shock. No supe si asustarme o enojarme. No supe si defenderme y devolverle el golpe o llorar, besarla o pedirle que me cogiera ahí mismo.

Me quedé muda, escuchando cómo me gritaba y me insultaba. No dejaba de fumar y no soltaba el teléfono que sonaba a cada instante. No respondía los mensajes, sólo les echaba un ojo y seguía con su perorata. Que si yo las estaba exponiendo, que no estaba midiendo las consecuencias de mis actos y cosas como esas que suelen decir las madres sobreprotectoras.

No alcancé a pronunciar ni una sola palabra. No estaba asustada, ni triste, ni molesta. Eso era lo más extraño. Me di cuenta de que no alcanzaba a sentir nada, excepto la cálida sensación en mi mejilla donde me había atizado la bofetada. Ni siquiera le ponía demasiada atención. La escuchaba a lo lejos, como música de fondo, mientras pensaba: ¿A qué horas se va a callar la estúpida? O bien ¿Me veré muy mal si le digo que me coja?

No pasó ni lo uno ni lo otro, siguió hablando y no le pedí que me cogiera. La escuché sin ponerle atención a nada de lo que decía. Sé que hablaba de salir del país, del sacrificio que estaba haciendo, que si tuvo que abandonar a su hijo, que si su prometido, que si mi libro, que si Editor, que si su papá… a grandes rasgos escuchaba nombres de personas, pero no hilaba nada con la idea principal. Y tengo la impresión de que Julia estaba complacida al verme ahí sin decir nada, porque cuando por fin terminó, me abrazó y me dio un lindo beso en los labios y por primera vez en la vida me dijo que me quería. Eso me azotó más que la misma bofetada.

Si nadie me había golpeado nunca, mucho menos nadie me había dicho que me quería. ¿Eso explicaba mi condición de exiliada existencial perenne? Digo, nunca lo había pensado. Jamás nadie me había golpeado, para después soltarme un sermón y al final abrazarme y decirme que me quería.

¿Qué rayos era esa estúpida sensación? ¿Amor? Eso sí me puso a morder el polvo.

Era como si Julia me hubiera mandado a la lona con una combinación de golpes brutal. *Jab, jab, upper*, gancho al hígado y remate con cruzado de derecha para apagarme las luces y hacerme ver mi suerte.

¡Qué estúpida clase de embrujo era ese!

Eso sí me dobló.

No dije nada y me encerré en mi habitación durante dos días seguidos. No quise salir ni a comer. Estaba asustada. No, asustada no, me encontraba aterrada, traumatizada.

Toda la soledad del fin del mundo estaba cayendo sobre mí. Me descubrí como una criatura expulsada de la burbuja límbica en la que había vivido durante 27 años. Me di cuenta de que no había nada especial en mí. Sólo era una niña sin amor. Así sin más, como Kurt Cobain.

Tal vez yo también apestaba a *teen spirit*.

Durante mi encierro estuve cuestionándome cómo habría sido mi vida si mi familia o alguien me hubiera manifestado un poco de amor. ¿Sería la misma aburrida anoréxica que era? Tal vez por eso yo no quería enamorarme ni ponerme de novia nunca. No es que fuera el alma gemela espiritual de Cioran. Sólo tenía miedo de exponerme al amor y a la consecuente pérdida de este. Mejor mantenerme a raya, y no sentir. Si no juegas es imposible perder, como en los casinos, la única forma de no perder es no empezar a jugar.

Porque sólo puedes evitar el final evitando también el principio.

No me bañé. No comí. No bebí.

Julia tocaba a la puerta y amenazó con mandar quitarla si no salía por voluntad propia. No lo hizo. Yo sólo le gritaba que me dejara en paz. Incluso se disculpó por haberme golpeado y regañado, pero no entendía que eso no era lo que me había movido, sino el hecho de descubrir que nunca nadie me había manifestado amor.

Dos días después salí de la habitación. Julia hablaba por teléfono en la sala. Lo de siempre. Colgó cuando me vio salir.

— ¿Ya vas a decirme lo que tienes? Me preguntó. ¿Ya estás mejor? Mira si fue por la bofetada, me disculpo. Me excedí, no eres mi hija, ni soy yo nadie para…

— Todo está bien, dije. Dame un cigarro. Me asusta que me quieras, es todo.

Acto seguido me acurruqué en su regazo. Julia me abrazó como se hace con un cachorro. El olor a sangre era más intenso que nunca.

JESUCRISTO JAMÁS TRABAJÓ

Jesucristo jamás trabajó. Hizo de todo. Andaba con enfermos, prostitutas y perdedores, viajaba en burro proclamándose el rey de los judíos, sanaba enfermos, convertía el agua en vino. Lo crucificaron y resucitó al tercer día. Se fugó con Magdalena y formó una familia según los evangelios apócrifos. Hizo de todo, pero jamás en su perra vida, jamás, ni por error, se puso a trabajar. Trabajar es perder tu dignidad.

No es que lo diga yo, es que ni las sagradas escrituras ni los evangelios apócrifos lo mencionan. No creo que sea casualidad. Tampoco se sabe que Buda haya trabajado nunca. ¿No resulta sospechoso? A mí sí me lo parecía. A mí no me gustaba trabajar. Lo de escribir no lo consideraba trabajo. Promocionar los libros sí, por eso no me gustaba.

No estoy de acuerdo en que el trabajo dignifique a las personas, al contrario, creo que trabajar es humillante. Por eso yo no trabajaba. Insisto: escribir no es trabajar. Escribir, al menos para mí, es una forma de estar en el mundo, que tiene más que ver con "ser" que con "hacer".

Julia trabajaba, yo sólo estaba ahí como ornamento y eventual mascota sexual.

Tres meses después de que huimos a Cuernavaca regresamos a la Ciudad de México. Todo había vuelto a la normalidad. Ni ella ni yo corríamos ya ninguna clase de peligro. Incluso Editor ya había sido liberado. Cuando volvimos me confesó que yo nunca había estado en peligro. Era *fake* todo el asunto de que fuera su socia. Lo de la editorial sí era verdad, por eso Editor había pasado un tiempo en prisión, pero yo jamás había estado involucrada. Sólo me lo había dicho para que la acompañara. Lo de mi libro sí era cierto, había sido financiado con su dinero. Esa era su forma de pagarme por el trabajo que realizaba para ella. Ser su puta y dama de compañía oficial. Le gustaba andar rodeada de artistas, así que por qué no ir de la mano con la escritora punk del momento. Claro, y de paso me cogía.

—Tú me gustas, Roberta, dijo. Me hubiera gustado no engañarte, pero así son los negocios. Tú eres la artista, yo sólo soy una empresaria. Jamás triunfé en la música, pero tú… tú sí tienes la demencia que se necesita. Y de sobra.

Yo estoy demasiado apegada al mundo. Amo el poder adquisitivo. Amo hacer negocios. Amo salirme con la mía. Ni siquiera es por el dinero, es por el placer de hacer negocios. Para mí hacer dinero es similar el sexo, es un arte en cuya ejecución obtienes la recompensa. Y si eso me da mucho dinero, pues ya, qué mejor. Tú en cambio, mi niña, eres diferente. Tú eres desapegada a todo. Vives en una burbuja de anestesia inverosímil. Te marchaste conmigo sin dudarlo. Pienso que si te hubiera dicho la verdad igual te hubieras ido conmigo, aún sabiendo que no estabas en peligro.

Y tenía razón.

Yo flotaba en la existencia al interior de mi burbuja de anestesia. Lo mío era el autismo espiritual. Si me hubiera dicho que me fuera con ella igual me hubiera ido, porque a donde apunte la sangre yo me lanzo de bruces. No veo para qué quedarme quieta en un solo sitio. Digo, era una cabronada que me hubiera mentido de esa forma. Además, era cierto que la editorial era una fachada para lavar dinero.

—Vamos a abrir otra editorial, no te preocupes. Editor lo sabe, y tú vas a ser nuestra estrella principal. Tú vas a ser el rostro ante el mundo de la nueva editorial. Tus libros se van a vender más que nunca. A mí me convenía también involucrarte en el escándalo. La gente compra morbo y yo al mundo le vendo lo que quiera. Si quieren sangre, la envaso y se la envuelvo para regalo. Listo.

Apenas dijo sangre y me excité.

Llegamos a mi departamento, abrí la puerta y me la tiré sin decir agua va.

Me la debía.

BREVE HISTORIA DE MIS SOMBRAS

Cuando la gente habla del amor, a menudo piensa en Romeo y Julieta, pero hay que tener presente que ese par de imbéciles terminaron muertos. Lo malo del enamoramiento es la adicción, el estrés y la angustia que produce. El amor en cambio es libertad y sabiduría, libre de todo apego y drama, es decir, aburrido. El enamoramiento es un coctel de hormonas reventando en tu cerebro y en tus genitales. Lo nuestro no era amor, era en todo caso un adictivo enamoramiento, pero no estábamos enamoradas una de la otra, sino de lo que pasaba cuando estábamos juntas. Al menos yo estaba enganchada con la experiencia y no con la persona.

Comencé a escribir mi segundo libro. Era basura. Aunque fuera imposible de creer, cada vez escribía más mal, sin embargo, Editor insistía en que estaba siendo demasiado severa conmigo misma, y que eso terminaría siendo mi ruina.

—Sólo sé tú, Roberta, me dijo.

Pero, es que ese era el cojonudo problema. El problema era ser yo. Yo me aburro todo el tiempo y soy perezosa. No es que no disfrutara escribiendo el libro, pero estaba seca. No puedo ser tan arrogante. Mi vida carece de sentido. No es que tenga mucho que decir.

Julia ni siquiera se tomaba la molestia de leer nada de lo que escribía. Decía que lo que triunfa en el mundo literario es la creación del personaje y la promoción, así que no tenía nada de qué preocuparme. Mi personaje ya vendía por sí mismo. Un nuevo escándalo previo dispararía las ventas de mi segundo libro. Aunque se había aclarado el asunto del fraude y de la asociación con Julia, aun quedaban residuos de mala fama.

— No te preocupes, ya veré qué se me ocurre, para involucrarte en un nuevo escándalo, dijo. Vamos a hacer que revienten esas ventas, no te preocupes. Escribe acerca de tus muertos. La sangre vende. La gente es morbosa. A la gente le gusta el porno y ver que el mundo estalla. Todo el mundo espera el fin del mundo. Invéntate una falsa biografía. El secreto está en mentir. Eres scort, Roberta. Tú tienes un pie en otra realidad.

La maldita zorra tenía razón.

Me encerré dos meses a escribir mi nuevo libro al cual titulé: *"Breve historia de mis sombras"*. No quise saber de nada ni de nadie. Me sentía excitada. Escupía páginas y páginas sin parar. Fumé como estúpida. Casi no bebí. No quería embriagarme ni perder el hilo. El olor a sangre se volvió cada instante más intenso. Comencé a vivir en un mundo manchado de sangre y cuando terminé el primer borrador recibí una visita inesperada.

Editor llamó a la puerta de mi departamento.

Intenté fingir que no estaba en casa. Ya le había dicho que no me molestara, pero esa vez me escribió un montón de mensajes y me gritó desde la calle.

"Es urgente y serio, dijo. Abre la pendeja puerta".

Julia Gankz estaba desaparecida. Nadie la había visto en al menos una semana.

—¿La has visto? ¿Te has comunicado con ella? Me preguntó.

—Cálmate, Editor, ya volverá. Tal vez tiene asuntos que resolver, le dije sin creer en mis palabras.

—No, Roberta, no lo entiendes. Dejó socios colgados. La Honda está en su casa. De la nada simplemente desapareció. No es algo que ella haría. Hay demasiados negocios, juntas, socios. Ya sabes. Incluso cuando toma vacaciones sigue conectada. Algo le pasó. Estoy seguro. Tenía la esperanza de que tú supieras algo.

—¿La policía lo sabe? ¿La están buscando? Pregunté.

—Pues sí, no hubo de otra que reportar su desaparición. Pero nada.

—¿Dices que la Honda está en su casa?

—Sí, ahí está. Al menos no se fue en ella.

—¿No crees que haya salido de viaje?

—Ya revisaron sus cuentas y no hay registro de compra de algún pasaje de avión. Desde que desapareció sus cuentas se han quedado sin usar.

—¿Crees que le hayan hecho algo? ¿Qué la secuestraron?

—La verdad no sé qué pensar. He hablado con su papá y sus hermanos. Ellos piensan lo mismo: Julia no desaparece así nomás.

—Mierda, Editor. ¿Qué podemos hacer?

—No tengo idea, me respondió, pero te encargo que no te desconectes por si descubrimos algo.

—Ok. Estaré al pendiente.

Apenas salió Editor de mi departamento y lo supe.

No sé cómo, pero supe que Julia Gankz no estaba más entre nosotros. Algo le había pasado. Sabía que no se suicidaría, pero ¿quién podría quererla muerta? Tuvo que salir con alguien de confianza para no llevar su auto.

Después de mis dos meses de encierro y habiendo terminado el primer boceto de mi libro decidí abrir de nuevo la botella. Me serví un trago y me senté en el balcón a observar a la gente manchando de sangre la ciudad. Primero Alexa Galaxia, ahora Julia Gankz… una raya más al tigre.

De nuevo a la soledad y al abandono. Toda la gente a mi alrededor muere o es asesinada. La sangre y el luto perpetuo es mi destino.

BEST SELLER. TODA LA GENTE QUE SE PREOCUPA POR MÍ
TERMINA MUERTA

Tres días después encontraron el cuerpo de Julia enterrado en una construcción al norte de la ciudad. Uno de los trabajadores se dio cuenta de que alguien había encendido la mezcladora durante la madrugada. Encontró la improvisada tumba con el cemento aún fresco. Lo comunicó a sus superiores. Nadie tenía idea de qué era ese bloque de cemento. Llamaron a la policía y fueron estos los que descubrieron el cadáver de Julia.

Al realizar la autopsia se determinó que murió a causa de un disparo en la frente casi a quemarropa. Seguro se metió con la gente equivocada. A partir de ese momento comencé a verlo todo como a través de un filtro rojo color sangre sobre sangre.

A la de Alexia Galaxia se sumaba la sangre de Julia Gankz.

La noticia no apareció en los diarios ni en la televisión. Se manejó con absoluta discreción gracias a la influencia de su padres y sus hermanos. Se realizó un discreto funeral. A mí me avisó Editor. Fuimos pocas las personas que pudimos ir a despedirnos de Julia. Ni la policía ni la familia tenían idea alguna de quién podía haberla asesinado.

Viví mi duelo de manera errante.

Fue justo en ese momento cuando inició el año de mi autismo espiritual. No recuerdo mucho. Los recuerdos de ese tiempo parecen nebulosos. La narrativa de los días me resulta más bien onírica.

Recordaba casi todo, o al menos eso me parecía, pero lo que no lograba conectar era la secuencia de mis actos. No sabía dónde había estado antes y dónde después. Sabía lo que había hecho, pero nunca recordaba bien el orden.

Entre el alcohol, las drogas, la sangre, la tristeza y el hecho de que ya no estaba haciendo nada, me dediqué a vagar de manera errante en los confines de la mente y la ciudad.

Antes de hundirme en mi proyecto de duelo errante le entregué mi libro a Editor y le pregunté qué sucedería con él ahora que Julia estaba muerta. No sabía si la editorial seguiría existiendo, y con ellos mis libros, pues.

— Lo vamos a hacer de todos modos, dijo Editor. Tenemos el dinero y los contratos. No necesitamos autorización, ni nada por el estilo. Tengo el poder de tomar decisiones en la editorial, aunque Julia esté muerta.

Un mes después mi libro estaba listo. Editor me citó en su oficina para mostrarme el libro y darme una noticia. Julia me había dejado la editorial y su Honda CR-V. Al parecer había hecho arreglos con notario y toda la cosa. En caso de que algo le pasara me dejaba la editorial y su Honda CR-V. No se si ella intuía que algo malo le podía pasar.

Entonces, a partir de ese momento pasé a convertirme en la jefa de Editor. Yo estaba más aturdida, loca y drogada que nunca, pero ahora era dueña de la Honda que Julia me dijo que algún día tendría.

"Dios, líbranos de mí", pensé.

Bebimos y nos metimos coca al por mayor en mi nueva oficina, para llorar la muerte de mi difunta amiga, Julia Gankz, mi segunda muerta.

Todo aquel que se preocupa por mí termina muerto, pensé.

Mi libro había quedado lindo. Para la portada usaron una foto mía en estado de absoluto descontrol y decadencia. El libro estaba listo para brillar por cuenta propia en sociedad. Le tomé una foto y lo subí a mis redes a través de mi cuenta de Magdalena Galaxia. Mis leales clientes corrieron a comprarlo. No sé si por morbo o miedo de encontrarse en él. El primer tiraje se vendió completo en las primeras semanas.

DE CHICA PUNK A MUJER "SOY TOTALMENTE PALACIO"
EN UN DÍA DE SHOPPING

Si la vida se esmeraba en tirarme palos pues yo estaba ahí parando el culo.

¿Alexa Galaxia? Muerta

¿Julia Gankz? Muerta.

No lo vi venir. Apenas salió a la venta mi segundo libro y yo misma me hice un generoso cheque como anticipo de mis regalías. Había personas que incluso lo habían comprado en preventa. Me fui de *shopping* en mi nueva Honda CR-V. Intenté burlar a la muerte. Me compré ropa como la que usaba Julia. Guardé en el clóset el outfit de Kurt Cobain y adopté el de joven empresaria. Me compré un Iphone, muchos zapatos y bolsas de diseñador. Me llené de perfumes caros y de ropa femenina. Quería lucir como la nueva empresaria en la que me había convertido. Compré gafas, y accesorios. Me teñí el pelo de rojo como el de mi amiga muerta. Quería parecerme a ella. Incluso pensé en tatuarme algunas pecas. Lo cierto es que sí quedé bastante parecida a Julia.

Comencé a alejarme de la comida basura y a fumar más. De esa forma perdí la poca grasa que en ocasiones se asomaba por mi cuerpo. De la chica punk y la guarra pretenciosa no quedaba casi nada. No sabía cómo lo tomarían mis seguidores. De chica punk pasé a "mujer totalmente palacio" en un día de shopping.

Por estúpido que parezca, me lo celebraron.

La prensa incluso comentó que en este segundo libro había alcanzado un nivel de madurez que se notaba incluso en mi imagen. Ya no era la chica punk y la zorra pretenciosa que deseaba ver arder el mundo. Ahora me veía mucho más madura y enfocada. Algunos ingenuos incluso me etiquetaron como una audaz libre pensadora del siglo XXI. Desde ese momento comprendí que mi vida como scort acababa de ser sepultada.

Me cité con Mango en un restaurante de Polanco. Ni siquiera me reconoció al principio. Nos pusimos al corriente. Se notaba que Mango tenía siglos de haber cruzado el umbral, es decir, el punto sin retorno.

Lucía cada vez más extraviada. Había alcanzado el clímax y había comenzado el descenso y deterioro. Incluso le ofrecí un empleo en mi nueva editorial.

La tarada me respondió que lo suyo no era ser escritora.

No sé por qué la loca pensó que le estaba ofreciendo trabajo como escritora, pero Mango era Mango y ni modo de esperar cordura en una persona cuyo código postal se encontraba más allá del bien y del mal.

Insistí en ayudarla, y me miró con cara de *"estás loca, si yo estoy mil veces mejor que tú. Mira mis nalgas, todavía tengo buen culo"*. Me di cuenta de que hacía tiempo que la había perdido. Mango ya no estaba con nosotros. La sombra del deterioro y la demencia se asomaba en su mirada. No hablaba con congruencia. Casi sentí pena por ella, pero no. Seguí el rollo. Me acomodé en el personaje que ella buscaba en mí. Le hablé como si todavía fuera scort, y de esa forma, instalada en el personaje volvimos hablar y a reír como las amigas que siempre fuimos.

Si no acaban muertas, terminan locas, pensé. Nadie sale ileso de su relación conmigo.

Meses después me enteré de que Mango se había retirado del negocio y había regresado a casa de su familia en Poza Rica, Veracruz. Había sufrido una sobredosis y una violación por parte de un cliente que la golpeó y la sometió. La secuestró y la llevó a una fiesta privada donde entre varios hombres la violaron toda la noche. Al final la arrojaron camino a la Marquesa.

Estaba malherida, drogada e inconsciente. Pasó una temporada internada en el hospital. Yo estaba de gira y no supe nada hasta que volví. Mango había regresado a su tierra, con su familia. Según me dijeron comentó que le faltaba Jesús en su vida y se retiró para abrazar la religión.

Allá en Poza Rica no hacía gran cosa. Dicen quienes la visitaron que estaba irreconocible, que había engordado, que se había cortado el cabello y se vestía con ropa de su mamá. Yo no podía creerlo y me tomé un fin de semana libre para ir a visitarla.

Me fui en la Honda con mi nuevo chofer. Desde la muerte de Julia había quedado yo más tocada y paranoica que de costumbre, así que decidí convertirme en una señora rica con la cabeza llena de demonios. En todas partes veía sicarios que iban tras de mí. ¿Por qué? No tengo una maldita idea. Estaba claro que yo ni siquiera formaba parte de los negocios turbios de Julia, pero como me había dejado la editorial y su auto y muchas personas me ubicaban con ella, entonces decidí que no deseaba correr el riesgo. Para mí el mundo estaba manchado de sangre. Por eso contraté un chofer que también cumplía las labores de mi seguridad privada. Mi guarro, pues.

Nos fuimos en la Honda hasta Poza Rica. Una de las amigas scorts me había dado su dirección. Cuando llegamos a casa de los papás de Mango, me bajé y le pregunté a una señora que barría la calle, quien intuí podía ser la mamá de Mango. Hasta ese momento caí en la cuenta de que nunca había sabido su verdadero nombre.

La señora se quedó perpleja mientras me observaba.

— Roberta ¿Eres tú? Me dijo ¿qué haces aquí?

La robusta doña que barría la calle no era otra que mi Mango, sin sus tetas de silicona, cabello corto, y al menos 25 kilos más de peso. Eso sin contar con lo mal vestida. Mango tampoco lograba reconocerme.

—No puedo creer que sea tú, me dijo. Te ves tan… mal, dijo.

Ni siquiera me ofendí.

—Te ves como esas ridículas señoras ricas de Polanco.

No quise discutir con ella.

—Supe lo que te pasó, Mango. Lamento no haber estado ahí cuando me necesitaste, pero vine a decirte que estoy aquí para ayudarte. Si quieres puedo ofrecerte trabajo.

—Roberta, ya te dije que no me interesa la idea de ser escritora y hay cosas de mi pasado que prefiero que se queden donde están. Conocí a Jesús y con él la felicidad.

—¿Quién es Jesús? ¿Tu esposo? Pregunté.

—Sí, Roberta, dijo, Jesucristo es mi amado esposo desde ahora. Abracé la religión y me rescató del mal camino. Tú deberías de hacer lo mismo. Ya sabes, porque eres puta. Jesucristo no te mira con buenos ojos.

—Mango, yo hace tiempo dejé de ser scort. Tú lo sabes.

— Sí, claro, y el dinero te cae del cielo, ¿verdad? Nadie se hace rico escribiendo libros, tú sigues de puta, y por lo que veo ganas bien. Si quieres ayudarme, préstame dinero.

No llevaba mucho conmigo encima. Le dejé 3 mil pesos y me fui. Encontré lo que había ido a comprobar con mis propios ojos. Una derrotada Mango que se había enlistado en la kilométrica fila de las putas arrepentidas adoradoras de Cristo. Ya no había rastro de sangre en Mango. Me subí a la Honda y regresamos a Ciudad de México.

La fiebre me atacó un poco antes de terminar la gira promocional del libro. Me encerré dentro de mis voces. La realidad se colapsaba. No quería hacer nada. Todo me daba asco. La vida, el mundo, las personas, la realidad, yo misma. Todo me era repugnante. Hubo quienes dijeron que estaba deprimida, otros que sólo era estrés, pero yo sabía la verdad, me estaba volviendo loca. El olor y la visión de la sangre en mi vida eran cada día más intensos. La comida me daba asco. Sólo el whisky y las drogas me caían más o menos bien. Aunque no del todo.

Me hice de una buena cantidad de estupefacientes, de todo tipo de sabores y colores. Quería tener variedad y opciones. Me hice de una cantidad obscena de alcohol y cigarrillos. Un antiguo cliente, psiquiatra, me ayudó con recetas para hacerme de muchos ansiolíticos y antidepresivos. Y lo mejor era que, todo a cambio de nada, todo gracias a su buena voluntad. Por alguna razón, algunos clientes de ciertas scorts, viven eternamente agradecidos. Y como además yo ya era una celebridad dentro del gremio literario, pues no faltaban esos hombres de buena voluntad que me recetaban toda clases de simpáticas drogas para mantenerme adormecida.

Las drogas son para sobrevivir, no para matarse.

La vida no es para tanto. La gente sufre porque sobrevalora la vida. Se lo toma todo demasiado en serio. Cosa que no alcanzo a comprender. La vida es tan breve como para vivir preocupándose por estupideces como el trabajo. Lo mejor es reventar. Le dejé los asuntos importantes del negocio a Editor y yo me regalé una prejubilación anticipada. No sabía si volvería a escribir algún día. Quería mantenerme así, con dos libros nada más, como Rulfo y Rimbaud. No quería atarme a nada. Además, si algún día me daba la cosquilla de volver, pues yo era dueña de la editorial. Mientras Editor no nos llevara a la ruina todo iba a estar bien.

Pedí tres meses. Quería ese trimestre sólo para mí. Le dije a todo mundo que estaba de luto. Mentí, pero al menos quedaron satisfechos. Cualquier asunto que el mundo quisiera conmigo podían tratarlo con mi agente, que era Editor.

De esa forma me embarqué en la empresa de ver hasta dónde resistía mi mente. O me quitaba de una vez por todas la sangre de encima o de una buena vez me moría. Para eso eran las drogas.

Si pensaba curarme tenía que viajar al núcleo del infierno y de la noche. De esa forma comenzó el año de mi autismo espiritual. Me hundí en la sangre sin miedo y sin misericordia.

Desperté en el suelo, debajo del escritorio. Desnuda de la cintura para abajo. Estaba sola. No recordaba haber estado con nadie, ni haber cogido. Me levanté desorientada. No sabía la hora. Encontré mis pantalones sobre una silla debajo de un extraño abrigo color rosa. No lo recordaba, ni siquiera me gustaba, parecía de niña, de esos de Hello Kitty.

¿De quién podría ser? Me preguntaba.

Encontré también boletos del Teatro Insurgentes, comprobantes del cajero automático, facturas de boutiques. Había bolsas de Zara y el Palacio de Hierro en el suelo. Había mucha ropa nueva, tanto de hombre como de mujer. Al parecer me había ido de compras. Levanté todo y lo arrojé al vestidor de mi recámara. No tenía ganas de romperme la cabeza tratando de recordar algo que sin duda estaba sepultado en lo más oscuro de mi memoria.

No permití que la culpa me machacara. Revisé mi celular y abrí mi banca móvil para ver a cuánto había ascendido el chiste. No es que llevara muy bien mis cuentas, pero si me había excedido seguro lo notaría tanto en el saldo como en los movimientos. Nada grave. En ese momento creo que por primera vez fui consciente de la cantidad de dinero que tenía. Con mucho era más de lo que jamás hubiera podido imaginar que algún día llegaría a tener, sobre todo considerando que me aburrían todos los empleos.

Mis cuentas estaban a salvo. Ni siquiera me alarmé. Encendí la cafetera y mientras se preparaba me serví tres tragos de whiskey en tres distintas copas. Una era para Alexa, la otra para Julia y la tercera para mí. Busqué en la bolsa de mis pantalones y encontré un par de pastillas. Todavía estaba lagañosa y no alcanzaba a ver de qué eran. ¿Qué más podrían ser? Ansiolíticos, antidepresivos.

Whatever, pensé. Drogas son drogas.

Me las tragué.

El olor del café era delicioso.

Me serví uno, encendí un cigarro y me senté a fumar en la ventana, como hacía siempre cuando estaba en casa. Los whiskys me cayeron bien. Me espabilé. Me fumé 3 cigarros, uno tras otro.

Me levanté y fui a la cocina por una botella de vodka. Me metí a bañar botella en mano. Tenía unas perras ganas de que me cogieran.

Cuando salí del baño me sentía despierta, con ganas de caminar. Me vestí y salí a la calle. Me enfundé en mi *outfit* de Kurt Cobain y salí del departamento. En el camino entré a un Oxxo y compré unos Doritos y una Coca-Cola en lata. Me puse los audífonos y caminé a la estación más próxima del metro. Quería esconderme en medio de la gente. Me sumergí en el olor a soledad y sangre de la ciudad. Llegué a Tepito donde caminé por horas. Comí tacos y me senté a beber cerveza viendo pasar a las personas. Compré unos gramos de cocaína y me largué caminando a Garibaldi.

Cuando desperté, a la mañana siguiente, me di cuenta de que no estaba en mi departamento. Estaba tirada en el piso de un cajero automático en Reforma. ¿Cómo llegué ahí? No tengo idea. Imagino que me ganó el cansancio, el sueño y el frío. Me levanté. Salí del cajero. Me ubiqué y caminé hacia Insurgentes, que era lo que casi siempre hacía en esos casos. Eran las 7 de la mañana. Me subí al Metrobús y me fui a mi departamento.

Tienes problemas, Roberta, dije cuando por fin me desplomé en mi cama.

Una serie de eventos desafortunados, sin argumento claro y definido, eso fue en lo que comenzó a convertirse mi vida. Una serie de imágenes en mi cabeza que iban y venían, sin aparente lógica y continuidad. Personas, rostros, lugares, risas, recibos, bebidas, pastillas, más drogas, incluso sexo. Pero nada de eso se retenía con lógica y continuidad en mi mente. La sangre estaba por todas partes. Había lágrimas, entrevistas, risas, y mucho espanto. Vértigo, comida basura, televisión. Madrugadas, calles vacías, taxis. Todo eso estaba ahí saturando mi mente y mi memoria, pero no alcanzaba a conectar los hechos, no lograba darle continuidad.

Colapsé.

Desperté en una clínica de rehabilitación.

Al parecer Editor fue quien me llevó. Ni siquiera recuerdo cómo ni cuándo sucedió. Sólo sé que estaba ahí, me sentía cansada y triste. Deprimida no. El rastro de la sangre era débil. Apenas si alcanzaba a percibirlo. No estaba deprimida, eso podía jurarlo. Yo jamás me deprimo. Me molesto, me aburro, me fastidio. Incluso a veces me siento un poco triste, pero ¿deprimirme? Jamás. Eso no va conmigo. Ni llorar. Pase lo que pase, nunca lloro. No tiene caso.

Cuando era niña, lloraba por todo. Fui una niña sensible, tal vez demasiado. No sé si era débil, estaba loca o sólo era cobarde. El asunto es que lloraba todo el tiempo. Cualquier tipo de confrontación me provocaba el llanto. Si alguien me regañaba o me alzaba la voz, yo lloraba. Tal vez usé el llanto como un mecanismo de defensa para librarme de problemas. Un día mi papá, preocupado por mi lágrima fácil, intentó hablar conmigo, saber cómo podía ayudarme. Recuerdo que fue tierno y dulce, no intentaba confrontarme. Sabía que quería ayudarme, conocerme. Me preguntó cuál era la razón por la cual lloraba siempre. No supe responderle. Quise hacerlo, pero yo misma no conocía la respuesta. Sólo sabía que el llanto me desbordaba y cuando eso pasaba no lograba contenerlo. Entonces sucedió: comencé a llorar sin ofrecer respuesta alguna.

Mi padre me abrazó y me dijo: *"Está bien, no hay problemas, si sientes ganas de llorar, hazlo. No pasa nada"*. Pero sí pasaba algo. Me molesté conmigo misma. Así que desde ese día decidí que no volvería a llorar más. Y lo logré.

Desde entonces hay montones de recuerdos y experiencias dolorosas en mi vida, pero jamás llegan a provocarme el llanto. Ni la muerte de Alexa o de Julia me hicieron llorar. Claro que me dolieron, las sentí duro en el corazón, y no recuerdo haberme deprimido. Tenía años sin llorar, y fue entonces que me di cuenta de algo fundamental. Llegué a la conclusión de que en mi infancia había liberado todo el llanto que me correspondía. Ya no quedaban lágrimas en mi interior.

Y ahora que me veía sola, triste, desgarrada y derrotada en la clínica de rehabilitación, quise llorar, pero no supe cómo hacerlo. Quise pedir perdón por mí, pero no sabía a quién. Yo no creía en Dios, así que ¿A quién le pediría perdón? ¿Al mundo? ¿A la sociedad? ¿A mi familia? Yo estaba convencida de que tenía que disculparme por ser yo misma, pero no sabía con quién. Sólo que me disculpara conmigo misma, porque no había institución, símbolo o figura de autoridad por la cual sintiera respeto alguno. No pensé que tuviera que disculparme conmigo misma, así que no hubo llanto, ni perdón, y como todas las anteriores veces en mi vida decidí seguir adelante, sola, como ya era mi costumbre.

El director de la clínica me citó en su oficina. La enfermera a cargo me entregó algo de ropa y productos de higiene personal. Me indicó que tenía media hora para bañarme y que el director me esperaría en su oficina.

El lugar no era malo. No era ni triste ni miserable. Se notaba que era de esas clínicas costosas para artistas e hijos de políticos, para gente con dinero. Seguro conocería gente famosa. Aunque claro, de cierto modo, en mi gremio, yo también era famosa y una incipiente celebridad.

Charlamos durante un par de horas y me contó acerca de cómo y por qué Editor me internó. Me explicó el proceso de desintoxicación y rehabilitación, y cómo podía ayudarme el tratamiento a readaptarme a la sociedad. No creí que funcionara su método, pero qué más daba, ya estaba ahí y no me iba a caer mal algo de descanso.

Mi problema no eran las drogas ni el alcohol, eso lo sabía porque mi problema existía desde antes de que yo bebiera o me drogara. Mi problema era el aburrimiento y el hastío. De mí y de todo lo que me rodea. Puse buena cara, no de arrepentimiento, sino de cooperación. No quería mostrarme renuente o resistente. En casos de crisis lo mejor es fluir y seguir el curso del agua. Que sea lo que tenga que ser. Guardé silencio y escuché. Tampoco puse demasiada atención. En ese hombre del otro lado del escritorio no había rastro alguno de sangre y sentí mucha pena por él. Tuve un montón de tiempo a solas. Me enteré de cosas. Cosas de mí, por supuesto. Acostada en mi habitación recordé a Marie Süe.

Me recordé con ella en Pata Negra. Sin embargo, mi recuerdo no era el de aquella primera vez que me llevó, de cuando me robó la sangre de Alexa. Este recuerdo era reciente. Entonces, poco a poco, todo comenzó a liberarse en mi subconsciente.

Recordé que una tarde decidí embriagarme en el Parque México, sola, viendo a los perros. Ahí sentada, fumé y bebí hasta perderme. Cuando cayó la noche, me levanté con ganas de ver a la bruja y caminé hacia Pata Negra. Los tipos de la entrada no me querían dejar entrar, pero les dije que iba de parte de Marie Süe. La bruja me vio haciendo escándalo en la puerta, se acercó, intercedió por mí y al final, a regañadientes, me dejaron pasar.

Recuerdo que bebimos y bailamos como si fuéramos las mejores amigas. Recuerdo haberme divertido mucho esa noche. Yo iba con mi abrigo de Hello Kitty rosa y a la bruja parecía divertirle mi nuevo look. No sabía si se reía de mí o se divertía conmigo, pero eso dejó de importarme en algún momento de la noche. Además yo solía andar hasta arriba de cuanta droga caía en mis manos. Muchos de mis seguidores me reconocieron y me invitaron tragos y más tragos. Me tomé fotos con todo mundo. Por primera vez en mi vida parecía yo haberme convertido en el alma de la fiesta.

En algún momento de mi viaje le pregunté a Marie Süe por qué me había dicho eso de que yo había asesinado a Alexa Galaxia.

— Yo no te dije eso, Roberta, estás loca.

Y era cierto, aquello había sido, o una alucinación o un sueño, de la vez que recuperé la sangre. Aquella vez que conduje sin rumbo fijo, entré a un túnel y al salir me encontré con esa calle llamada La Noche, donde se supone vivía Marie Süe.

Ya había soltado la lengua cuando caí en la cuenta de que lo que le preguntaba era una estupidez.

— Olvídalo, le dije. Creo que soñé que me decías eso, y pensé que sí me lo habías dicho en realidad.

— Se llaman "sueños espejo", me dijo. No son sueños comunes, no como a los que estás acostumbrada. Tienen algo o mucho de reales.

— ¿O sea? ¿Son o no sueños?

— Son y no son, pues. Es complicado. No estás despierta del todo, pero no estás soñando. Digamos que sí es real. Tu mente se conecta en otra realidad, que no es esta. Cuando tu mente se fragmenta, a veces sufre errores de continuidad y ahí es donde se cruza con una realidad, bastante real, pero ajena a esta ¿me explico?

— Más o menos.

— Y bueno, no es un sueño en el sentido estricto de la palabra, por eso los llamamos "sueños espejo".

— ¿Entonces es real?

— De alguna forma

— Pero tú esa vez me dijiste que yo había asesinado a Alexa

— Pues tal vez lo hiciste. No lo sé. No fui yo quien te lo dijo. Investiga. Ve de nuevo ahí y averigua qué pasó.

Ya no quise saber más. Preferí seguir en mi abandono. No me gustaba nada hacia donde se encaminaba todo ese negocio.

También comencé a recordar que en alguno de mis delirios llegué al Salón de Belleza a buscar a Lorena. Al parecer nadie estaba resentido conmigo. Entonces ¿por qué había dejado de frecuentar a las personas?

Lo recordé: me aburren.

Con Lorena salí también a bares y restaurantes. Salí de compras. Incluso me recuerdo manejando la Honda con Lorena. Con la bruja me recuerdo teniendo sexo. Mucho. Con Lorena me recuerdo acompañada siempre de hombres. Con la bruja andaba de lesbiana, y con Lorena de suripanta de sociedad.

Vaya, vaya. Las cosas que una recuerda cuando se pone sobria un par de días a la semana.

El rastro de la sangre era débil dentro de la clínica de rehabilitación. A veces alguno de esos hermosos perdedores internos lo avivaba. Porque esos deliciosos fracasados viven en medio de los problemas. Casi comprendí que la sangre me indicaba quién era una persona problemática y por eso me encantaban. Entre más sangre más vida y más problemas. Me excitaba, pero dentro de la clínica las personas comenzaban a perder su sangre. Al llegar, cada uno de nosotros lucía como cadáver en película gore. Al salir seguían con sangre, pero ya mucha menos que al llegar. Digamos que limpiaban su cuerpo del dolor.

Después de seis semanas me permitieron recibir una visita. Editor fue a verme. Me contó las novedades de mi libro. Estaban a punto de sacar a la venta la octava reimpresión de mi segundo libro. El primero ya iba por la decimoquinta. Le pregunté por la Honda. Se extrañó.

— ¿Por qué te preocupas por eso? La Honda está bien, está en tu departamento. No te preocupes. Yo me estoy ocupando de la renta y los servicios. He llevado personas a que te hagan la limpieza.

— Pero la Honda, Editor. No dejes que nadie se suba en ella.

— Está bien, está bien, no pasa nada. A veces la enciendo yo, pero nomás, para que no se descargue la batería.

— Sí, gracias Editor. Es sólo que es lo que me queda de Julia. No quiero compartirla. Es todo.

— Lo sé. Yo me encargo. ¿Cómo te sientes?

— Conocí a alguien. Un gurú, le dije.

— ¿Aquí? ¿Te lo cogiste?

— ¿Qué? No, Editor. Rayos. Tú crees que todo se trata de sexo.

Roberta, tengo que explicarte que hay una parte de ti que afirma ser una apática del sexo, pero la otra, la que al parecer ignoras, es una guarra. No lo digo para ofenderte, no te juzgo. La zorra me gusta. A veces incluso la prefiero. Pero me preocupa que no pareces enterarte de esa otra que vive en ti.

— ¿Qué otra? ¿De qué hablas?

— Olvídalo. ¿Qué hay con el gurú? ¿Cómo se llama?

— Lo llaman Gurú Nanak. Vino a dar una charla y práctica de Yoga. *"Si tú estás bien, yo estoy bien"*.

— ¿Qué dices?

— Te digo Editor que así se llamaba su charla y fue lo que me dijo. Se me acercó al final del entrenamiento y me dijo *"Si tú estás bien, yo estoy bien"*.

— ¿Eso qué significa?

— No tengo puta idea, sólo quería contarte.

— Está bien, Roberta. "Si tú estás bien, yo estoy bien". Tus libros se están vendiendo y comentando. Julia estaría orgullosa.

— Julia estaría vendiendo el escándalo de mi rehabilitación.

— No puedes negar que la flaca sabía hacer dinero.

— ¿Todavía no descubren quién fue? Ya sabes, quien la mató.

— Mira, se supone que no tenemos que hablar de esto, pero se dice que fue una vendetta contra su papá. Ya sabes, problemas políticos, rencillas y venganzas. La que terminó pagando los platos rotos fue Julia. Nadie lo vio venir. Nadie dice nada, pero todos sabemos que el señor Gankz anda en otro tipo de negocios. Esta vez le salió el tiro por la culata. Ha habido más muertos, aquí y allá. Lo cierto es que tú estás a salvo. El problema no era con Julia, sino con su papá. Tú quédate tranquila. Yo cuidaré la Honda y la Editorial.

— ¿La gente sabe que estoy internada?

— Nadie sabe, Roberta. Seguro Julia lo hubiera hecho público, pero a mí no me parece necesario explotar el morbo.

— Hazlo, dije.

— ¿Qué cosa?

— Haz que reviente el mundo. Dile a todos que estoy en rehabilitación. Lo acabas de decir, Julia lo explotaría. Quiero… perdón, no Editor, me retracto, no quiero, exijo que lo hagas público y escandaloso. Haz lo que Julia haría. No te preocupes por mi imagen, soy como los gatos, caigo de pie. Además, es divertido. Ya me contarás a la salida. Pero hazlo bien, que sea un escándalo morboso. Cuenta que despertaba tirada en los cajeros automáticos. Dile que me flipé y que estoy en una clínica psiquiátrica. Lo de la rehabilitación es muy snob. Prefiero los manicomios. Diles que me dan electroshocks, porque al parecer hablo con fantasmas. Sé creativo. Si quieres te escribo un guion.

— Si es lo que quieres, así será Roberta. Vendamos libros, pues, mi pequeña putilla pretenciosa.

— Y punk. No te olvides de lo punk. El punk no ha muerto, Editor.

— *God save the Queen.*

CUANDO LA NOCHE TRANSPIRA GATOS.
GENTE FALLADA

En la clínica había de todo. Un exfutbolista, una abogada, un actor, una diputada, un conferencista, una chica del clima e incluso una influencer motivadora fitness. Me di cuenta de que el circo estaba compuesto de muchas personas que en su momento habíamos alcanzado cierto éxito en el mundo. El éxito profesional, me refiero. De alguna forma casi todos ganábamos bastante dinero, éramos admirados por muchas personas e incluso éramos "ejemplo" de vida para muchos.

Fabrizio Cruz era un sanador reiki, adicto al sexo y amante de acostarse con sus pacientes. Tenía muchas seguidoras en las redes sociales. No era guapo ni mucho menos. Narcisista y sociópata a mi parecer. Nadie sabía que estaba internado. A sus fans y pacientes les habían dicho que estaba en un retiro espiritual estudiando sofisticadas técnicas de sanación en la India.

Diana Rodríguez era una sexy chica del clima. Codependiente. Adicta a la cocaína y a las relaciones tóxicas. No bebía alcohol. Cuidaba mucho su cuerpo, pero ingería cantidades peligrosas de cocaína. A menudo terminaba con el corazón hecho trizas, situación que la había llevado a entrarle al delicioso mundo de los antidepresivos, de los cuales ya había comenzado a abusar. Tuvo problemas en su trabajo y un directivo la envió a desintoxicarse a la clínica.

Marina Saavedra era diputada, alcohólica y divorciada. Tenía problemas de juego y de manejo de la ira. Al parecer nadie podía decirle nada porque la mujer se violentaba. Comenzaba a beber desde que abría los ojos. Desayunaba Xanax y café con vodka. Los miembros del partido optaron por mandarla a la congeladora un rato a que se desintoxicara después del último desmadre que se colgó en las redes sociales con miles de *views*.

Fabiana "Resplandor" era abogada. Adicta al sexo. Drogadicta y codependiente. Era bastante guapa, pero aun así era amante de relacionarse con hombres casados, que tarde o temprano terminaban humillándola.

Yeison "El Bombardero" Martínez un exfutbolista ecuatoriano. Terminó su carrera antes de tiempo a causa del profundo amor que sentía por la fiesta, las putas, el alcohol y la cocaína.

Fernando Alonso, adicto a pincharse las venas con Madám H. En su momento fue un actor muy bien pagado hasta que lo despidieron de una de las series más exitosas del país. Tuvieron que reescribir toda la serie y poner en coma a su personaje, debido a los constantes colapsos que tenía gracias a su adicción a la heroína.

Bárbara Flores, la coach fitness motivacional era adicta al deporte y a los chochos. A los esteroides y a la cocaína. No fumaba ni bebía, pero si que siempre andaba hasta arriba de *speed*. Era influencer y sus videos tenían cientos de miles de visitas. Como siempre andaba hasta arriba todos pensaban que era una mujer bastante positiva y entusiasta, hasta el día que en plena transmisión en vivo colapsó y se derrumbó yendo a parar a urgencias. De ahí la trajeron para acá.

Todos teníamos nuestra historia. Todos éramos basura social. Yo no me sentía mejor que ninguno de ellos. A todos les escurría la sangre igual que a mí.

Fue justo en esos mis días de anexada cuando comencé a ver por primera vez la sangre en mí. Chorreaba de mi rostro y mi cabello. Me paraba durante horas frente al espejo a observarme por una sencilla razón: podía ver por vez primera la sangre escurriendo de mi cráneo y chorreando por mi cabello. Nadie parecía darse cuenta de eso. Era obvio, pero yo la veía y aunque sabía que no era del todo real, al menos lo era para mí. Siempre había visto la sangre en los demás, pero ahora la encontraba en mí. ¿Qué podía eso significar?

Comencé a hacer introspección y a preguntarme qué significaba la sangre en mi vida ¿y por qué endemoniada razón nunca la había visto en mí? ¿Sería acaso que ahora era yo la que estaba condenada? ¿Acaso era eso lo que significaba la sangre? ¿Quiénes la portaban estaban malditas? Comencé a verla en todas partes a partir del crimen de Alexa y la vi de inmediato en Julia Gankz. Al menos la bruja aun no moría, pero cómo saberlo, tal vez aun no le tocaba o sabía cómo protegerse de la maldición, o justo por eso me la había robado. ¿Qué es lo que auguraba para mí la sangre?

No tenía miedo, ni siquiera estaba preocupada. ¿Qué podía sucederme? Al menos una maldición podía sacudirme del tedio y del aburrimiento. Sin embargo, no estaba segura de nada. Hasta donde sabía todo eran sólo suposiciones de mi parte.

Entre toda la galería de malandros, destacaba uno: Bruno, el cineasta del grupo. Le apodaban "Pesadilla" y él parecía disfrutarlo. Hasta donde yo sabía era el típico niño rico que nunca ha tenido que trabajar en su puta vida para pagar la renta. Pasaba ya de los 50 años.

También era el más vanidoso y cuidaba siempre de lucir y verse bien. Era adicto a la heroína y a los escándalos. Le encantaba relacionarse con famosos y celebridades. Era bisexual y le encantaba filmar películas y documentales que escandalizaban a las buenas conciencias.

¡Aburrido! Gritaban todas mis neuronas al unísono.

El problema es que a pesar de que a mí me pareciera la persona más predecible del mundo, Pesadilla parecía entusiasmado conmigo desde el primer día de mi ingreso. De inmediato me adoptó. Me ofreció cigarros y casi me juró que la clínica le pertenecía, que él estaba ahí nada más de vacaciones y que no tenía ningún problema con las drogas, que sí las consumía, pero podía dejarlas cuando quisiera… cosa que juraba no sería jamás.

— Tú y yo somos hermanos espirituales, me dijo la primera vez que charlamos.

Pesadilla se había metido sin avisar a mi habitación

— ¿Qué mierdas haces aquí? ¿Quién te dio permiso de entrar así de huevos? Le dije.

— Jamás pido permiso, dijo. No lo necesito. Soy yo, Bruno. ¿Quieres fumar?

— Me caga la mota, respondí. Es la droga más aburrida del mundo.

— Sí, yo también pienso lo mismo. ¿Ya te diste cuenta?

— ¿De qué?

— Estamos unidos desde antes de nacer.

Ni siquiera respondí. No se me ocurrió nada y no me interesaba.

— ¿Cómo te llamas?

— Roberta, dije.

— Lo sé, era broma. Yo te conozco. Eres la escritora pop.

— Punk

— Pop… Punk… da igual, la misma mierda… todo es basura… pero te conozco. Te acabo de decir que somos hermanos espirituales.

— ¿Así nomás de huevos?

— Somos gemelos, dijo Pesadilla mientras encendía un cigarro.

Comencé a entender por qué lo apodaban así. Seguro era la pesadilla de cualquier persona que se cruzaba en su camino. El individuo era nefasto. Fue ahí cuando comenzó a parecerme menos aburrido.

Incluso a parecerme atractivo. Será porque le encontré cierto parecido a Peter Murphy. Al menos era odioso e insoportable, y bueno, soy fan de la gente complicada.

— Nacimos al mismo tiempo… dijo Pesadilla

— Pero tú debes de tener como veinte años más que yo

— ¿Qué edad tienes?

— Hasta donde recuerdo 27, si no es que ya tengo 28 y por andar en el trip no me enteré

— Te ves más grande, —dijo Pesadilla —, como de 34.

— Tú debes tener 50, no sé de qué mierdas hablas.

— 54 pero me veo perfecto.

— Si tú lo dices.

Esa fue la primera vez que hablé con Pesadilla, quien después me enteré se llamaba Bruno. No fue él quien me lo dijo, porque según él nadie conocía su verdadera identidad.

Lo cierto es que, si era millonario, bueno, al menos su familia lo era. Era un yonqui de los buenos.

Sí hacía cine y alguna vez de joven ganó fama y reconocimiento en un festival de cine experimental por algún cortometraje provocador, pero eso había acontecido a mediados de los noventas.

Me gustaba porque de cierta forma me recordaba a Peter Murphy, en su versión de cincuentón. Vanidoso, y delirante. Todo el tiempo parecía drogado, aunque luego descubrí que fingía la mayoría de las veces.

Era un simulador. Le gustaba ser el centro de atención. A menudo era capaz de cortarse y lesionarse con tal de hacerse notar.

Según me contaron otros de los locos anexados, Pesadilla se hacía internar de forma voluntaria cada vez que sentía que no estaba recibiendo la atención necesaria en el mundo. Las primeras veces le funcionó.

Despúes ya se le hizo costumbre y todo mundo dejó de atenderlo. Seguía filmando al menos una película al año, pero ya no ganaba nada. Eso sí, parecía conocer a la crema y nata del mundo artístico.

Sin importar que fuera un cineasta mediocre como personaje era una maravilla. A mí me acosaba constantemente con aquello de que yo era su hermana espiritual extraviada.

Le permití que siguiera con sus delirios porque lo consideré sexy e inofensivo. No sabía cuan equivocada estaba. Pesadilla le hizo honor a su apodo meses despúes.

Mi estancia en la clínica fue de tres meses, como se había previsto desde el inicio. Noventa días, dicen que es lo que nos separa de una vida funcional, es el tiempo que tarda en desintoxicarse el cuerpo y que necesitan los terapeutas para prepararte para que te reintegres de manera saludable a la sociedad.

¡Qué Mierda! ¿Y cómo iban a hacer tal cosa?

Ya quería ver yo que pudieran hacer eso. Desde antes del alcohol y las drogas jamás pude adaptarme a nada. No me adapto ni siquiera a mí, mucho menos me voy a adaptar a la sociedad.

En fin. Me explicaron que existen 3 momentos vulnerables donde son posibles las recaídas. La primera es a los 7 días de internarme, es cuando se te pasa la cruda, te sientes bien y crees estar listo para volver al ruedo. Al parecer la mayoría vuelve al vicio ese día, pero si estás internada como yo pues no se va a poder, es decir, no vas a recaer porque no tienes nada a la mano, entonces puedes comenzar tu proceso de desintoxicación.

La segunda tentación es a las tres semanas, cuando cumples 21 días te vuelve a dar la comezón de la chingadera, quieres volver, evadirte y ponerte estúpido. No es que sea exacto, pero es un aproximado, depende de muchos factores, pero a grandes rasgos ese es el tiempo promedio. Si la libras, entonces estarás a gusto hasta la tercera tentación que es a las 6 semanas, o bien, a los 45 días de desintoxicación. Esta es la más peligrosa porque sientes que estás perfecto y que si te tomas unas copas no va a pasar nada. Es cuando crees que por fin te has rehabilitado y llegas a convencerte de que te has liberado del alcoholismo y la drogadicción. Al parecer, crees que has reiniciado tu sistema y que estás listo para comenzar desde cero, aunque eso no exista.

A los 45 días piensas que volviste a ser virgen de los vicios, pues. Y pues claro que no, por eso es la más peligrosa de las tentaciones y debes estar preparado, con mucho apoyo y refuerzos. Ya después de eso, la última posible recaída es a los noventa días. Y se supone que, si pasaste noventa días sobrio y te sientes bien, esta vez ya puedes hacerte cargo de ti mismo, y te lanzan a la calle a que luches por tu cuenta con tus demonios.

Claro, te canalizan a un grupo de apoyo, de AA o algo similar.

En mi caso yo tenía el apoyo de Gurú Nanak, el maestro de meditación que me convirtió en su perra de inmediato. Me volví adicta a él desde los primeros días. No es que me gustara o me hubiera seducido. Lo que pasa es que me hago adicta a las personas al instante, como con las drogas y la comida rápida. Y no es por el sexo. Nada de eso. Me hago adicta por la sangre. Entre más intenso es el rastro de sangre en la persona más fuerte se hace mi adicción. Y el hombre era de esos trágicos seres que van por la vida manchados de sangre sin que nadie excepto yo pueda darse cuenta.

Gurú Nanak era el típico narcisista, sociópata, estafador y predador sexual. No era guapo, aunque podías jurar que el cabrón se creía de una belleza inconmensurable. Más bien ya era viejo, como de entre cincuenta y sesenta años. Era un tanto calvo y el poco cabello que le quedaba era totalmente blanco y se lo dejaba largo. La pelona le quedaba lustrosa y lisa. A menudo vestía de blanco como cualquier predecible gurú. Le gustaba andar en bicicleta como los hípsters de la Ciudad de México. No era vegano, pero se movía con la bandera del amor y la paz. Decía haber sido discípulo inmediato de Krishnamurti.

Todo en él era máscara y apariencia, un gurú en toda la extensión de la palabra. Y era por eso por lo que la sangre manaba a chorros de cada poro de su piel. El hombre era oscuro y retorcido. Y como desde siempre he sido aficionada a la gente oscura y complicada pues comprendí que estaba internada en una sucursal VIP de mi paraíso personal. En cierto momento llegué a considerar que tal vez estuviera muerta y todo lo que vivía era parte de mi versión del cielo… o del infierno. Tanto Bruno como Nanak hacían mi estancia interesante, por bizarra.

El maestro de luz se cargaba varias demandas en su contra. De mí no pudo abusar, porque pues, obvio, yo no soy como las demás: ¡Yo soy peor!

Porque como bien lo dijera Julio Torri:

"Como iba dispuesta a perderme, las sirenas no cantaron para mí".

No puedes abusar de alguien que se ha rendido desde el inicio.

No era guapo, pero era ególatra, perverso y narcisista.

Era de esos hombres que nunca se enamoran. Una de esas personas que viven embelesadas consigo mismas. De esa forma jamás logran interesarse demasiado por nadie más. Porque nadie es más bello ni más interesante que ellos mismos. Esos tristes perdedores son los que me fascinan. Son esos de los que me vuelvo adicta desde antes de abrir las piernas.

Ni siquiera tengo que esperar a que me penetren para ya estar rendida a la planta de sus pies. No es afición a su sabiduría, porque pues no son sabios. Sólo son carismáticos ni elocuentes. Eso a mí no me enamora. Lo que me engancha es su desparpajo y su ególatra forma de caminar el mundo. Algo de lo que yo siempre he carecido.

Gurú Nanak no trabajaba de planta en la clínica de rehabilitación, sólo asistía a ofrecer charlas y talleres sobre meditación y conciencia. Él era el fundador y director de un centro de meditación en el ombligo mismo de la Condesa. Había escrito un best seller y había montado un espectáculo cómico, místico y musical que presentaba en teatros.

Yo le gustaba como nadie, no como las demás. Yo le gustaba de forma diferente. La chica punk parecida a Kurt Cobain. Siempre que alguien se interesa sexualmente en mí no puedo dejar de pensar que es gay de clóset. Con Gurú Nanak era diferente, él se jactaba de su bisexualidad. "Puto", pensaba yo. Estaba segura de que en cualquier momento me iba a pedir que le metiera el dedo en el culo.

Gurú Nanak sabía quién era yo, y no sé por qué, pero también sabía que era dueña de una editorial. De inmediato hizo planes para ambos. Yo no estaba enamorada ni mucho menos. Sólo me llamaba la atención, por su sociopatía y narcisismo. Ni siquiera me había acostado con él. Me parecía patético como todos los gurús, pero me gustaba. La gente rara y narcisista me obsesiona. No sé por qué. Bueno, porque no estoy bien de la cabeza y tengo un alma muy pero muy oscura. Lo sé, por eso y porque me aburro demasiado, porque les sigo el juego para ver hasta dónde llegan y quiero ver en qué me meto.

Cuando se enteró de que yo era dueña de mi propia editorial y que era medianamente famosa, al menos más que él, comenzó a darme un trato diferente. Comenzó a seducirme de una forma extraña. Digamos que me otorgaba la oportunidad de que yo lo sedujera a él. Y eso según su delirante mente de gurú era un enorme privilegio. No sé, yo pensaba que era gay declarado, ni siquiera bisexual. Para mí, a veces se dejaba ver con mujeres sólo para aparentar bisexualidad, pero en realidad siempre tuve la certeza de que era gay, y además pasiva.

Jugué su juego y al salir de la clínica comencé a seguirlo a todas partes. Me convertí en su dama de compañía, su asistente y su secretaria personal. Quiso saber si yo podía publicar sus libros. Al parecer la editorial con la que había trabajado le había cancelado el contrato y había guillotinado un montón de libros que no vendieron.

Después de su primer y único best seller, la editorial le publicó otros dos libros que resultaron un vergonzoso fracaso. Al parecer no vendió ni siquiera mil ejemplares.

Rescindieron el contrato y ahora no tenía editorial. Decía que tenía grandes planes para nosotros. Le expliqué mil veces que mi editorial no publicaba "Desarrollo Personal", sólo literatura de autor, ni siquiera comercial y que no podíamos publicar sus libros.

De cualquier forma, Gurú Nanak nunca me escuchaba y bueno, tampoco es que hubiera libro, porque además quería que yo lo escribiera por él. Era un acuerdo beneficioso para ambos, según decía. Escribir él mismo el libro representaba una pérdida de tiempo para un maestro de su envergadura, repetía.

Entonces ideó un plan que me permitiría estar a su lado para empaparme de su filosofía, de su luz, de sus expresiones personales y su visión. De esa forma yo ganaba conocimiento y en esa misma cercanía podría escribir sin que se notara que no era él quien redactaba. Además de su perra iba a ser su *ghost writer*.

LA HABITACIÓN ESPEJO

La verdad es que me sentía cómoda en la clínica. Acababa de hacerme de nuevas amistades. Todas raras, por supuesto. Gente fallada como yo. Gente afín a mi carácter. Gente adicta a la que al parecer le aburría o le aturdía la existencia misma. De alguna forma todos éramos iguales. Cada uno en su estilo, pero unidos por una misma sangre: la del tedio y el aburrimiento.

Todos éramos neuróticos y teníamos el sistema nervioso central hecho mierda. Eso resultaba más que obvio. Todos éramos unos malditos adictos. Sólo Gurú Nanak y Pesadilla parecían destacar. Yo intuía que la locura y disfunción de ambos rayaba en la sociopatía, aunque entre ellos no se parecían en nada. Mientras que Nanak caminaba como flotando en una imposible y cursi nube de luz y amor, Pesadilla incomodaba a todos con su presencia, sus acciones y sus comentarios imprudentes.

Pesadilla se metía en tu mente, se metía en tu paz, te acosaba, era hábil para llevarte hacia un oscuro lugar al interior de tu mente donde seguro no querías estar. Te hacía reconocer partes de ti que tú afanosamente intentabas olvidar. Además, tenía el don de aparecerse en los momentos menos oportunos, cuando te sentías vulnerable y con pocas ganas de lidiar con él ni con nadie, entonces levantabas la vista y ahí lo encontrabas siempre dispuesto a confrontarte y cuestionarte, como si su único motivo de estar allí fuera el terminar de volverte loca. Ni siquiera los terapeutas lo soportaban, pero él era millonario y sus padres habían aportado tanto dinero a la clínica que casi eran dueños del lugar. Ni siquiera tenían el poder para expulsarlo o negarle los servicios. Por lo mismo, los terapeutas ya casi no lo trataban.

Para todos, Pesadilla era una causa perdida. Eso hacía que caminara con libertad por la clínica e hiciera lo que quisiera cuando él lo deseaba. No obedecía órdenes, no seguía horarios ni calendarios. Teníamos una sesión grupal a la que a veces asistía y a veces no. Aunque todos estábamos obligados a asistir, Bruno se permitía presentarse o ausentarse.

¿Por qué? Pues sólo para importunar. Lo cierto es que nadie lo extrañaba cuando no se presentaba en las reuniones. Al inicio algunos de los internos preguntaron por qué a Pesadilla se le permitía no asistir.

Cuando lo conocieron mejor y entendieron lo insufrible que era dejaron de cuestionar y agradecieron su ausencia.

En las sesiones de grupo, Pesadilla se sentaba y nomás por sus huevos tomaba el rol de coordinador de la sesión. Aunque el coordinador era el mismo Erasmo, el director de la clínica, Bruno tomaba la voz cantante y comenzaba a cuestionar a todos. Le gustaba ser grosero y ofensivo. Le gustaba ser incómodo e imprudente. Todo su asunto era confrontar a las personas y hacerle honor a su sobrenombre. Deseaba ser la piedra en el ojo de las personas, un incómodo y molesto grano en el culo. Una verdadera Pesadilla.

Bruno le hacía bromas pesadas a los demás internos. Robaba y cambiaba el medicamento de los compañeros. Le gustaba volverlos locos. Les deslizaba drogas que metía a escondidas. Los llevaba al extremo para hacerlos recaer en la adicción. Según su filosofía no debías negarles las drogas, sino por el contrario ponérselas en sus narices. Si no eran capaces de abstenerse teniéndolas frente a ellos nunca se iban a rehabilitar de verdad. La cuestión era colocarlos de frente a las tentaciones. Por eso también les cambiaba el medicamento. Bruno era además de molesto, peligroso.

Según él, esa era la mejor forma de rehabilitar a las personas: confrontándolas con todo aquello que deseaban negar. Y no es que estuviera del todo equivocado, pero una cosa es la meta u objetivo y otra su violenta, inmoral y anti-ética forma de proceder. Además, ¿Quién era él? Un paciente más, pero como se sentía superior a todos, pensaba que era más inteligente que los mismos terapeutas.

No era más que un hombre frustrado que sabía que su vida en el cine estaba acabada. A lo más que aspiraba era a pagar por las invitaciones a los festivales de cine. Seguía produciendo y filmando películas, pero después de las primeras tres, todo mundo entendió su concepto, así que dejó de escandalizar y sorprender. Se volvió más que predecible, incluso infantil, pero como él era millonario, y tenía un sinfín de conexiones, muchas personas del gremio le permitían seguir asistiendo a festivales y fiestas.

Mi estancia en la clínica tuvo sus bemoles. El proceso de desintoxicación fue un verdadero infierno. La primera semana fue la peor, cuando los síntomas de la abstinencia se manifestaron.

Temblores, sudores y alucinaciones constantes. Mi flaco y correoso cuerpo se retorcía pidiendo a gritos la siguiente dosis. Me la pasé vomitando, bebiendo jugos y sueros. Casi no dormía.

La noche era el momento más terrible del día.

Esa primera semana fue cuando Bruno, me contó de la "Habitación Espejo" y del "Extranjero"

— Ni te acerques allá, dijo. Yo no he podido salir de este agujero de mierda desde que lo conocí. No le he contado a nadie, más que a Erasmo, pero sé que sólo me dio el avión. Te lo juro, es un cuarto de locos. Nosotros no llegamos así de tocados, nos volvemos aquí. Ese cuarto nos vuela la cabeza y termina con nuestra cordura. La Habitación Espejo es la verdadera pesadilla. No yo. Es el cuarto, Roberta. El cuarto te vuelve loco. Uno llega aquí de manera voluntaria cuando sabes que te has enfiestado de más y sabes que necesitas un descanso y limpiarte, pero no estamos locos. Venimos a limpiarnos, pero salimos tocados de la cabeza. Eso me pasó a mí la primera vez y nadie me quiere creer. Y ahora no puedo marcharme por completo y de manera definitiva. Es decir, salgo, me limpio y me largo de aquí pensando en no volver jamás, pero tarde o temprano vuelvo. Nadie escapa por siempre del cuarto, ni del Extranjero. Por eso, Roberta, mejor que ni te acerques. Lo que habita allí no es de este mundo. Es una presencia que no pertenece a esta realidad y se alimenta de tus neurosis, de tu sufrimientos y tus pesadillas, o qué se yo de qué, pero te esclaviza. Aunque no lo creas o no lo entiendas, tú eres mi hermana espiritual, Roberta, y es mi deber advertirte y protegerte. Por nada del mundo debes acercarte a la Habitación Espejo.

Fue como si Bruno me hubiera empujado o llevado de la mano a la dichosa habitación. No sé por qué, pero me entró curiosidad de saber de qué era de lo que hablaba. Investigué un poco con los demás, y al parecer era cierto lo que decía acerca de que no le había contado a nadie, excepto a Erasmo. Él fue quien me contó un poco su historia.

— La primera vez que sus padres lo internaron, Bruno era apenas un adolescente inquieto de 16 años, dijo Erasmo. En aquel entonces sólo era un chico que abusaba del alcohol, la fiesta, el LSD y la cocaína. Aquí fue donde decidió que se convertiría en cineasta. Claro que me contó de la "habitación espejo" y créeme, intenté escucharlo, intenté creerle, pero al final tuve que aceptar que ese cuarto del que Bruno habla no es más que una proyección o exteriorización de su propio subconsciente.

— Bruno dice que hay una habitación oculta donde ocurrieron cosas terribles y violentas, que él lo descubrió por casualidad un día que buscaba un sitio para drogarse a escondidas.

Me contó que cuando entró tuvo una serie de visiones y que ahí descubrió a una persona, alguien o algo que vive ahí oculto entre las paredes de la clínica, atrapado entre la vida y la muerte. Él le llama el "Extranjero". Al parecer es una persona que fue olvidada y abandonada en este mismo sitio varias décadas atrás.

— Conozco la historia, Roberta, pero te aseguro que nada de lo que dice es real. No hay nada como una "Habitación Espejo" oculta. Mi familia construyó esta clínica. Incluso, imaginando que Bruno dijera la verdad, llegué a considerar la posibilidad de que existiera un portal o vórtice hacia una realidad alterna, pero de existir, creo que incluso los empleados o alguien más hubiera sido testigos de ese sitio. Sin embargo, nadie ha visto esa dichosa habitación. Lo más probable es que se trate de la alucinación y proyección de su mundo inconsciente, y ese oscuro personaje, al que llama "Extranjero" no sea más que la proyección de su *sombra*. Es a la conclusión a la que yo he llegado. Te sugiero que no le des demasiada importancia. La mente es traicionera, y la sugestión en tu estado de vulnerabilidad puede traicionarte. En aquel tiempo Bruno era demasiado joven e impresionable. Eso sin contar que la mayor parte del tiempo estaba drogado.

No sabía qué pensar, ni si debía creerle o no a Erasmo. El asunto es que sin querer di con la Habitación Espejo.

A la segunda semana de mi estancia en la clínica comenzaron a sucederme cosas extrañas. No sé si eran las drogas que me suministraban o los residuos de las que durante un año o más llevaba consumiendo por mi cuenta. El asunto es que comencé a caminar dormida. De pronto despertaba en un rincón de la sala común o de la cocina, de cara a la pared, semidesnuda, hablando sola, o escribiendo en las paredes.

Una madrugada abrí los ojos y ahí estaba Bruno frente a mí. Él fue el primero que se dio cuenta de mis paseos sonámbulos, y me siguió para evitar que entrara a la Habitación Espejo donde el Extranjero me esperaba. No sabía si creerle, pero él insistía en que era el Extranjero quien me había elegido igual que hace años lo había hecho con él. Pero como mi hermano espiritual que era estaba ahí para evitar que acudiera al funesto encuentro.

No sucedía todo el tiempo. Mi sonambulismo era eventual. Y una noche antes de dormir decidí hacer algo arriesgado. Drogué a Bruno antes de ir a dormir. Mi idea era que no despertara para ver si así lograba llegar a la dichosa habitación al encuentro con el Extranjero. No fue complicado. Bruno confiaba en mí y me subestimaba.

Como pensaba en mí como su hermana menor me creía incapaz de drogarlo con tal de salirme con la mía. Lo que no sabía era si esa noche el Extranjero me llamaría. Intuí que, de ser real su existencia, sabría que estaba lista para conocerlo. Le di una oportunidad. Lo que pasó esa noche me dejó marcada para siempre.

BACK TO BLACK

Bruno, Gurú Nanak y Fabiana Resplandor formaban una bendita trinidad. Eran inseparables. No sólo eran amigos, sino cómplices en un montón de asuntos raros. También eran amantes. Pero todo eso lo supe hasta que salí de la clínica.

Editor y Lorena fueron por mí. Me sentía diferente. Seguía aburrida, pero al menos me sentía un poco más despierta. Mi libro se seguía vendiendo bien. Editor se las había ingeniado para crear un marketing escandaloso alrededor de mi persona. Muchos juraban que yo había enloquecido y estaba internada en el manicomio, otros decían que yo había asesinado a mi mejor amiga y que estaba en prisión. Incluso hubo quienes juraban que me había suicidado. El asunto es que toda esa falsa publicidad hizo de mí la escritora maldita del momento. Mi vida entera estaba condenada. Era como si le hubiera vendido mi alma al diablo. Cosa que no difería demasiado de la realidad, sobre todo después del encuentro con el Extranjero en la Habitación Espejo.

Regresé a mi departamento en la Colonia del Valle. Lorena insistía en que me fuera a quedar con ella a su casa en la Portales. Por más que insistió no cedí. Sé que temía que me fuera a suicidar o algo así. Conocía perfecto a Lorena. Al menos a las mujeres de su tipo. Ella seguía creyendo que no había mal que no se curara con una buena serie de cogidas. Y sé que lo que quería era volver a llevarme al camino de la putería sin paga. Lo bueno es que Editor me apoyó y al verse en desventaja no le quedó de otra más que aceptar la derrota y dar un paso atrás.

Antes de que se marchara, le pregunté por Marie Süe. No sé por qué. La extrañaba y pensé que nuestra historia no había terminado aún. Me di cuenta de que Lorena sentía celos. No me dijo gran cosa excepto que ya no confiaba más en ella. No dijo por qué, salvo que era bruja.

¡Qué maldita idiotez! ¿O qué pensaba, Lorena? Todos sabíamos que era bruja. Con el tiempo descubrí que había sido Marie Süe quien la había despachado a ella. Es decir, un día nomás le dijo que se buscara otra bruja, que ya no deseaba atenderla. Claro, así sin más, porque Marie Süe no era de la que dan explicaciones o mienten sólo para socializar.

Por fin me quedé sola en mi departamento.

Ahora no sabía qué hacer. Editor me propuso que volviera a la editorial al día siguiente. Seguro encontraríamos cosas que hacer para mantenerme ocupada y ayudarme en mi rehabilitación. Erasmo me sugirió que buscara a una terapeuta. Me dio el nombre de una amiga suya de nombre Olivia Laforet. Pero no la busqué jamás. Guardé la tarjeta con el número, en caso de fuerza mayor, pero no estaba interesada en comenzar una terapia. Mi problema no se arregla ni con psicoanálisis ni Gestalt. Lo mío era una maldición ontológica.

También me sugirió darle seguimiento a mi rehabilitación asistiendo a un grupo de apoyo. Tampoco le hice caso. Al menos en ese sentido me había apoyado Gurú Nanak quien le dijo a Erasmo que me ayudaría en el Centro Nanak de Meditación en la Condesa. Para ese momento el calvo ya estaba más que comprometido en conquistarme y hacerse de mi editorial.

Después del encuentro con el Extranjero yo me sentí demasiado atraída hacia Bruno, sin importar que fuera una verdadera pesadilla. El problema era que yo me sentía atraída hacia él, pero a su vez él estaba más interesado en Gurú Nanak. Éste hacia mí y en medio de todos, Fabiana Resplandor quien estaba ahí para el primero que se dejara. La vieja historia de siempre, pues.

¡Aburrido!

Una vez que estuve sola por fin comencé a encontrar por todas partes las notas que me escribía la otra Roberta, mi doble. La había olvidado por completo. Comencé a recolectar sus notas. Sabía que algo podría hacer con ellas más adelante. Me intrigaba saber si al desintoxicarme mi doble también habría desaparecido o si volvería a mi vida.

¿Eran las drogas, el estrés y la putería de paga la fuente de su existencia? Ya me daría cuenta de eso más tarde.

Encendí mi computadora. Editor me había dicho que siguiera escribiendo. Lo mismo que me había dicho el Extranjero en la Habitación Espejo. Escribir abriría las puertas necesarias. Dejar de escribir sería mi muerte. Yo había llegado a la meta. Después de dos libros exitosos deseaba retirarme, pero al parecer tenía que seguir escribiendo hasta el final de mis días. No importaba si ya no publicaba nada. El asunto era que a partir de ese momento dejar de escribir me traería problemas mentales y emocionales. En pocas palabras, tenía que seguir escribiendo a menos que quisiera convertir en un infierno mi vida. Escribir sería a partir de entonces la única forma de experimentar cierta paz y bienestar.

No le quise contar eso a Editor.

Sabía lo que pensaría: ¡Mejor para el negocio!

Ahí estaba yo de vuelta en la CDMX, la ciudad más oscura y dolorosa del mundo. Estaba de vuelta en la oscuridad. Puse música de Peter Murphy y me senté a fumar en la ventana como lo hacía antes viendo a la gente manchando de sangre la ciudad.

EL EXTRANJERO

Yo hubiera imaginado un zombi encerrado en un cuarto oculto o un espíritu atrapado en entre el más acá y el más allá, que no lograba el descanso perpetuo. Algo así, me había comenzado a imaginar desde que Bruno me habló del Extranjero y la habitación espejo, la cual fue bastante decepcionante. Era en todo caso una sala de estar de color rosa. Sentí náuseas nomás de entrar. No olía a podrido, a moho, o a cadáver como había imaginado al principio y como lo había descrito Pesadilla.

Después de drogar a Bruno para que dejara de vigilarme, me fui a dormir esperando escuchar el canto de las sirenas que en este caso era el del Extranjero. Debo reconocer que me sentía inquieta y de cierta forma emocionada. El concepto me parecía extraño, un poco cliché, del tipo de los libros de Stephen King. Más que nada la curiosidad era la que me llevaba a desear descifrar el misterio que tanto atormentaba a Bruno. Y no es que pretendiera jugar a la detective ni mucho menos ayudarlo a liberarse de sus tormentos.

¿Qué sería de ese oscuro y sexy hombre sin sus pesadillas? Que Dios no lo permita. Lo que vuelve a un hombre interesante es su conflicto, sus heridas y tormentos. Un hombre maduro y perfectamente saludable ¿para qué iba a quererlo nadie? No fuera a terminar produciendo comedias románticas mexicanas, o peor aún, otra serie más sobre narcos para vendérsela a Netflix. Sentí asco nomás de imaginarlo.

Lo que encontré en la Habitación Espejo, en cambio, eso sí que no me lo esperaba. Lo que llamó la atención al principio fue el aroma. Desde mi habitación pude percibir un olor bastante particular como entre harina, mantequilla y azúcar. Mi madre estaba haciendo panqueques, podía jurarlo. El aroma me llevó a algún lugar de mi infancia donde ese aroma me despertaba los domingos y yo de verdad me sentía contenta y conmovida. Me estremecí con el recuerdo y sentí unas profundas ganas de llorar. Las mismas ganas de llorar que me daban cuando era niña, las mismas que un día reprimí. En ese momento, el olor de los panqueques abrió la cerradura de una puerta que según yo había sellado para siempre.

Me levanté de la cama, me calcé unas pantuflas, me puse un albornoz. Hacía frío. Escuchaba el sonido de la lluvia y podía percibir el olor de la tierra mojada. No lograba precisar la hora ni el día. Todo me conducía a un domingo en la mañana, justo al amanecer. Una mañana fresca y amorosa perdida para siempre en los confines de mi mente.

Me asomé a la habitación de Bruno y pude ver que estaba noqueado. Las drogas que le di lo sacaron de la jugada. Sabía que por nada del mundo iba a despertar ni a evitar que acudiera al encuentro con el Extranjero. Seguí el aroma de los panqueques y lo que encontré no fue un calabozo oscuro ni escabroso. En lugar de eso encontré un salón decorado en tonos rosa. Allí encontré a una niña.

Y la niña era yo.

Me conmoví de inmediato al percibir lo sola que se encontraba. No recordaba esa escena en mi vida, pero algo me dejaba claro que esa escena no era producto de la imaginación, sino que era real, un recuerdo enterrado en mi subconsciente.

Me acerqué a saludar a la niña que alguna vez fui.

La niña al verme pareció asustarse.

— Tranquila, le dije, soy yo, es decir, tú. Soy Roberta.

— ¿Tú eres yo? preguntó.

No quise confundirla más. Preferí decirle que yo también me llamaba Roberta y que quería ser su amiga.

La niña me dijo que no podíamos ser amigas a causa del Extranjero.

— ¿Quién es el Extranjero? Pregunté

Y la niña sin palabras me señaló al espejo.

Me levanté y caminé hacia el espejo de cuerpo entero que había detrás de la puerta principal. Me paré de frente ahí y no vi ningún reflejo.

— Qué milagro, dijo la voz. Hasta que por fin te dignas a venir.

— ¿Quién eres? ¿Te conozco?

— ¿No me recuerdas? Dijo la voz. Acércate, mírame bien.

Y entonces lo comprendí. Sabía quién era el Extranjero y no era la primera vez que sostenía ese encuentro. Me acerqué al espejo y lo que vi era más que evidente:

Mi otra Yo. Mi doble. Roberta Duplicada. Mi versión 2.0 que dejaba notas en el buró de mi casa. Comencé a contemplar la posibilidad de que no estuviera en una clínica de rehabilitación para desintoxicarme, sino que en realidad estuviera internada en una clínica psiquiátrica.

— Sé lo que piensas, dijo la otra Roberta, y no, no estás en un manicomio ni estás loca. Bueno, sí, pero no de esa forma.

— Son las drogas, dije, estoy soñando.

— Esto no es un sueño, dijo. Esta es una auténtica realidad, una de muchas.

Me quedé sin palabras. No pensé discutir con mi duplicado. Sin embargo, había algo que me inquietaba.

Vine buscando algo muy específico, dime ¿Tú eres el Extranjero?

Lo que soy o no, carece de importancia, dijo la Roberta del espejo. Lo importante es que sigas la sangre hasta donde te lleve. Hay más muertos en tu vida. Hay más gente muerta que viva acompañándote. Eres la maldición en vida de las personas, y hasta que no mueras, la gente alrededor de ti seguirá muriendo.

Ni siquiera le hice caso. Pensé que sólo deseaba confundirme. No entendía aún lo que Bruno había encontrado ahí. Imaginé que habría tenido un encuentro con "su" sombra y que desde entonces estaba obsesionado con el lado oscuro. Estaba lista para marcharme. El encuentro había terminado siendo aburrido y por demás decepcionante. Ya ni siquiera esos encuentro extraordinarios lograban sacarme del tedio y del fastidio. ¡Qué monserga!

Antes de recuperar la conciencia escuché sus últimas palabras

— Tú eres la que debería de estar muerta, no tus amigas. Estás formada en una fila y cuando estás a punto de llegar a la muerte, alguna de tus amigas toma tu lugar y muere por ti.

— Sí, lo que sea, dije y me marché.

Cuando desperté me encontré desnuda de la cintura para abajo parada de frente a la pared intentado escribir. No había nada comprensible excepto una palabra: Desgarradura, Desgarradura, Desgarradura.

Apenas me quedé sola en mi departamento y volví a mis antiguos hábitos, comenzando por el del aburrimiento. Pesadilla tenía casi un mes de haber dejado la clínica. Gurú Nanak insistía en que pasara a buscarlo a su centro de meditación en la Condesa. Me fastidiaba que siguiera con su plan de conquista bizarro, ese en el cual él sólo se ponía a modo para que yo lo conquistara a él. A quien de verdad quería ver era a Bruno, pero de ese cabrón ni sus luces.

Una de sus peculiaridades era que le encantaba desaparecer. Tenía su número. En la clínica hizo que lo memorizara, y me prometió que siempre estaría para mí en cuanto lo necesitara. Desde el día que me dieron el alta le estuve marcando y jamás me respondió ni devolvió las llamadas. Más tarde comprendí la lógica de Bruno. Estaría siempre para mí cuando él creyera que yo lo necesitaba, no cuando yo lo necesitara. Así funcionaba su mente por eso jamás devolvía mis llamadas. Supongo que él creía saber mejor que yo cuando era el momento oportuno para manifestarse. Nunca llegué a averiguar qué era lo que hacía cuando desaparecía ni dónde mierdas se metía.

En cambio, Nanak insistía de forma intensa y fastidiosa. Me pedía, no… miento. Gurú Nanak jamás pedía nada, sólo daba instrucciones. Me indicaba qué día y a qué hora pasara a buscarlo a la Condesa. Yo ni siquiera me tomaba la molestia de responderle los mensajes. Cuando pasaban días sin obtener respuesta de mi parte enviaba a alguna de sus múltiples *sannyasins* de Polanco a buscarme en mi departamento. Yo ni siquiera intentaba ocultar mi indiferencia.

— Dile a Gurú Nanak que ya iré cuando vaya, —decía sin más.

Me fastidia tener que dar explicaciones o tener que justificar mis actos. Una persona tan apática como yo aprende desde joven que lo mejor es no intentar maquillar nada. Lo mejor para tu salud mental es aprender a ser indiferente a los protocolos de la sociedad. Siempre decía lo primero que se me venía en mente. No me reprimía nada.

A la persona que menos se me antojaba ver desde que salí fue a Nanak, en cambio tenía a dos personas en la cabeza: Pesadilla y Marie Süe.

Desde la primera noche no logré sacudirme a la bruja de la mente. Llegué a considerar que me estaba obsesionando con su presencia en mi vida.

También con la de Bruno, pero de este ni sus luces. No tenía forma de encontrarlo. Al menos con la bruja era más sencillo. La desgraciada no parecía esconderse jamás. Siempre sabía dónde podía encontrarla. Aunque también sabía que diez de cada diez saldría afectada de dichos encuentros.

La sangre de Alexa seguía conmigo, y al menos de principio, con eso me bastaba.

Intenté comenzar a escribir el boceto de mi tercer libro. En esta ocasión ya no deseaba escribir nada acerca de mí. Quería sacar mi yo de la literatura. Quería saber si era capaz de escribir ficción, una novela que no tuviera ni el más ínfimo detalle autobiográfico. Me aburrí a las primeras páginas. No lograba concentrarme. Yo lo que necesitaba era sangre.

Aunque sentía unas enormes ganas de encontrarme con Marie Süe, pensé que no estaba preparada para verla aún. El encuentro con mi doble en la habitación espejo me tenía un poco inquieta. No había sido aterrador en la forma sórdida que imaginaba, o como me lo había narrado Pesadilla, pero sí había sido devastador desde otro enfoque. Desde la herida y la soledad de mi niña interior, la cual tenía en el abandono.

Me monté en la Honda y salí del departamento. Conduje hacia la Roma. Durante un instante consideré enfrentarme a lo que fuera y dirigirme a casa de Marie Süe, pero en el instante crucial claudiqué y como la cobarde que siempre he sido (y soy) así que opté por lo más sencillo: manejé hacia el Centro de Meditación donde me llevé la más grande de todas las decepciones.

Estacioné, bajé, busqué el parquímetro y cuando por fin entendí cómo funcionaban los endemoniados aparatos esos entré al Centro de Meditación donde lo vi por fin: ahí estaba Bruno como si nada, riendo y charlando con Gurú Nanak.

— Mierda, Bruno, tengo un mes buscándote y te vengo a encontrar aquí. Eres un cabrón.

Ni siquiera me hizo caso. Me ignoró por completo, como si no le hubiera dicho nada.

— Hola, Bobby Brown, me dijo con una sonrisa cargada de cinismo.

Bobby Brown es como había optado por llamarme. Y aunque me cagaba y se lo recordaba cada vez, Bruno no dejaba de referirse a mí de esa manera.

Me sentí humillada con la indiferencia de Bruno. Debí de haber buscado a Marie Süe, pensé. Con los hombres no hay manera.

Gurú Nanak aprovechó la oportunidad y mi desconsuelo para abrazarme y consentirme. Debo reconocer que el hombre poseía un encanto particular para hacerte sentir atendida y apreciada.

Cuando se lo proponía podía ser un hombre encantador, a diferencia de Pesadilla, cuyo mayor encanto era la locura y su indiferencia.

Ambos eran un par de hijos de la gran puta. De eso no me cabía la menor duda, pero cada uno a su manera. Mientras Bruno te dejaba ver que no te necesitaba para nada, Gurú Nanak te seducía y te llenaba de cariño y atenciones, como una cobra que hipnotiza a su presa justo antes de asesinarla.

Y como la presa y víctima que siempre he sido, caí en el hechizo y encanto de Gurú Nanak. A partir de ese instante me uní al séquito de sus grupis y sannyasins.

Por despecho terminé en los brazos del gurú, aunque no me resultara atractivo para nada. Yo sabía lo que él quería de mí y no me importaba.

Él quería que escribiera sus libros y se los publicara. Él quería hacerse de mi editorial y de mi vida. Lo sé, tampoco estaba enamorado de mí, sólo le convenía tenerme bajo su control, pero no me importaba. De alguna forma yo también lo estaba usando a él.

Reconozco que lo que más me dolió fue enterarme así de que ambos eran muy amigos. No sé por qué, pero en las semanas siguientes incluso llegué a considerar que Bruno estuviera enamorado, seducido o cautivado por Nanak.

Con él no se portaba indiferente. Incluso era amigable y considerado, como cuando un hombre se encuentra seducido y desea ganarse el cariño de una mujer. Yo ardía de coraje al ver la actitud de Bruno con Nanak. Yo estaba seducida por su indiferencia y al parecer él babeaba por Nanak, quien a su vez se mostraba más interesado en mí.

Y como si nuestro triángulo amoroso no fuera de lo más patético y ridículo, todavía a esa trinidad se unía Fabiana Resplandor, la abogada, adicta y codependiente que parecía odiarme por sobre todas las cosas.

Al parecer ella pensaba que yo había llegado a robarle la atención de los dos hombres de su vida.

Fabiana era Fabiana pues, y su resplandor, era más siniestro que luminoso. La mujer era codependiente y autodestructiva pues, y sabía que eso a la larga me traería más problemas.

Para dejarles clara mi postura a todos decidí acostarme con Gurú Nanak y convertirme en su pareja oficial. Caí redonda en una trampa. Después lo supe, pero ya me daba exactamente lo mismo.

MARIE SÜE.

UN REENCUENTRO POCO AFORTUNADO

Antes de darme cuenta ya había vuelto a las drogas. A las mías, a las que me recetaba uno de mis antiguos clientes, el psiquiatra que me proporcionaba cualquier tipo de golosinas psicotrópicas que me arrancaban de mi feroz aburrimiento existencial. Lo busqué para que me surtiera la receta. Ni siquiera tuve que convencerlo. Ahora que estaba convertida en una exitosa autora de culto, el psiquiatra estaba complacido con el hecho de que yo lo considerara mi amigo y no sólo un cliente. Aunque sé que en el fondo extrañaba a la puta que se cogía en el Roma-Amor. Pero bueno, eso ya era agua pasada.

Una vez que mis amadas golosinas regresaron a mi vida dejé de escribir, porque pues yo ya no le encontraba ningún sentido a hacer una carrera literaria. Yo no era escritora. En todo caso para mí era una maldición. Sólo desean convertirse en "escritores" aquellos que andan buscando reconocimiento o el amor que nunca obtuvieron de sus padres. Yo era más del tipo de aquellos que escriben porque no han encontrado la forma de evitarlo. Uno desea leer siempre, pero no escribir. Yo no andaba por la vida presumiendo que era escritora. Al contrario, trataba de esconderlo. Yo era escritora de forma inevitable. Mi identidad me la brindaba el aburrimiento y no la literatura. ¡Qué fastidio!

Lo bueno es que las drogas me ayudaron a superar la maldición de la escritura. El Extranjero había dicho que jamás encontraría una forma de estar en paz más que escribiendo. Y de cierta forma sabía que tenía razón. Por eso cuando tenía ataques y me conectaba por las noches con la Habitación Espejo, despertaba semidesnuda rayando las paredes, intentando escribir.

Escribir, escribir, escribir, decía mientras escribía una sola palabra:

Desgarradura… desgarradura… desgarradura

Eso lo sé gracias a que instalé cámaras de seguridad en mi departamento con la intención de saber si volvía a los viejos hábitos del sonambulismo. Deseaba verme en trance. Sabía que lo hacía, por las rayadas paredes y porque despertaba desnuda de la cintura para abajo; pero me daba curiosidad verme en trance.

Cuando eso sucedía me encontraba con el Extranjero en la Habitación Espejo donde se encontraba en cautiverio mi niña interior.

Fue el Extranjero, —la otra Roberta—, quien me indicó que debía de buscar otra vez a la bruja.

— La bruja sabe, —decía el Extranjero. Debes hacer que la bruja te diga la verdad.

No sé a qué se refería, pero sabía que era insistente con ese tema. Yo no deseaba enterarme de nada. Yo estaba con Gurú Nanak. Bruno acababa de desaparecer de nuevo. Fabiana me odiaba y se esmeraba en demostrármelo cada vez que podía. Se pegaba a Nanak como una ventosa. A todos lados quería andar pegada con nosotros. Yo pensaba, ¿por qué no se larga y se acuesta con Bruno? Pero al parecer, Pesadilla también se alejaba de ella, porque a Bruno no le interesaba nadie, lo que dejaba a la abogada bailando en medio de la nada.

Una noche al salir del Centro de Meditación me despedí de Nanak. Él quería que fuéramos a mi departamento a coger. Siempre insistía en ir allí. Jamás quería que fuéramos a su casa. Lo cual además de producirme desconfianza con el tiempo comenzó a molestarme. ¿Acaso tendría algún amante oculto viviendo con él y no quería que me enterara?

Después de cuestionarlo y de encontrar sólo evasivas terminé por dejar de darle importancia. Así que nomás le apliqué la de "no me apetece coger" y punto. No tenía que darle explicaciones. Nanak lo tomó bien. Supuse que él tampoco tendría tantas ganas. Nos despedimos con un beso frío y listo. Ya estaba en la Condesa, era jueves y sabía que encontraría a Marie Süe en el Pata Negra. Así que fui a buscarla, como siempre: dispuesta a perderme, esperando que las sirenas esta vez sí cantaran para mí.

El reencuentro fue como lo esperaba: caótico y violento.

Al principio cuando entré al bar me plantó su cara de desprecio. A Marie Süe le encantaba que le rogara. Pensándolo bien, a todo mundo le encantaba hacerme lo mismo. Bruno, Nanak, la bruja, los tres parecían disfrutar portándose odiosos conmigo, como si me hicieran un favor al relacionarse conmigo.

Me senté en la barra. Ni siquiera me preguntó qué quería beber y me puso un whisky en las rocas. ¿Por qué? No tengo idea. Tampoco dije nada. Sólo me lo bebí. Dos horas estuve ahí embriagándome en silencio soportando su desprecio. En algún momento de mi ebriedad vi que apareció Matilda, se acercó a la barra, le dijo algo a Marie Süe y se fue, no sin antes mirarme también con desprecio.

Pensé en llamar a Lorena o a Editor para que pasaran por mí. Empecé a sentirme demasiado ebria. Recordé además que acababa de volver a la aventura de las golosinas psicotrópicas, y ¿quién sabe? Tal vez la bruja me estaba drogando y embriagando con fines poco convenientes.

No le marqué a nadie. Ya estaba ahí y no pensaba claudicar. Le pregunté por qué me había dicho que Matilda estaba muerta. La bruja me miró con desprecio.

— Yo jamás dije eso. Estás ebria, Roberta.

— ¿Por qué me odias, Marie Süe?

— No te odio… me das lástima, pero no te odio.

— Pero recuerdo que me dijiste que Matilda estaba muerta y que yo, y la sangre…

No me dejó terminar la frase.

— ¿Vienes en la Honda? Me preguntó

Pues sí, pero estoy muy ebria para manejar.

— No importa, yo manejo. Ya vamos a cerrar, dijo. Esto está muerto. Vámonos.

— ¿A dónde?

— Si quieres te puedo dejar que me invites a cenar, respondió.

— Está bien, pero tú maneja, dije y fue lo último que recuerdo del Pata Negra.

Amanecimos juntas en Tlatelolco, en el departamento de Matilda. Lo reconocí de la primera vez. En esta ocasión desperté y vi a Marie Süe desnuda a mi lado bajo las sábanas. Me quedé despierta en silencio esperando que despertara. No deseaba levantarme y encontrarme con la psicópata de Matilda del otro lado de la puerta espiándonos.

Me quedé ahí por casi una hora viendo el techo. Olía mucho a sangre. Me sentí excitada. Traté de recordar la noche anterior, y sólo conseguí algunas imágenes de nosotras dos comiendo tacos en la calle.

Yo bastante pasada y Marie Süe charlando muy fresca con varias personas. También tengo algunas imágenes de ella conduciendo y poniendo música. Sin recordar bien dónde habíamos podido estar supe que la bruja aprovechó la Honda para hacer muchas cosas. En algún momento la vi bajarse a recoger algo. Después regresó y siguió conduciendo.

No recuerdo bien cómo llegamos con Matilda, pero sé que no estaba feliz de verme aparecer de nuevo en su departamento.

Trabajos. Sí. Eso fue. Hizo trabajos. Aprovechando la facilidad de la Honda, Marie Süe fue a varias partes a cobrar dinero y a realizar trabajos. Lo sé porque de pronto tuve una visión o un flash back, mientras observaba una mancha de sangre en la pared. Estuvimos en un cementerio. Y ahí me había bajado yo con ella. En las anteriores paradas, Marie Süe se había bajado y me había dejado ahí dormida esperándola, pero en el cementerio sí hizo que me bajara para que le ayudara.

Cuando despertó no respondió ninguna de mis preguntas. Sólo arrojó al piso la sabana y se me echó encima. Me cogió sin pedir permiso. Cuando terminamos, nos metimos a bañar juntas.

— Tengo hambre, dijo, quiero unos Doritos y una Coca-Cola.

— ¿Dónde está Matilda? Pregunté.

— ¿Otra vez? Dijo. Matilda está muerta, Roberta, te lo he dicho mil veces. No sé por qué insistes. Dime que tienes dinero para los Doritos.

— Yo vi que alguien te dio dinero anoche, dije

— Sí, pero me gusta que pagues tú, cariño, dijo y me besó.

Fue cuando me di cuenta de que me estaba enamorando de la bruja.

Gurú Nanak sabía que yo lo engañaba todo el tiempo con Marie Süe. Si no lo sabía, al menos lo sospechaba. En aquellos días yo me pasaba la mayor parte del tiempo con ella. Me la pasaba metida entre sus piernas, debajo de las sábanas y en la regadera. Me comencé a obsesionar con ella a pesar de que a ella parecía divertirle demasiado jugar con mi frágil mente.

Jugaba conmigo, por ejemplo con lo de Matilda. Un día me aseguraba que no era más que una alucinación y creación de mi mente. Cosa que por supuesto yo creía factible. Luego me llevaba de nuevo a su departamento y me aseguraba que ella nunca la había negado. De esa forma se aseguraba que yo jamás tuviera certeza de nada con respecto a su aprendiz de bruja. Lo cierto es que jamás conviví con Matilda. Sólo la veía de reojo de vez en cuando. Es por eso que no sabía si en verdad existía o sólo la alucinaba. Digo, en ese tiempo yo veía sangre en la ciudad y en las personas. Claro que podía ser que la alucinara.

Bruno seguía desaparecido. Nanak no me quiso decir dónde andaba metido aquel que juraba ser mi hermano espiritual y que estaba ahí para protegerme.

— Estás maldita, fue lo último que me dijo Pesadilla antes de marcharse. Te dije que no fueras a la Habitación Espejo, pero me ignoraste. Ahora estás maldita y ni siquiera yo sé cómo protegerte. Lo siento, Bobby Brown, pero me has decepcionado.

No es que lo extrañara ni que estuviera enamorada de él. Yo nunca me enamoro, me obsesiono, que es distinto. Y en ese momento, aunque en teoría era la novia de Nanak, lo cierto es que estaba más que enganchada con Marie Süe como un adicto a la jeringa.

Tres meses después de hacerme novia de Gurú Nanak descubrí su secreto. La razón por la que no me dejaba quedarme en su casa y siempre quería cogerme en mi departamento. Y no, no era un joven y guapo amante que escondía de mí. Casi, pero no. Sí era joven y sí era guapo, pero no era su amante.

Era Mateo, su hijo, un atractivo chico de apenas 17 años. Fue el primer hombre que me excitó nomás de verlo. No sé por qué, pero me pareció increíblemente hermoso.

Lo conocí de casualidad, de hecho, lo conocimos, a pesar mío, la bruja y yo, quien de inmediato lo vio y dijo:

— Lo quiero, me lo cojo, Roberta, yo lo vi primero. No te metas.

Lo conocimos en el Centro de Meditación en la Condesa. Esa tarde la bruja estaba aburrida, no tenía trabajo y me exigió que la llevara a conocer a Gurú Nanak. Yo por supuesto no deseaba hacerlo, pero sabía lo insoportable que se podía poner cuando le negaba algo. Además, desde hacía tiempo Marie Süe se había adueñado de mi auto. A veces pienso que sólo me tenía a su lado por la Honda. Le encantaba montarse en ella y conducir por el tráfico de Reforma sintiéndose dueña del universo. Ella sabía que la Honda me la había heredado Julia Gankz, mi antigua amante y mecenas, pero le daba exactamente lo mismo.

Gurú Nanak quería quitarme la editorial, Marie Süe la Honda, Fabiana a Bruno. El asunto es que parecía que todo mundo estaba conmigo deseando robarme algo por lo que yo ni siquiera luchaba.

Me convenció de llevarla bajo una amenaza. Si no la llevaba ella iría por su cuenta. Sabía perfectamente quién era Nanak y conocía de sobra el Centro de Meditación. Era extraño porque de alguna forma creo que secretamente la bruja admiraba a mi novio el charlatán. Yo no entendía por qué y ella jamás lo admitía.

— ¿Para qué quieres conocerlo? —Le pregunté. Dice que fue alumno de Krishnamurti, pero yo intuyo que todo es mentira, que es un charlatán, que en todo caso es un actor (mediocre) interpretando un personaje. No creo que haya ni una pizca de sabiduría en él.

— Es un pendejo, como todos los hombres, ya sá Roberta, pero lo quiero conocer, —decía, pero se le notaba que se emocionaba con la idea de que se lo presentara. Vamos a alguna de sus meditaciones. Hace mucho que no medito y siento mi energía un poco sucia. Debe ser porque he tenido demasiado sexo contigo y tú me ensucias, vibras muy bajo y cargas muchos muertos.

Esas eran sus formas.

Acepté porque sabía que era capaz de llegar por su cuenta a hacer alguna estupidez y embarrarme en algún problema.

¿No quieres invitar a Matilda? Le dije con sarcasmo

— Ya madura, por favor, Roberta, —respondió—: Matilda no existe. Matilda está muerta y sólo existe en tu cabeza.

No insistí.

Al terminar la meditación los presenté. Tal como lo imaginé, Marie Süe babeaba nerviosa en presencia de mi novio, como una adolescente enamorada. Gurú Nanak se sentía más que complacido al encontrar una nueva grupi espiritual que lo adoraba. Pensé alejarme y dejarlos solos antes de vomitar encima de ellos, pero el temor a que tramaran algún tipo de conspiración en mi contra me hizo resistir las náuseas.

Para mi consuelo en ese momento se presentó un hermoso chico. Fue cuando la bruja y yo nos prendamos de él. En verdad era hermoso. Era delgado y alto, su piel era perfecta y tenía unos hermosos y adorables labios. Sus ojos color azul parecían abismos que te invitaban a sumergirte y ahogarte en ellos. Las facciones de su rostro eran delicadas y perfectas. Lo mismo podía ser hombre que mujer. Su sexo parecía indefinible. Como mujer, seguro también sería perfecta.

— Lo quiero y me lo voy a coger Roberta, dijo Marie Süe. Yo lo vi primero, no te metas. Tú ya tienes al papá. No quieras también al hijo. Ahora que si quieres cambiar…

Ni siquiera le respondí, pero esa tarde comprendí que no se andaba por las ramas y que seguro ya tenía un plan. Algo quería. Quería a Gurú Nanak, pero no sabía por qué, ni para qué.

Tenía que ayudar al chico antes de que Marie Süe le dejara caer la garra. Estaba segura de que haría algún tipo de embrujo con tal de llevárselo a la cama. Y fue por eso por lo que actué de prisa e intenté acostarme con él primero.

A Mateo le daba por acompañarme a todas partes. Le pregunté a Nanak por qué no me había hablado nunca de su hijo y por qué no nos había presentado.

¿Acaso yo lo avergonzaba?

¿Qué significaba entonces para él en su vida?

Le monté el drama que se acostumbra. No es que me importara, sólo quise seguir el protocolo. Yo no quería respuestas, sólo deseaba incomodarlo y ver con qué estupidez me salía.

Ni siquiera se inmutó. Mis reclamos no le hicieron nada. No se incomodó. Se limitó a decir que era bastante discreto, prudente y reservado en lo que corresponde a su vida privado y todo lo referente a su hijo. Eso no era incumbencia de nadie. Ni siquiera respondió mi pregunta acerca de si yo lo avergonzaba o qué significaba yo para él en su vida. No dijo nada y esa fue la respuesta con la que me quedé. Tampoco insistí, ni me inmuté. Debo reconocer que yo no estaba ni de lejos enamorada de Nanak, en todo caso decidí ser su novia en un arranque de enojo. Lo que me tenía molesta era que Pesadilla me ignorara.

Le pregunté quién era la madre de Mateo y de nuevo evadió la pregunta. Respondió que nadie, que él sólo había gestado y dado a luz a su hermoso hijo. Y pues sí era magnifico y espectacular, apenas lo veía y me excitaba. Lo cual demostraba que era mentira lo que Nanak decía. Él era incapaz de crear por sí mismo algo con tan espectacular belleza.

En ese momento caí en la cuenta de una cosa. Había escrito un best seller, y después dos libros más que nadie había comprado. Con lo cual la editorial le canceló el contrato. Y ahora estaba ahí aferrado a mí para que yo le escribiera un nuevo libro y se lo publicara. Deduje que su dichoso best seller seguro fue escrito por alguien más y cuando lo mandaron al carajo decidió él escribir los siguientes dos, y fue cuando fracasó.

Atrapado en su delirante ego de gurú creyó ser capaz de escribir los nuevos libros y se encontró con la realidad de que ni era un verdadero maestro y mucho menos un gran escritor. Gurú Nanak sólo servía para una maldita cosa: ser un estafador y engañar a los pobres ilusos necesitados de un chamán a quien seguir.

Pero está loca que le sobra a este mundo no estaba ni tan loca ni tan necesitada para seguir a un gurú.

Mateo me seguía y acompañaba a todas partes. Nos caímos bien desde el principio. Hicimos buena conexión. El chico me gustaba, además de ser una sexy tentación era agradable e inteligente. Se ofreció a ayúdame a manejar mis redes sociales, para lo cual yo era pésima. Ni siquiera las atendía. La única que más o menos tuvo vida alguna vez fue mi cuenta de scort, la de Magdalena Galaxia, pero incluso esa la manejaba Mango. Doña Mango ex puta y ahora obesa señora concubina de Jesucristo. QEPD.

Mateo me comentó que era fan de mis libros. Me dijo que él sabía que su papá me conocía y que teníamos alguna especie de relación que no alcanzaba a comprender.

Ya somos dos, dije.

Y dijo que le había pedido cientos de veces que nos presentara, ante lo cual siempre se había negado, argumentando que yo no era lo que se dice una persona saludable ni buena influencia para su vida. Nanak le dijo que me había conocido en una clínica de rehabilitación y que además de ser escritora, yo antes había trabajado como scort.

— No vale la pena que te juntes con scorts, Mateo, le dijo Nanak. Como si él no fuera fan de cogerme en mi departamento.

— Una scort es sólo para coger, no para hacerte amigo de ellas, Mateo, le dijo el muy cabrón.

El chico me gustaba, pero confieso que me ponía algo incómoda. No me incomodaba el hecho de que fuera el hijo de mi novio. Eso me importaba una reverenda mierda.

¡A la chingada Gurú Nanak!

Lo que me hacía ruido era su edad. Mateo era un chico sexy y dulce de apenas 17 años. Yo sabía que le gustaba. No es complicado saber eso. Además, a los hombres a esa edad les gustan todas las mujeres que se mueven y respiran. Tienen tanta deliciosa testosterona inundándoles el cuerpo que lo único en que piensan es en estarla metiendo dentro de algún agujero. Ese fuego y ese olor a testosterona me excitaba. Y por su puesto el hecho de que su magnífico y bello rostro siempre lucía manchado de sangre. Todo el tiempo tenía fantasías de mí lamiendo la sangre de su marcado y firme cuerpo desnudo. Apenas se me acercaba y me excitaba.

Sentía un deseo enorme de arrancarle la ropa y meterme su verga entera en la boca. ¿Era incorrecto e inapropiado tener fantasías sexuales con un menor de edad y más si ese menor era el hijo de tu novio?

¡Que te folle un pez, Gurú Nanak! Pensaba yo, como dicen los españoles.

En todo caso lo que me inquietaba y preocupaba un poco era el hecho de que yo tenía la certeza de estar maldita. Ya Bruno me lo había dicho y sus palabras se me habían clavado en lo más hondo de mi corazón amargo.

Y no fue por qué él me lo dijera, sino porque yo ya desde antes lo pensaba. Por eso la gente a mi alrededor que se preocupaba por mí siempre terminaba muerta. Mateo era tan hermoso que me preocupaba mancillarlo con mi maldición. Todavía no entendía cómo funcionaba, pero siempre fui de la idea de que arruino todo lo que toco.

Todo lo rompo y lo afeo. Sería una verdadera lástima arruinar la magnífica belleza del chico. Aunque en esos momentos recordaba que Marie Süe también quería cogérselo, y ella sí que no iba a detenerse, ni andarse por las ramas. Ella lo dijo y lo dejó claro:

"Me gusta, lo quiero… me lo cojo".

Al momento de recordar que ella lo iba a arruinar, entonces me sentí un poco menos mal y volví a poner mi cara de imbécil enamorada. Muchas veces me masturbé pensando en él. Incluso cuando estaba conmigo lo observaba y pensaba cómo sería su verga, y cuánto tiempo duraría cogiéndome antes de venirse.

Me gustaba imaginar que su eyaculación era abundante, que se venía en mi cara y en mi espalda. Me excitaba nomás de imaginar el chorro tibio de su semen en mi boca. Quería probarlo, quería comérmelo completo. Cuando estábamos juntos incluso dejaba de pensar en Bruno. También que se vaya a la mierda

¡Que los folle un pez a ambos!

Y de paso se lleven en el camino a la puta de Fabiana Resplandor. La cual supe por Mateo también le tiraba el rollo a mi pequeño muso.

— ¡Por Dios! Esa mujer no conoce la dignidad, le dije a Mateo. Fabiana por lo menos debe de tener 40 años.

Mateo sonreía y decía que al menos estaba buena a pesar de sus 42 años.

¡Hombres! Pensaba yo. Al fin hombres. Esclavos y rehenes de la testosterona.

— ¿Te la cogiste ya, Mateo? Le pregunté con miedo.

Ya que, si me decía que sí, en ese momento cortaría todo tipo de relación con él y dejaría que la bruja le echara la garra encima.

¿Estás loca, Roberta? Me respondió gritando. No está mal la señora, pero por Dios, es una señora. ¡Carajo! Además, es demasiado ofrecida, medio tonta y burda. A mí me gustaban las mujeres inteligentes y diferentes como tú.

Me pareció de lo más predecible y cursi su respuesta, además de falsa, pero al menos le agradecí el intento. No todos son Rimbaud a los 17. Yo no lo era, ni modo de exigírselo a un chamaco sexy. Es complicado ser perfecto a veces.

Marie Süe literal lo acosaba.

La bruja estaba comprometida y enfocada con el objetivo: meterlo en su cama y cogérselo hasta el cansancio. Se notaba que se empapaba en presencia de él. Había dicho que lo quería y la bruja era bastante aferrada y comprometida con sus propósitos. Su inteligencia emocional digamos que no era la mejor ni la más desarrollada. Era caprichosa, tozuda, necia. No soportaba el fracaso, ni que le negaran algo. Si quería cogerse a un cabrón debía de tenerlo a como diera lugar. Y yo sabía que si me metía en su camino a ella no le iba importar hacer lo que fuera para hacerme a un lado. Se lo iba a coger sí o sí.

Y a partir de ese momento estuvo encima de él. Lo buscaba todo el tiempo, lo seguía, le hablaba, le enviaba mensajes, lo invitaba a salir, se ofreció a enseñarle brujería. Todo esto lo sabía porque tanto ella como él me lo contaban. No sé si Marie Süe sabía que yo salía con él. Nunca le dije que había resultado que Mateo era fan de mis libros, y por lo visto también de mí. El chico parecía niño en juguetería o drogadicto en las vecindades de Tepito. En un paraíso tropical pues. Todas lo deseábamos y él estaba abierto a dejarse querer.

Marie Süe se inscribió en todos los talleres del Centro de Meditación con tal de estar cerca de Mateo. Se le ofreció sin ningún tipo de pudor un montón de veces. Y bueno, hay que considerar una cosa: la bruja era sexy. No era como para despreciarla. Y a su corta edad ya era increíblemente sabia en las finas artes de la putería no doméstica.

Sus años como puta le habían dejado bastante aprendizaje. En ese sentido me aventajaba en la competencia. Y Mateo… bueno Mateo era sólo un guapo chico de 17 años. Un niño a esa edad es un niño que arde y que lo único que quiere es sacarse el veneno que le quema en la entrepierna.

La cosa era ver quien se lo comía primero. Yo estaba segura de que tarde o temprano Mateo nos cogería a las dos.

Yo por mi parte deseaba salvarle la vida, porque coger con Marie Süe era venderle tu alma al diablo, pero eso Mateo no lo sabía como yo. Así que tenía que comenzar a mover mis piezas, y pronto.

Una noche mientras bebíamos y nos drogábamos en mi departamento, Mateo me habló de un comediante argentino de nombre Fabio Puscas. Literal, lo idolatraba. Era su comediante favorito. Me hizo ver todos sus videos en su canal de YouTube. Era delirante el tal Puscas. No sé si era la droga, los whiskys o lo cachonda que me ponía al lado de Mateo, pero el comediante me pareció hilarante, totalmente ido de la mente. Su humor me parecía incluso un tanto enfermo. Sus personajes eran más que extravagantes. En realidad, lo que hacía Fabio estaba más allá de la cordura, parecía que estaba completamente loco.

Mateo me dijo que Fabio estaba de gira y que pronto se presentaría en la Ciudad de México, en el Teatro Metropolitano, pero que ya estaban agotados los boletos. Cuando se enteró ya era demasiado tarde. Esperaba que abrieran una nueva fecha, pero no sucedió. Su agenda le impedía quedarse un día más.

Al día siguiente hablé con Editor y le pregunté si podía conseguirnos un par de accesos entre sus contactos. Editor tenía amigos en todas partes, y siempre me llevaba a conciertos o teatros y jamás vi que pagara nada. Siempre entrábamos por medio de cortesías que obtenía de amigos suyos. Le pregunté si lo conocía y me dijo que haría unas llamadas.

Esa misma noche me llamó para contarme que había conseguido hablar con el representante de Puscas, quien a su vez habló con él. Resultó que el comediante también era fan de la autora de las *"Memorias guarras de una puta pretenciosa"*, o sea de mí, y terminó invitándome a su show. De esa forma conseguimos entradas VIP con acceso a camerinos y toda la cosa.

La gente fallada se encuentra sin buscarse.

Cuando le di la noticia a Mateo se puso como loco y me besó en la boca. No sé si lo imaginé o en verdad tuve un orgasmo con el puro beso. Me excité y me mojé todita, eso sí no lo imaginé. Después de besarme nos quedamos en silencio. Era la primera vez que nos besábamos. Otra vez estábamos en mi departamento. Mateo intentó disculparse por el beso y antes de que dijera nada abrí la boca:

— Cógeme, le dije.

— Esteee…

— Si quieres agradecerme, sólo cógeme y prométeme que no te vas a coger a Marie Süe.

Too late.

El muy cabrón ya se había cogido a la bruja, y no una ni dos, sino tres veces. Es lo que pasa siempre conmigo. Nunca llego a tiempo a nada. Siempre llego antes o después, pero nunca a tiempo.

— Sólo cógeme y ya deja de acostarte con ella… ¿Estamos? Si de verdad estás agradecido, deja de coger con ella. Créeme, no te conviene meter tu pene en ella.

Seguro pensó que estaba loca, histérica o celosa. La verdad es que no era nada de eso. Digo, yo también cogía con Marie Süe, y era novia de su papá. Eso sin contar con que además estaba obsesionada con Bruno. Yo sólo quería cuidarlo de la bruja, que aunque no sabía lo que buscaba sí podía asegurar que tramaba algo.

— ¿Qué hay con mi papá? Preguntó

— ¿Qué hay con él?

— Eres su novia

— Yo me acuesto con quien me viene en gana. No te preocupes, no le diremos nada.

Me levanté del sofá y lo tomé de la mano para llevármelo a la cama. Al llegar a la habitación le quité la camisa, le desabroché el pantalón y me puse de rodillas para darle la mamada de su vida. Lo cierto es que tenía tanto tiempo esperando a meterme su verga en la boca que no pude resistirme. Y como lo imaginé: la tenía enorme. Mateo era perfecto. Tenía una verga deliciosa, larga y gruesa. A pesar de ser muy delgado era dueño de una deliciosa y vigorosa verga que se puso completamente dura en mi boca.

Por supuesto duró muchísimo antes de venirse. Me cogió en el cuarto, en la sala, en la cocina e incluso en el balcón. Al final le pedí que se viniera en mi cara. Quería sentir su tibio semen resbalando hacia mi boca. Lo disfruté como nunca lo había hecho con nadie. Esa noche se quedó a dormir, y a la mañana siguiente sólo se fue sin despedirse. A pesar de su corta edad ya sabía comportarse como un perfecto patán.

Me quedé con el olor de la sangre flotando en la habitación. Sabía que algo grande se avecinaba y no exactamente bueno. Sabía que la función estaba por comenzar. Pero yo estaba bien, a gusto, cogida, satisfecha por primera vez en la vida. La sangre de Alexa seguía conmigo. Bruno ausente y Editor encargándose de mis asuntos laborales. Ni siquiera me estaba exigiendo escribir un nuevo libro. Si algo iba a suceder éste era el momento indicado.

Por supuesto Mateo no cumplió su palabra y siguió revolcándose con Marie Süe, quien apenas se enteró vino corriendo a amenazarme cual vil histérica.

— No podías dejarlo así, ¿verdad Roberta? Me gritó. Te dije que Mateo me gustaba y que no te metieras, pero no te conformas con cogerte al papá, tenías que cogerte a los dos. Eres una asquerosa puta malagradecida.

— Cálmate ya, le dije. Mateo es un joven de 17 años. No está interesado en mí. Él sólo quiere coger con las dos. Estábamos ebrios y drogados, sólo pasó. Además, se la pasa aquí, y se puso contento porque le conseguí entradas para ver a su comediante favorito. Fue el calor del momento. No me culpes.

— Tienes que elegir, dijo. Al que sea, pero no puedes quedarte con los dos. Elije al papá o al hijo. No me importa, pero tienes que dejarme a uno.

— ¿Estás loca? ¿Es en serio?

— Muy en serio, dijo. Ya estoy hasta la madre de ti, y de que te salgas siempre con la tuya. Dejé que te hicieras novia de Gurú Nanak, pero te dije que no te metieras con Mateo. Todo es tu puta culpa, pero estoy dispuesta a darte una última oportunidad. Elige a uno de los dos.

— ¿Perdón? ¿Tú me diste permiso de ser novia de Nanak?

— Te lo pude haber quitado en cualquier momento, pero no lo hice. Por tu estupidez ahora debes de elegir a uno.

La sangre comenzaba a chorrearle del cabello y yo me excitaba más. Decidí seguirle el juego. El aburrimiento se difuminó por un instante.

— Bueno, dije, pero antes de elegir tengo una pregunta: sin importar a quien elija ¿qué va a pasar con nosotras?

— ¿Qué va a pasar de qué?

— ¿Vamos a seguir cogiendo tú y yo como siempre o ya no?

— Claro, me gusta cogerte, a veces. Eso es otra cosa, Roberta, por favor enfócate y ya no me hagas enojar más. Ni siquiera veo qué relación pueda tener una cosa con la otra.

— Ok, dije, entonces me quedo con Mateo ¿Está bien? ¿Contenta?

Marie Süe no se vio muy sorprendida con mi elección. Sospecho que desde el principio era a Nanak al que quería, sólo que como éste estaba empeñado conmigo y como Mateo era hermoso, pues en el preámbulo decidió cogérselo, pero para sus intereses el papá era el mero bueno.

De cierta forma llegué a entender que la bruja idolatraba como un gran maestro espiritual a Nanak y a mí me odiaba por no valorarlo como ella lo hacía.

No alcanzaba a entender como ella teniendo el corazón tan envenenado sintiera tanta devoción por un farsante como lo era Gurú Nanak. Algo bastante retorcido rebotaba en la cabeza de la bruja, pero bueno, al menos de esa forma podía dejar en paz a Mateo. O eso era lo que yo pensaba.

— Tienes que terminar con él y debes de hacerlo de forma asquerosa, dijo Marie Süe, debes romperle el corazón para que yo pueda llegar a consolarlo. Debes de portarte como una perra malagradecida. Como lo que eres pues.

No entendía por qué debía de sentirme agradecida con el imbécil siendo que él lo único que quería era aprovecharse de mí y apoderarse de mi editorial, pero no quise decir nada.

Lo que Marie Süe ignoraba era que yo no podía romper algo que no existía. Si algo no tenía Nanak era corazón. Claro que era imposible que yo le rompiera el corazón a alguien que no me amaba. Si algo sabía perfecto acerca de mi novio era que él sólo tenía ojos para él mismo. Pero si quería que lo hiriera, yo sabía como hacerlo: golpeando su ego. Cosa que de entrada me pareció un proyecto divertido. No hay nada más divertido y placentero que patear el delirante ego de un falso maestro espiritual.

— Tienes una semana para pensar en algo, agregó. No quiero que le des largas. Yo terminaré con Mateo.

Me encantó el detalle. La bruja juraba que Mateo y ella eran novios. Lo que ella no sabía era que Mateo se la pasaba metido en mi departamento y me acompañaba a todas partes. A veces ella me contaba todas las cosas que había hecho con él la noche anterior cuando de antemano yo sabía que él había dormido en mi cama. Preferí dejarla montarse en su unicornio.

— No vayas a ser cruel con Mateo cuando termines con él, le dije.

— Una semana, dijo y se largó de mi departamento azotando la puerta.

En ese momento comencé a sospechar algo terrible acerca del gran secreto de Marie Süe. Entendí que no era quien decía. Ese fue el momento en que empecé a descubrir que nada de lo que me contaba era real. Todo en ella era mentira. Si algo era Marie Süe era una fabuladora, y como bien decía Carl Jung: *"Los más grandes fabuladores están en los manicomios"*

No había razón para seguir llamando bruja a Marie Süe, pero yo ya me había encariñado con esa idea, así que decidí conservar las cosas de la misma forma. Durante toda esa semana me la pasé ideando alguna forma creativa para terminar con Nanak y de alguna forma patear su ego sobrevalorado. No lo odiaba y en el fondo ni siquiera deseaba hacerle daño. En todo caso me era indiferente, pero la idea me resultaba divertida. Además, no me sentía culpable, porque fue él quien se aferró a intentar meterse en mi vida para robarme. Y siendo honesta, yo sabía que de alguna forma ambos terminaríamos mal tarde o temprano. El rastro de la sangre en él me lo había indicado desde que lo conocí.

Una noche de esa semana terminé acostándome con Marie Süe quien me preguntó si ya sabía cómo y cuando iba a terminar con Nanak. Le respondí que sí, que ya lo tenía bien planeado y que el fin de semana terminaría con él. De esa forma el lunes ella podría comenzar a consolarlo. La bruja pareció emocionada. Pude ver una luz de alegría en sus ojos. Me asustó. De verdad llegué a entender quien era en realidad. Al menos lo sospechaba y como siempre he sido curiosa, terminé por contratar a un investigador privado para que husmeara en su pasado. Yo sospechaba que todo lo que me había contado era mentira y que ni siquiera era bruja en realidad. Quería saber quién era esa estafadora.

En ese momento ya no le creí ni una sola palabra. Por eso era tan abstracta cuando me hablaba. Una gran fabuladora y una inmensa actriz, eso sí se lo debía de reconocer, porque desde el inicio me había engañado y no sólo a mí. Estaba segura que de eso iba su vida entera, de engañar imbéciles como Matilda. Claro, en el caso de que la tarada esa no fuera una invención de mi mente descompuesta. Lo cual a esas alturas ya me tenía sin cuidado. Jamás le tuve miedo a la locura. La cordura y la conciencia siempre fueron mi peor fatalidad. No me importaba invertir una buena cantidad de dinero en el investigador, yo deseaba saber la verdad.

El fin de semana, tal como le había dicho a la bruja, hice mi jugada con Nanak. Lo invité a cenar. Le dije que no hiciera planes porque deseaba que pasáramos una linda noche juntos, que deseaba invitarlo a un buen restaurante y hacerle una propuesta.

Le guiñé el ojo y toda la cosa. Casi que le sugerí que le iba a declarar mi sumisión total y le iba a suplicar que me permitiera ser su esposa. Y pues así lo cité en un carísimo restaurante de Polanco. Editor fue quien me ayudó con la reservación, porque yo no tenía ni puta idea de nada de eso. El de las relaciones publicas era él, no yo.

Llegó muy guapo, elegante, perfumado y atractivo. Yo me bañé y rescaté el outfit de mi difunta Julia Gankz. Guardé el de Kurt Cobain. Yo ya estaba esperándolo en el lugar bebiendo whiskey. Claro que tenía preparada la champaña para la celebración.

Nanak lucía contento y se notaba ansioso. Deseaba que le hablara de la propuesta que iba a hacerle. Le dije que primero disfrutáramos de la cena y charláramos como dos personas que se quieren. Le conté que había conseguido entradas para ver a Fabio Puscas, el comediante favorito de Mateo. Como que no le gustó la idea. Lo tranquilicé diciéndole que yo no iría con él, que sólo le había conseguido las entradas porque estaban agotadas.

— Ventajas de tener una editorial, le dije, pero tú tranquilo. Jamás iría con él.

Eso lo dejó más tranquilo.

Comenzó a hablarme de sus planes, de sus proyectos y obvio de sí mismo. Cuando Nanak hablaba, incluso en sus talleres de meditación, todos estos giraban eternamente alrededor de su persona. No había nada de lo que hablara que no tuviera que ver con él. No importaba el tema, siempre lo relacionaba con algo que él ya había hecho antes, más rápido y mejor. Ese era mi novio, Gurú Nanak.

Terminamos la cena y mandé pedir la champaña para celebrar y hablarle de mi propuesta.

— Nanak, después de estos meses que hemos estado juntos, he estado pensando y quiero decirte que he tomado una decisión importante en mi vida. Tú quieres que yo escriba tu siguiente libro, y que lo publique en mi editorial. He decidido hacerlo. No estaba segura, porque como te lo dije, no sé escribir como nadie más que como yo misma, pero creo que si me esfuerzo, algo bueno conseguiré. También dudaba porque mi editorial no publica libros de Desarrollo Personal, pero como bien tú lo dijiste alguna vez: Yo soy la dueña y yo puedo hacer lo que me venga en gana. Si quiero la arruino y abro una nueva con otro giro, o sencillamente comienzo una nueva colección dedicada sólo a libros tuyos.

Nanak me miraba con atención.

No le brillaban los ojitos como yo pensé que sucedería. Obviamente Nanak era un cabrón y sabía que algo me traía en mente. Es difícil estafar a un estafador. Cuando una persona lleva tantos años siendo un cabrón como él no cualquier idiota como yo le hace una jugada. Aun así, seguí sin tropezarme, con firmeza.

— Entonces, mi propuesta es la siguiente, Nanak. Escribiré tu libro y lo editaré. Incluso te propongo un contrato por 5 años y 3 libros, pero a cambio te pido una cosa… que me dejes libre. Yo no te amo y no deseo estar contigo. Tengo que decirte que estoy enamorada de Bruno y quiero estar con él, pero de alguna forma pienso que tú estás en medio de nosotros dos. Si me dejas libre y me ayudas con Bruno vas a obtener lo que siempre has querido de mí.

Terminé mi propuesta, tomé mi copa y me la bebí de un sorbo sin quitarle la vista de encima a Nanak quien sabía estaba a punto de explotar.

— Eres una estúpida insolente, dijo en voz baja, sin gritar, pero con agresividad y firmeza. Eres una asquerosa puta malagradecida.

Cero y van dos que me llaman puta malagradecida, pensé. Si escucho a una tercera persona llamarme así voy a comenzar a pensar que es cierto.

— ¿Eso qué significa, Nanak? ¿Qué sí o que no? ¿Qué tanto quieres tu libro? Le dije con cinismo. Tú no me gustas, me gusta Bruno, pero siento que él te admira y te respeta, no sé por qué. Sólo tienes que hacerte a un lado y hablar con él. Estoy segura de que tú eres el obstáculo entre nosotros dos.

De no haber estado en ese fino restaurante de Polanco y por el hecho de que a Nanak le importaban demasiado las apariencias estoy segura de que se hubiera levantado y me hubiera abofeteado. Lo vi en sus ojos, el odio que sólo puede proyectar un falso gurú que se la ha pasado mintiendo todo el tiempo a los demás. Obvio, no lo hizo. Bebió su copa, se tranquilizó y habló:

— Mira, Roberta…

Vaya, al menos dejó de llamarme puta

— Me decepcionas mucho. Cuando te conocí pensé que eras diferente, y sinceramente creí que habías sanado. Ahora veo que mi amor por ti me ha cegado y no me había permitido ver la ruin persona que eres. Te abrí mi corazón, te lo entregué en las manos, pero personas como tú no saben valorar las cosas buenas. Es una lástima que desperdicies la salvación. Personas como tú merecen el sufrimiento que experimentan. Yo desisto. Por mi parte es todo. Me rindo contigo.

— ¿Entonces? Pregunté.

— Aceptaré tu propuesta con una condición, dijo y se quedó pensando, o sólo haciéndose pendejo para hacerse el interesante. Lo cierto es que yo ya he invertido demasiado tiempo y energía en ti y lo justo es que me pagues lo que merezco.

— ¿Quieres que te pague? Es decir ¿Quieres dinero? ¿Alguna especie de pensión?

— Bruno me respeta y sigue mi consejo. Él no está interesado en ti, de hecho, te detesta. Eres menos que basura para él. Eres un fastidio en su vida, por eso se fue cuando saliste de la clínica. No deseaba verte. Pero bueno, yo te lo entregaré para que puedan estar juntos si eso es lo que quieres. Ya tú te darás cuenta de si soy yo o eres tú el estorbo. Será tarde, pero al final te enterarás de que el único estorbo en tu vida eres tú misma, Roberta.

— Por eso, ¿quieres dinero? ¿Cuánto quieres, Nanak?

— No quiero dinero, quiero otra cosa… quiero que nos casemos.

Escupí la champaña hasta por las narices. No sabía si reír o llorar con su propuesta.

— ¿Estás loco, Nanak? Yo no te amo, tú no me gustas, vamos que ni siquiera me caes del todo bien.

— Tómalo o déjalo, Roberta. Y considera esto, ni siquiera vamos a vivir juntos. Tú podrás hacer lo que quieras, podrás cogerte a Bruno o a quien quieras, firmaremos un acuerdo prenupcial y todo quedará perfectamente estipulado. Tú serás libre de hacer lo que te venga en gana. Ni siquiera tendremos que dirigirnos la palabra.

— Entonces ¿para qué quieres que me case contigo?

— Así no podrás casarte con nadie más.

— Y déjame adivinar, ¿nos casaremos por bienes mancomunados?

— Como debe ser, Roberta. Piénsalo y me avisas. Te doy una semana, dijo, se levantó y se fue dejándome sola con la cuenta y mi *outfit* de Julia Gankz. Pedí la cuenta y una botella más de champaña para llevar. Me subí a la Honda y me encerré en un hotel de lujo en Reforma durante toda una semana. Le llamé a mi *dealer*. Me embriagué y drogué todos y cada uno de los días de esa semana. Nadie excepto Editor sabían dónde estaba. A él le pedí que estuviera al tanto de mí cada mañana. Le conseguí una llave por si acaso. No fuera ser que me quedara atrapada en algún mal viaje. Él se encargaría de llevarme sueros y algo de comida. No sé cuánto tiempo estuve en ese divertido viaje de inconsciencia en el que me había montado.

Lo que supe fue que en algún momento decidí salir del hotel donde me había enclaustrado y había ido a buscar a Nanak para decirle que aceptaba su condición a mi propuesta. Es decir, aceptaba casarme con él a cambio de que nos dejara en paz a Bruno y a mí. Dejaría de meterse entre nosotros. Sobre esos días guardo sólo algunos recuerdos vagos. No fueron muchos días, pero sí los suficientes como para encaminar mi vida hacia una zona muy oscura.

Durante aquellos días tuve un nuevo encuentro con el Extranjero en la Habitación Espejo donde me reveló lo mismo que yo ya sospechaba, que Marie Süe no era quien decía ser. Matilda en efecto estaba muerta, y Bruno sí era mi hermano espiritual y si me acostaba con él cometeríamos incesto. Por supuesto no le hice el mínimo caso. Yo deseaba volver a ver a Bruno.

No recuerdo el día que dejé el hotel. Sólo recuerdo que después del encuentro con el Extranjero volví a despertar tirada en el piso de un cajero automático en Reforma. Un chico me reconoció y muy amable me ayudó a levantarme. Nos tomamos una selfi juntos e incluso me ofreció un cigarro. Yo pedí un Uber y me largué a mi departamento. Editor fue quien se encargó de recuperar la Honda del hotel. No dejaba de sorprenderme el hecho de que no la hubiera chocado ni una sola vez.

No tenía claros los detalles de la boda, sólo sabía que había aceptado y ya. Me enteré de todo varios días después cuando Editor me informó que tenía que firmar el acuerdo prenupcial que los abogados de Nanak habían preparado. Por supuesto era muy ventajoso y lo favorecían más a él que a mí. Editor trató de convencerme de que no lo firmara. Nuestros abogados podían escribir un nuevo contrato con ciertas cláusulas que impidieran que Nanak se adueñara de la Editorial. Me negué. Lo único que quería era que fuera un acuerdo mutuo. Si lo mío iba a ser suyo, entonces lo suyo también sería mío, incluido el centro de Meditación.

UNA ASQUEROSA PUTA MALAGRADECIDA. LA VERDAD ACERCA DE MARISOL SUÁREZ

Apenas se enteró la bruja de mi compromiso y salió a buscarme para hacerme un drama como histérica. Me pregunté cómo se había enterado y claro, lo deduje, Mateo se seguía acostando con ella. De tal palo tal astilla. Con los hombres no hay manera.

— Se suponía que ibas a terminarlo y a romperle el corazón, Roberta, no a casarte con él, dijo la bruja. Eres una asquerosa puta malagradecida.

Cero y van tres, pensé. Volvimos a lo de la asquerosa puta. Quise hacerle ver que ella tampoco había respetado el acuerdo, pero no le encontré el menor sentido. Yo ya había obtenido el informe del detective que había contratado para investigarla. No era de Mazatlán como juraba. Su madre sí lo era y sí se llamaba Magdalena, quien en realidad no estaba muerta ni siquiera enferma. El verdadero nombre de la bruja era Marisol Suárez y nunca había estado casada ni tenía hijos. No era bruja, ni la había rescatado nadie de la calle. No estaba iniciada en la magia oscura, sólo era fan de leer libros de brujería y vudú. Tampoco había trabajado en bienes raíces. No había mucho que contar sobre ella. Era menos que un cero a la izquierda. Una aburrida persona común y corriente a la que se le daba bien la fábula y la simulación. Y los dramas, por supuesto.

Yo tenía ciertos recuerdos de haberla acompañado algunas veces al cementerio. Se lo comenté al detective quien me aclaró que sí trabajaba como prostituta y como bruja, pero que él dudaba mucho de que en verdad hiciera un real trabajo. En todo caso estafaba a las mujeres vendiéndoles la idea de la brujería. En alguna ocasión la había seguido al cementerio para ver qué hacía y se encontró con que en realidad sólo iba ahí de vez en cuando a llevar ciertas objetos, como amuletos, por si en alguna ocasión alguien le pedía pruebas de su trabajo. Lo cierto es que no tenía muchos clientes, tampoco como prostituta, por eso tenía que trabajar también de bartender en el Pata Negra.

Una completa estafa resultó ser quien al parecer sólo era coleccionista de gurús. En ese momento comprendí su fijación hacia Nanak. Marie Süe sólo era una grupi de los rockstars de la Nueva Era.

Imaginé que su mayor sueño habría sido conocer a Osho. Por eso se fascinaba con Nanak quien juraba que había sido discípulo inmediato de Krishnamurti. Cosa que yo dudaba. Estaba segura de que si le pagaba al detective para investigar a mi prometido seguro me enteraría de algo similar, de que era un fraude.

Siguió llamándome asquerosa puta. Ahora juraba que yo era una malagradecida y que me había portado horrible con ella que tanto me había ayudado y protegido. En su mirada podía ver de manera clara la tristeza y la frustración. Se notaba desesperada sólo de saber que me casaría con el hombre que ella idolatraba. Intenté calmarla explicándole lo que había pasado. Le conté cómo intenté terminar con él y sobre la propuesta que le hice. La exbruja no lograba entender que yo prefiriera a Bruno antes que a Nanak. Le dije que el muy imbécil no me amaba tampoco y que me detestaba, que sólo quería quedarse con mi editorial.

— Pues dásela, dijo, si eso es lo que quiere, dale tu estúpida editorial y déjanos en paz. No te cases con él.

Sin perder la calma le seguí explicando que, aunque le entregara a Nanak la editorial éste no pensaba detenerse. Él quería fastidiarme la existencia. Quería que nos casáramos sólo para que yo no pudiera casarme con Bruno ni con nadie más.

— Mientes, me gritó. Él no te ama. Todo lo estás haciendo para jodernos a los dos. En el fondo nos tienes envidia y eso es porque no eres más que una loca que anda por la vida jurando que ve muertos y que ve la sangre de su amiga muerta en las personas. ¡Basura, Roberta! Nadie jamás te va a creer nada de eso. Yo sólo te seguía la corriente porque pensé que eras mi amiga.

Vaya, vaya, las cosas de las que una se entera, pensé. Resultó que nunca me había creído nada con respecto a la sangre de Alexa en mi vida. Le gustaba jugar a la brujería, pero ni siquiera creía en el mundo sobrenatural. Todas las piezas comenzaban a acomodarse en su sitio. Una vez que comprendí todo la ignoré. Le pedí que se marchara y que esperaba no volver a verla nunca. Fue la primera vez que la vi asustada. Después de tanta indiferencia con la que me había tratado siempre por primera vez encontré el terror en sus ojos. La vi en verdad atemorizada, tenía miedo de que la abandonara y la expulsara de mi vida para siempre. Todo el misterio que había creado alrededor de su persona ahora había desaparecido. Ya no era más una misteriosa y sexy bruja, ahora Marie Süe había vuelto a ser una aburrida mujer, llena de miedos e inseguridades como cualquier mortal. La boda estaba programada para dentro de un mes.

Fui muy directa y clara con Mateo. Le dije que por nada del mundo quería que invitara a Marie Süe a la boda. Al principio intentó decir que había dejado de verla.

— Sé que te la sigues cogiendo, Mateo. Mira, haz lo que quieras, es tu vida. Coge con quien quieras. Yo no estoy enamorada de ti ni de tu padre. Por mí hagan lo que quieran, pero no la lleves a mi boda. ¿Estamos?

Mateo en su infinita ternura sólo me preguntó si seguía en pie la invitación para ver a Fabio Puscas en el Metropolitano. Me conmovió. Finalmente, sólo era un hermoso y ardiente chico de 17 años. ¿Quién era yo para negarle su capricho?

— Sólo si no haces pendejadas, Mateo, le respondí.

Y esa fue la forma en que dejó de coger con la bruja. Total, él era un chico ardiente, ya encontraría otros lindos coños para coger. Como el mío, por ejemplo. Que me casara con su padre no iba a ser ningún impedimento.

La noche previa a la boda me volví a acostar con Mateo, nada más para darme el gusto. Incluso lo dejé quedarse a dormir conmigo. Me gustaba el desenfado con el que se manejaba el chico. Amaba a su padre, pero ya había entendido de qué iba la farsa. Además, a mi entender su concepto de ética y moral era bastante flexible. De tal palo, tal astilla. Qué se podía esperar de alguien que había crecido a la sombra de un falso gurú espiritual.

Mateo amaba comerme el coño y yo amaba chuparle el pene y llenarme la boca con su delicioso semen. Yo lo dejaba hacer con mi cuerpo lo que se le antojara y me encantaba que eyaculara dentro de mi ano. Me hacía recordar mi época de scort.

Amanecimos juntos y lo que nos despertó fue una llamada al celular de Mateo. Era la policía. Nanak estaba muerto. Alguien acababa de asesinarlo en su propia habitación.

La boda se canceló.

EL AMOR ES UN CADÁVER

El escándalo comenzó desde temprano. La ama de llaves fue la que encontró el cadáver desnudo de Gurú Nanak en su cama. Las sábanas, el colchón e incluso las paredes estaban salpicadas de sangre. Su primera reacción fue buscar a Mateo en su habitación, y al no encontrarlo decidió llamar a la policía. Fue ella la que proporcionó el número para comunicarle la noticia del asesinato de su padre. Esa llamada fue la que nos despertó.

Teníamos resaca.

Estábamos desnudos en mi cama, abrazados. Mateo se levantó ligeramente aturdido. Me dijo lo que pasó. Lo abracé. Sentí pena por él, no por mí. Yo no sentí nada, salvo alivio de así poder evitar ese matrimonio. No es que lo quisiera muerto, pero tampoco deseaba estar unido a él y con seguridad más adelante enfrascarme en una batalla legal por el divorcio.

La policía acordonó la casa y por su puesto no nos permitieron entrar. La casa entera fue señalada como escena del crimen. A Mateo sólo le permitieron entrar a su habitación por algunas cosas, pero no al cuarto de su padre. Los forenses seguían ahí trabajando y recuperando huellas y evidencia. Quise averiguar los detalles con los detectives a cargo. Me preguntaron si yo era la novia de Mateo. Les respondí que era la prometida de la víctima. La detective a cargo me miró de forma sospechosa. Lo único que me dijo fue que lo habían asesinado encajándole unas tijeras en la garganta.

De inmediato entré en shock.

¿Lo asesinaron de la misma forma que Alexa Galaxia?

Debo de haberme puesto pálida, porque la detective me preguntó si me sentía bien. La verdad es que no era así. Ese dato me sacudió de mi zona de confort. ¿Cómo era eso posible? Desde que conocí a Nanak en la clínica sabía que éste terminaría mal sus días. Lo supe desde que descubrí el rastro de su sangre en cada rincón de su ser. No sabía qué pensar ni qué sentir. No lograba identificar ni definir mis emociones y sentimientos.

¿Quién y por qué había asesinado a Nanak una noche antes de nuestra boda? ¿Y por qué de esa manera?

Quien lo hizo estaba seguro de que me conocía y deseaba volverme loca. La bruja, pensé. No puede ser otra más que ella. Comencé a barajar ciertas hipótesis.

Siendo una fanática histérica habría decidido asesinar a su ídolo. Mejor muerto antes de permitir que se casara conmigo. No sería la primera fan desquiciada que matara a su ídolo, como antes lo hizo Yolanda Saldívar con Selena Quintanilla.

Según el reporte del forense, catorce veces habían apuñalado a Nanak, de las cuales, una, la de la yugular fue la que le quitó la vida. Aquello se convirtió en una carnicería brutal y salvaje. El cuerpo de Nanak fue encontrado desnudo en su cama y la policía no encontró indicios de que hubieran forzado las cerraduras. Es decir, el asesino habría sido invitado a entrar al domicilio de la víctima, o bien, contaba con llaves del lugar.

La detective me preguntó si mi prometido solía dormir desnudo. Le respondí que no solíamos dormir juntos. Que a veces teníamos sexo en mi departamento, pero nunca se quedaba a dormir, siempre regresaba a su casa. Me preguntó si yo tenía llave. Me reí sin querer. Cosa que a la detective no le hizo ninguna gracia.

— ¿Qué le parece tan divertido? Me preguntó la detective Olvera.

— Nada, lo siento, respondí, es sólo que me hizo gracia imaginar a Nanak dándome llave de su casa. Ni siquiera me quería llevar, mucho menos me iba a dar una llave. Así era él, demandante y posesivo, exigía todo de ti, pero él no entregaba nada.

— ¿Y aun así iban a casarse?

— ¿Qué le digo, detective? El amor duele.

Decidí guardar silencio a partir de ese instante. Me di cuenta de que entre más hablaba más lucía como sospechosa ante los ojos de la detective, quien me pidió mis datos y me comentó que más adelante me llamaría para hacerme más preguntas. Primero deseaba que el forense terminara de analizar la escena del crimen. No quise preguntar si me consideraba sospechosa. No soy tan idiota. Me quedaba claro en la mirada de la detective que para ella yo lo era. Si la muerta fuera yo, seguro Nanak sería el principal sospechoso.

Quien asesinó a Nanak se ensañó con él. Catorce son demasiadas puñaladas. El asesino, o asesina, descargó toda su ira en él. Se encontraron manchas de semen entre los charcos de sangre. Tuvo sexo antes de morir, aquello era evidente.

A pesar de que la policía intentó ser discreta con los detalles del homicidio, la información terminó filtrándose a la prensa.

El Centro de Meditación de gurú Nanak tenía su fama. Muchas celebridades acudían a su centro a meditar y en busca de su guía espiritual. Fue Bruno quien hizo que el centro se volviera un lugar de moda. Fue él quien popularizó a Gurú Nanak entre las celebridades y personas del gremio y la farándula. Al principio sólo eran cineastas, actores y actrices. Después David Lynch comenzó a popularizar la práctica de la meditación trascendental entre sus fans y aquello terminó de reventar. Fue entonces que Gurú Nanak pasó a convertirse a su vez en una celebridad. Gracias a Bruno, éste se convirtió en el gurú de las estrellas.

De esta forma muchas personas ricas y poderosas movieron sus influencias para que se resolviera el caso de inmediato, para que se encontrara y encarcelara al asesino. Fue por esto por lo que la noticia del homicidio del famoso gurú se hizo de dominio público. Y una vez que la noticia se volvió viral, entonces sucedió lo que temía: Marie Süe vino a buscarme de inmediato.

Yo todavía no tenía nada claro. Para mí ella era la primera y de momento, única sospechosa del crimen de Nanak. Ella me odiaba, estaba loca y estaba obsesionada con Nanak. Eso sin contar con que conocía el detalle del asesinato de Alexa Galaxia. El detalle de las tijeras encajadas en la yugular. O bien, deseaba inculparme o intentaba volverme loca. Yo intuía que estaba detrás de todo, pero no tenía pruebas de nada.

Pude ver cómo Marie Süe pasó por las cinco etapas del duelo: la negación, la ira, negociación, depresión y aceptación. Lo cual me pareció demasiado sospechoso, pero confirmaba lo que yo creía desde hacía tiempo. No era ninguna bruja, sin embargo, sí estaba loca, era buena mintiendo y era una enorme fabuladora. No sabía si era la asesina, pero sabía que estaba involucrada. El rastro de la sangre en ella se hizo cada día más presente.

Al inicio Marie Süe se mostró abatida y desconsolada. Aullaba de rabia y frustración. Por supuesto me señalaba a mí como la culpable de todo lo malo que sucedía en su vida. Me di cuenta de que su estabilidad emocional no era la mejor, y pude ver de cerca cuan vulnerable y peligrosa era en realidad. La mujer era pura emoción y sentimientos desbordándose. No había inteligencia emocional ni nada que se le pareciera. Era una bomba de tiempo a punto de estallar. A diferencia de mí que me sentía adormecida, como anestesiada, no sé si por la resaca de las drogas o si era producto de la ausencia de cariño de mi parte hacia mi prometido, o sólo por mi perenne apatía hacia la existencia toda.

Intenté conmoverme un poco. Me esforcé por encontrar algo parecido a un sentimiento en mi interior, sobre todo después de mi primer encuentro con la detective Olvera. No deseaba fingir. No me sale. Siempre viví cómoda siendo la apática y aburrida persona que soy. Yo no iba por la vida buscando la aceptación de nadie. Nunca he encontrado ningún tipo de beneficio en aparentar ser una persona que no soy, pero esta vez era diferente. Ahora mi situación era distinta y yo me encontraba en peligro. Mi libertad estaba en la cuerda floja. Mi ontológico aburrimiento estaba a nada de meterme en un gran problema. Pensé que no debía de preocuparme por nada, finalmente yo no lo había asesinado. Al menos hasta donde alcanzaba a recordar. Sólo que el sonambulismo hubiera regresado a mi vida y me hubiera orillado a cometer un crimen. Lo cual era factible, excepto por el hecho de que yo había pasado la noche con Mateo. De cualquier forma, no era prudente ser la principal sospechosa por un crimen que no había cometido.

Busqué en mi interior algún recuerdo triste y doloroso, y no sé si por las drogas, por la vida o por lo que sea, pero no encontré nada. Me dirigí a la Habitación Espejo en busca del Extranjero y lo que encontré fue soledad, vacío y silencio. Mi doble me esperaba con la sonrisa abierta y la mirada encendida.

Decía tener las respuestas que yo buscaba.

Nunca supe exactamente cuál era la función que desempeñaba Fabiana en el Centro de Meditación. No sabía si era la gerente del lugar o sólo se arrimaba y se ofrecía a ayudar de lo que fuera. Es decir, nunca supe si de verdad trabajaba ahí o sólo metía sus narices con tal de estar cerca de Nanak y Bruno. Lo que sé es que de inmediato comenzó a hacerse cargo de todo, tanto del funeral como de las actividades del Centro de Meditación. Lo hizo con la naturalidad de quien se mueve en su elemento. Yo no tenía cabeza para nada. Además, yo no era nadie, la prometida en todo caso, pero nada más. No trabajaba en el centro y no era la viuda. A mí me daba exactamente lo mismo cualquier cosa. Yo sólo quería saber cuándo iba a regresar Bruno de dónde estuviera metido, y por supuesto me interesaba Mateo quien acababa de quedar huérfano.

Dinero no le iba a faltar. Nanak tenía cuentas y propiedades, además del Centro que a partir de ese momento comenzó a dirigir Fabiana. Y bueno, Bruno era millonario y tampoco lo iba a desamparar. Seguro también lo veía como un hermano menor o como un ahijado. ¡Qué sé yo! En el mundo de Pesadilla todo era posible.

Me preocupaba un poco cuál iba a ser la siguiente movida de Marie Süe con respecto a Mateo. Muerto el padre seguro querría quedarse con el hijo y dejarme a mí con nada. La competencia de la bruja me empezaba a fastidiar. En algún momento Mateo me pidió que fuéramos a mi departamento. Me preguntó si podía quedarse algunos días conmigo, en lo que la policía liberaba la casa y la limpiaban. Subimos a la Honda y nos marchamos sin decirle nada a nadie. Nos volvimos a drogar y emborrachar desde temprano. Volvimos a coger como quien desea sacudirse la tristeza. Y todo eso mientras Marie Süe seguía en crisis viviendo su duelo, y Fabiana organizaba el funeral, el cual se realizó en el mismo Centro de Meditación. Fabiana era abogada y Nanak tenía demasiadas influencias, así que no hubo mayor problema para que se permitiera realizar el funeral en el mismo Centro donde Gurú Nanak había bendecido a las personas con su luz e inmensa sabiduría.

A mí nadie me consideró para nada. En teoría yo asistí sólo como acompañante de Mateo. La mayoría de las grupis de Nanak me dejaron claro que yo era persona *non grata* en el lugar, incluidas Fabiana y Marie Süe.

Fue ahí donde me enteré de que esas dos andaban juntas conspirando en contra mía desde que Nanak y yo anunciamos nuestro compromiso. Estuve a punto de largarme, pero una presencia en el lugar me hizo cambiar de idea.

La vi pasar, caminando entre las personas que acudieron a despedir a su maestro. No sé por qué, pero la reconocí, supe que era ella a pesar de llevar el rostro cubierto con un gran sombrero y gafas. Intenté seguirla. La vi al principio en el recibidor, después se dirigió hacia el jardín. Allí la perdí de vista. Había demasiada gente y era fácil que se confundiera. Sabía que era ella, no sé por qué.

Era el Extranjero, la otra Roberta, la *doppelgänger*.

¿Qué hacía ahí? No tengo la menor idea. Sólo sé que comencé a ponerme ansiosa y a seguirla como un animal que persigue su propia cola, o como alguien que va en busca de su sombra. Casi nunca la había visto en otra parte que no fuera la Habitación Espejo. Casi nunca estábamos en el mismo sitio al mismo tiempo. Un funeral era un sitio lógico para aparecer. Eso era más que evidente. En un momento estuve a punto de alcanzarla, pero en el camino alguien me tomó del brazo y me detuvo.

— ¿A dónde con tanta prisa, Bobby Brown? dijo

— Bruno… Regresaste.

— Vine desde que me enteré de tu compromiso con Nanak. Te dije que siempre estaría a tu lado para cuidar de ti.

— Espera… Bruno, ¿eso qué mierda significa? ¿Tú…? ¿Por qué me abandonas todo el tiempo? Te necesito y tú nomás te largas.

Me pidió que habláramos en otro sitio. Me contó que la noche del asesinato habían salido juntos, Fabiana, Nanak y él, para celebrar su despedida de soltero. Le pregunté hasta qué hora habían terminado de celebrar. No sé por qué se lo pregunté. En realidad, no me interesaba. Yo estaba más emocionada por el hecho de volverlo a ver, pero supuse que tenía que descartarlo como el homicida. Sabía que con Bruno todo era posible. No por nada le apodaban Pesadilla.

— Estuvimos juntos gran parte de la noche, pero luego el Extranjero apareció y me fui. Los dejé en la fiesta. La despedida de soltero se siguió en un penthouse en Reforma. Antes de eso me despedí y ya no supe de ellos más.

— ¿A dónde fuiste tú?

— A seguir al Extranjero. Pensé que si estaba aquí vendría por ti. No es normal que salga de la Habitación Espejo.

— ¿Por qué vendría por mí, Bruno?

— ¿Todavía no lo entiendes, Bobby Brown? El Extranjero eres tú. Tu doble necesita que tomes su lugar en la Habitación Espejo para quedarse con tu vida. Si tú desapareces, el Extranjero se libera. Comprende que tu doble representa todo aquello que reprimes. Y lo que escondes en la oscuridad desea revelarse. El Extranjero ha estado detrás de todo lo que ha pasado en tu vida. Tu angustia existencial, tu apatía, tu aburrimiento, todo sucede a causa de tu doppelgänger, quien desde el inicio lo único que ha querido es engañarte, frustrarte y enloquecerte para así poder cambiar lugares en la vida.

— Mmm… No lo sé, Bruno, todo esto me parece muy oscuro y fantasioso, y para serte sincera, en este momento no quiero hablar ni pensar en ello. Me da mucho gusto volver a verte.

No quise decirle que acababa de ver al doppelgänger y que yo tenía conciencia de ésta desde antes de la clínica. Desde que comencé a trabajar con Mango como scort comencé a entrar en contacto, pero jamás hubo ningún conflicto entre ambas. No tenía claro si podía confiar o no en Bruno en ese instante, así que decidí guardarme mis sospechas.

¿Era Bruno capaz de asesinar a Nanak? Lo dudaba mucho. Aunque reconozco que la idea cruzó por mi cabeza. Tal vez quería protegerme, pero no lo consideraba un asesino. Loco, demente, desquiciado, exasperante sí. Todo eso. Insufrible, insoportable, narcisista, vanidoso, indiferente, rebelde, polémico, revoltoso y escandaloso, sí, pero asesino jamás. Además, me di cuenta de que, aunque no lo dijera abiertamente, él creía que había sido yo quien asesinó a Nanak. Lo pude ver en su mirada.

Según Bruno, en el table dance reconoció a la doppelgänger, a quien él llama el Extranjero. Sabía que no era mi yo original, y decidió seguirlo. Sabía que si estaba ahí, fuera de la Habitación Espejo no era por nada bueno. Entonces decidió investigar y se fue detrás de mí, de la otra Roberta pues. Dijo que la siguió durante gran parte de la noche. Parecía no dirigirse a ningún lado en específico. Sólo deambulaba de aquí para allá, como si hiciera tiempo, hasta que por fin se dirigió hacia su objetivo: la casa de Nanak.

No supe si creerle o no, pero en todo caso me confortaba el hecho de que al menos él no creyera que había sido yo sino la doppelgänger. Aunque, a ver cómo le explicas eso a la policía.

La detective Olvera me citó para hacerme más preguntas. Al parecer contaba con nuevas pistas y deseaba que yo corroborara cierta información.

Abiertamente le pregunte si me consideraban sospechosa del homicidio de mi prometido. Me respondió que aún no. Le pregunté si necesitaba un abogado. Respondió mi pregunta con otra pregunta:

— ¿Lo necesita?

— No veo para qué, respondí.

Mentí. La verdad es que, desde el día del funeral, cuando apareció la doppelgänger le conté de algunas de mis sospechas a Editor y él me recomendó un buen abogado, por si las malditas dudas.

— ¿Dónde estuvo la noche del asesinato? —Me preguntó la detective. La noche previa a su boda.

— En mi departamento, respondí con seguridad y confianza.

— ¿Sola? preguntó.

Dudé un segundo y volví a mentir.

— Sí, sola.

No quería llevarme entre las patas a Mateo. No quería decirle a la detective que estuve drogándome y cogiendo con mi futuro hijastro menor de edad en mi departamento. Yo sabía que la detective ya había hablado con él, y que éste no le había contado que pasó la noche conmigo. A mí la verdad me daba igual. Total, nunca había sido fan de dar explicaciones. No me importaba que la detective me tachara de puta. Ya había sido scort. Me daba lo mismo, pero Mateo había mentido antes y yo lo apoyé. No quise contradecirlo. A él le preguntó por qué no había pasado la noche en su casa y respondió que la había pasado con una chica. Y cuando le preguntaron con quién, respondió que con Marie Süe.

Y así fue como las cosas comenzaron a complicarse cada vez más, pero de esa complicación comenzó a correrse el hilo que nos condujo hasta la verdad. Al menos a mí, que era lo importante.

Le detective llamó a más personas a declarar, entre ellas a Bruno, a Fabiana y a Marie Süe, además de a Mateo y a mí. Incluso Editor fue requerido, así como la ama de llaves.

Si al principio no era sospechosa, después de las declaraciones de Fabiana, la ama de llaves y de la bruja, yo pasé directo a formar parte de las principales sospechosas. ¡Mierda!

— Todo va a estar bien, dijo Editor.

— Yo me encargo, Bobby Brown, dijo Bruno.

— Te vas a pudrir en la cárcel, asquerosa puta malagradecida, me dijeron a coro la bruja y Fabiana.

A raíz de la mentira de Mateo todo se comenzó a enredar más de lo necesario. Su mentira consiguió que Marie Süe se involucrara. Pensé que esto haría que encontrara la forma de señalar que yo era culpable. Sabía que a partir de ese instante la investigación apuntaría hacia mí. No me molesté con Mateo, comprendo que un chico de apenas 17 años no hubiera querido declarar que había pasado la noche drogándose y cogiendo con su futura madrastra. Pero ¿involucrar a la bruja? Eso me demostró que el chico jamás entendió lo peligroso que podía ser para él seguir con esa relación. Como se comprobó después.

En las declaraciones tanto de Fabiana como de Marie Süe yo aparecía como la principal sospechosa. Fabiana le dijo a la detective que yo en verdad no amaba a Nanak, —lo cual era cierto—, y que no sabía por qué nos íbamos a casar, pero que yo era capaz de cualquier cosa con tal de zafarme del compromiso. Comentó también que tanto ella como Bruno habían organizado la despedida de soltero. Al final ella se había retirado del Penthouse alrededor de las 3 am. La muerte de Nanak tuvo lugar entre las 3 y las 5 de la mañana, según declaró el forense. Fabiana declaró haber regresado a su casa a esa hora y que tenía las grabaciones de seguridad del edificio donde vivía para confirmarlo. De entrada, su coartada parecía sólida.

Marie Süe a su vez intentó hacerme ver como una psicópata desquiciada. Le contó que yo había conocido a Nanak en la clínica de rehabilitación, lo cual demostraba que yo tenía problemas con las drogas y el alcohol. Pero la detective Olvera no era ninguna estúpida. Simplemente dejaba que se corriera el hilo para ver a dónde la llevaba.

Cuando le preguntó por su relación con Mateo ella respondió que tenían tres meses de novios, que eran una pareja sólida y estable a pesar de la diferencia de edad entre ellos.

Pero afirmaba que Nanak lo sabía y contaban con su bendición. Además, agregó que ella era una de las discípulas más fieles y avanzadas de Gurú Nanak. Habló de él como si se refiriera a la mismísima reencarnación del Buda. Le dijo que a mí me había conocido a través de Lorena, una cliente suya.

Cabe mencionar que cuando la detective le preguntó a qué se dedicaba, la cándida Marie Süe respondió en su faceta de Marianita, la pequeña hada, que se dedicaba a la sanación y a las terapias holísticas. De la putería de paga y de los trabajos de brujería no habló. Comentó que eventualmente trabajaba en Pata Negra, por si deseaba pedir referencias sobre ella.

Y como no podía quedarse así, le contó lo de la sangre de Alexa Galaxia. Le dijo a la detective que Gurú Nanak había sido asesinado de la misma forma que mi amiga. Por supuesto le dijo que al menos a ella eso le parecía un patrón bastante sospechoso. Le dijo que a partir de la muerte de Alexa yo veía manchas e hilos de sangre en las personas y en la ciudad. En pocas palabras sugirió que además yo era una esquizofrénica peligrosa.

— Yo la traté como una amiga y como una paciente, detective, dijo Marie Süe, y puedo asegurarle desde mi experiencia personal y profesional que la muerte de Alexa Galaxia fue la que desencadenó la demencia en Roberta. Yo la estimé como hago con todos mis pacientes, pero luego se puso como loca cuando comencé a salir con Mateo. Ella era novia de Gurú Nanak, pero estaba obsesionada y deseaba acostarse con el hijo. Fabiana puede corroborar mis palabras. La conducta de Roberta en el Centro de Meditación era errática. Con Nanak era malvada, dominante, agresiva y posesiva.

— Según tú, dijo la detective Olvera, ¿qué motivos tendría Roberta para asesinar a su prometido?

— La gente como Roberta, detective, dijo Marie Süe e hizo una pausa, no necesita motivos para asesinar. Lo hacen porque no pueden, ni quieren evitarlo. Son asesinos y persiguen siempre el rastro de la sangre. Escuchan y obedecen las órdenes de las voces dentro de su cabeza quienes las orillan a cometer crímenes. Yo lo sé porque es mi trabajo y conozco perfecto esas tendencias homicidas…

— ¿Posees algún título universitario en psiquiatría o criminología que te avale para poder crear perfiles criminales?

— No, pero… mi trabajo me permite…

— ¿Te refieres al de las terapias holísticas?

— Sí, bueno, a lo que me refiero es…

— Gracias, es todo, puedes irte, dijo la detective y se despidió.

— Fabiana puede respaldar mis palabras. Mateo y yo pasamos la noche en mi departamento. Tengo testigos, por si le interesa, todavía alcanzó a decir antes de que saliera la detective.

— Lo investigaré

Todo esto lo supe por Mateo quien de inmediato vino a contarme el chisme. No sé si Marie Süe era consciente o no de que contarle algo a él implicaba que yo me enterara. Si lo sabía entonces lo hacía sólo para atormentarme y jugar con mi mente. La detective Olvera comenzó a sospechar de Fabiana y Marie Süe quienes en todo caso parecían desesperadas por señalarme. Era notorio que me odiaban y que querían cargarme al muerto, —literal—, pero una cosa es que yo no fuera su persona favorita y otra muy distinta que ellas estuvieran intentando desviar la atención del verdadero criminal.

Yo me vi obligada a emprender mi propia investigación, independiente de la de la detective. Yo poseía información a la cual no podía acceder nadie más. Era cierto que la muerte de Nanak resultó bastante sospechosa comenzando por el detalle de las tijeras en la yugular.

¿Era posible que yo lo hubiera asesinado en estado de sonambulismo? ¿Había sido mi doppelgänger quien se habría encargado de éste? Y de ser así ¿qué pretendía? ¿Que terminara en prisión, en el manicomio o que me suicidara? Cualquier de esas posibilidades le servía para quedarse con si sitio en este mundo, según Bruno.

Las coartadas de Mateo y de Marie Süe funcionaron, ya que ambos mintieron para protegerse. La de Fabiana también. Las cámaras del estacionamiento indicaban que ella había llegado al edificio a la hora que mencionó. Claro que eso no significaba que hubiera entrado a su departamento y se quedara ahí. Bien pudo salir por otra parte, tomar un taxi en la calle y dirigirse a la casa de Nanak para asesinarlo. Hay que recordar que el cuerpo de Nanak fue encontrado desnudo y no se habían forzado las cerraduras. Quien lo asesinó había sido invitado a entrar. Y Fabiana, quien desde siempre había sido su discípula, y su ayudante personal también cumplía con las funciones de puta de cabecera. Pero ¿Por qué ella lo querría asesinar? Comencé a preguntarme. Tal vez ella lo podía robar. Finalmente ella manejaba sus cuentas y la administración de sus negocios. También era adicta y estaba loca. También era una *borderline* como todos nosotros quienes nos conocimos dentro de la clínica de rehabilitación. Para mí era factible que ella pudiera ser la asesina, ya que era de esas locas que piensan: *"Si no es mío no será de nadie más… prefiero verlo muerto antes que casado con esa loca"*. Eso era muy de Fabiana Resplandor.

Lo que no me quedaba claro era el detalle de las tijeras.

Aunque si actuó en complicidad con Marie Süe, bien pudo ser ella la que le sugiriera que lo hiciera de esa forma para incriminarme. No lo sé, entre locas todo es posible.

Editor me sugirió que no me involucrara más en el caso y que le dejara todo a la policía. Supongo que comenzó a verme actuar de forma errática. Y era cierto, la situación comenzaba a derrumbar la frágil estructura de mi mente y mis emociones. Mi mente estaba colapsando. Bruno me encontró una mañana dormida en una banca del Parque México, entre los *homeless*. No sabía cómo había llegado hasta ahí. Lo cual indicaba que mi sonambulismo se había reactivado. Al menos en esta ocasión no amanecí semidesnuda. Imaginé que si por alguna razón me arrestaban en una situación así la detective Olvera comenzaría a considerarme de verdad como sospechosa.

Decidí ser franca con Bruno. Él era en el único en quien podía confiar. Sabía que podía contar con Editor, pero éste no comprendería nada con respecto a la sangre y la doppelgänger. Decidí ser directa y franca.

— ¿Bruno, crees que yo pude haber asesinado a Nanak y no recordarlo? le pregunté. Dime la verdad, no intentes protegerme de mí misma. Lo que sea sabré aceptarlo y vivir con ello. ¿Crees que fue la doppelgänger? El Extranjero, me refiero. Dime la verdad ¿Crees que estoy maldita o que soy una maldición para las personas?

Pesadilla se quedó en silencio, como pensando si decirme o no lo que pensaba. Lo vi en su mirada: la duda y el suspenso. En la mirada de Bruno había ternura, pero oscurecida por las sombras del temor. Aun no abría la boca y yo ya intuía lo que pensaba decir. De alguna forma él estaba convencido de que yo era la asesina. Y pensándolo bien, eso era factible. La noche del asesinato, Mateo y yo bebimos y nos drogamos desde temprano, y cogimos hasta que nos quedamos dormidos. Después no recuerdo nada hasta la mañana siguiente cuando sonó el teléfono para darle a Mateo la noticia de la muerte de Nanak.

El detalle de las tijeras me ponía demasiado nerviosa, pero seguía sin saber por qué. Yo no había asesinado a Alexa Galaxia. ¿O sí? ¿Por qué hui cuando las vecinas chismosas comenzaron a señalarme a mí? Tal vez desde entonces los episodios oscuros de inconsciencia y sonambulismo estaban ya presentes en mi vida. Tal vez la otra Roberta ya se manifestaba en mi vida desde antes.

Tuve una revelación. Una especie de flashback. Recordé el día de mi accidente en el elevador, mi primer encuentro con la muerte. Aquella vez vislumbré algo, que bien pudo ser la doppelgänger filtrándose a mi realidad.

El accidente fracturó mi realidad, creó una especie de grieta o de fisura, y desde entonces esa *"desgarradura"* ha formado parte de mi vida como una huella digital, como un sello personal que me otorga identidad.

Consideré que pude despertar a las 3 am, tomar las llaves de Mateo y dirigirme a la Condesa, a casa de Gurú Nanak para asesinarlo. Tal vez lo encontré dormido, borracho, desnudo, y simplemente lo asesiné. Los forenses dijeron que lo habían apuñalado con unas tijeras, sin embargo, no las encontraron en la escena del crimen. Por las marcas de las heridas pudieron deducirlo, pero el arma seguía desaparecida. El asesino se las había llevado consigo.

Claro que yo tenía mis tijeras. Tenía que buscarlas, si había sangre en ellas pues ahí encontraría la prueba de que yo era la asesina. Me pregunté si era posible que yo hubiera matado a Nanak y no lo recordara. ¿Y qué habría pasado con la ropa? Porque al asesinarlo de esa forma seguro que yo quedaría hecha un asco. ¿Dónde estaba esa ropa? Ni siquiera lograba recordar qué llevaba puesto esa noche. Mis recuerdos sólo me llevaban a Mateo y yo desnudos en mi departamento. Lo mismo pudo ser que me hubiera enfundado en una bata o kimono, me hubiera subido a la Honda con mis tijeras y hubiera asesinado a Nanak. Después, al llegar a casa pude haber tirado el kimono ensangrentado junto con las tijeras. En el edificio donde vivo los botes de basura están al lado del estacionamiento. Desde ahí pude tomar las escaleras o el ascensor y subir a mi departamento desnuda sin que nadie me viera gracias a la hora. Pude devolver las llaves de Mateo, darme una ducha y volverme a acostar antes de que Mateo despertara. Y lo peor es que pude haber hecho todo eso sin estar realmente consciente de nada, como cuando me iba de compras y despertaba por la mañana acostada en el piso de un cajero automático en Reforma. Justo antes de que Editor me internara en la clínica de rehabilitación.

¡Mierda! Pensé. Todo eso era factible.

De ser así, las pruebas de mi crimen ya estarían perdidas. Ahora lo que deseaba era ir a mi departamento a ver si las tijeras y tal vez el kimono o alguna bata había desaparecido. Pero ¿y si descubría que yo era culpable? No sentía pena por Nanak, pero sí por Alexa. Además, si terminaba enloqueciendo y me suicidaba, la doppelgänger se liberaría y ocuparía mi sitio. No me apetecía que la otra Roberta se quedara con mi vida. Mi estabilidad mental estaba a un suspiro de romperse. Si ya me había desgarrado desde niña, ahora estaba a nada de volverme polvo.

Bruno seguía mirándome sin responder. Era como si leyera mi mente o escuchara todo mi dialogo interno.

— No especules, Bobby Brown, dijo por fin, y no imagines cosas que no son. No creo que seas una asesina. Creo que alguien quiere incriminarte. Eso es lo que creo. Y si te lo preguntas… No, yo no asesiné a Nanak. Ya puedes descartarlo.

Por primera vez en muchos años sentí que el llanto me desbordaba.

— No quiero volverme loca, Bruno, le dije y lo abracé. No más de lo que puedo soportar. No me sueltes. Siento que si me sueltas en este momento el abismo me arrastrará y no voy a ser capaz de regresar.

— Si no puedo sostenerte y naufragas, Bobby Brown, te prometo que me ahogaré contigo.

LA NOCHE TRISTE DE LA DOPPELGÄNGER

A partir de ese momento, la presencia del Extranjero en mi vida se volvió cada vez más cotidiana. No se me acercaba ni hablaba directamente conmigo, pero sí se comunicaba. No parecía tener intenciones de agredirme o molestarme. Sólo se me aparecía en las calles o en mi departamento. No sabía si hablarle y preguntar. No estaba preparada para descubrir la verdad acerca de mí, ni de los crímenes. Bruno me había advertido que jamás confiara en el Extranjero, así que decidí dejar de resistirme a su presencia en mi vida. Sabía que no podía expulsarla, pero tampoco debía de combatirla. Es decir, la dejaba ser sin relacionarme con ella. Aunque en el fondo la extrañaba. Sin importar que fuera una doppelgänger que vivía más allá de la moral y la culpa, no dejaba de ser una manifestación de mi persona.

Regresé a mi departamento a buscar las tijeras. No las encontré. No sé si me hubiera asustado de encontrarlas. Claro que eso no significaba nada. Tal vez las había extraviado. El que no las tuviera no significaba que yo hubiera asesinado con ellas a Nanak. También faltaba un kimono, como lo presentía. Ya ni siquiera hice el esfuerzo por buscar en otra parte. Revisé la Honda, por si había algún rastro de sangre, pero al parecer estaba limpia. Claro que bien pude haberla limpiado. Me comenzó a fastidiar el hecho de no alcanzar a recordar nada de esa noche. Aunque la ausencia del kimono y las tijeras me indicaban que bien podía ser yo la asesina.

¡Mierda!

Una cosa es ser una pobre apática que se aburre en el mundo y otra muy distinta es ser una desquiciada homicida con una doppelgänger siempre detrás que busca ocupar su sitio en el mundo. ¿Por qué no viene la otra Roberta y simplemente me asesina? Creo que por primera vez en mi vida me deprimí de verdad. Los anteriores sólo fueron tristes simulacros. Vagos intentos por hacerme la interesante o sólo crisis existenciales provocados por mi perenne aburrimiento. Esta vez, sin lugar a dudas me sumergí en una oscura depresión de la cual no deseaba salir jamás. Y entonces hice lo que medianamente sé hacer en la vida: Escapé. Hui de todo y de todos. Me volví a fugar de la realidad.

Apagué el teléfono y me hice de todos los medicamentos que me quedaban. Me los guardé en la bolsa. Me tomé un puñado.

Tomé las llaves de la Honda. Aunque no deseaba manejar me las llevé conmigo. Estaba triste y confundida. Por primera vez en mi vida desee no estar sola y tener alguien en quien poder apoyarme. Si tan solo Julia o Alexa estuvieran vivas, seguro ellas me abrazarían y me dirían que todo iba a estar bien. Ellas representaban la fuerza de la que yo siempre había carecido. Nunca intenté siquiera parecerme a ellas. Yo era feliz de saber que existían en mi vida, pero ahora que estaban muertas ¿dónde quedaba yo? Y con una doppelgänger acechándome desde las sombras, ¿cuáles eran mis opciones?

La desgarradura volvió a manifestarse en mi vida.

Quise buscar a Editor y pedirle ayuda. No lo sé, tal vez siempre iba a necesitar que alguien se hiciera cargo de mi existencia. Decidí subirme a la Honda. Las drogas aun no habían hecho efecto. Pensé que tenía el tiempo suficiente para llegar a la oficina. El asunto es que, a mitad del camino, no sé si por el estrés, el tráfico o las drogas explotando en mi cerebro tomé una decisión puntual diferente a la del inicio. Me dirigí a buscar a la detective Olvera. Fui a entregarme, a contarle que sospechaba que yo había asesinado a Nanak.

Todos se dieron cuenta de mi estado. La detective se lo tomó con calma, pero fue insistente.

— ¿Estás confesando que asesinaste a tu prometido? ¿Es eso lo que estas haciendo aquí, Roberta?

— La verdad es que no lo recuerdo, le dije, pero casi estoy segura de ello. No se lo puedo explicar, porque no lo recuerdo bien. Mis recuerdos son confusos, pero faltan mis tijeras y un kimono. Desde hace tiempo he desarrollado sonambulismo. A veces hago cosas mientras duermo y no me entero. Sospecho que pude haber sido yo quien mató a Nanak. Y si es así debe usted encarcelarme.

— Necesitas descansar, Roberta, no puedo tomar tu declaración en ese estado. Además, no hay pruebas que confirmen tus palabras.

— Le he mentido desde el inicio, detective. Esa noche yo no estuve sola. Estuve con Mateo en mi departamento.

— ¿El hijo de tu prometido?

— Así es, detective, desde hace algunas semanas Mateo y yo sostenemos en secreto una relación.

— Entonces Mateo también mintió en su declaración.

— Sí, lo hizo.

— Y también la otra chica, Marie Süe. La que dijo ser la novia de Mateo.

— Ella también mintió, detective. No son pareja ni estuvieron juntos esa noche. Supongo que Mateo mintió para no revelar que se acostaba con su futura madrastra, y pues Marie Süe simplemente lo encubrió. No sé cómo, ni por qué, pero sé que Fabiana y Marie Süe están confabuladas. Aunque eso es irrelevante, porque fui yo quien asesinó a Nanak. Piénselo, detective, tengo motivo, y es posible que en uno de los lapsos de inconsciencia yo lo haya hecho. Además, no aparecen las tijeras ni el kimono. Sospecho que me deshice de las evidencias antes de volver a casa. Lo que creo es que debí de haber tomado las llaves de Mateo mientras dormía y fui a casa de Nanak a asesinarlo. Después volví, me deshice de las pruebas y me acosté a seguir durmiendo sin que él se diera cuenta. Ambos estábamos muy drogados esa noche.

— ¿Y aun así crees que pudiste conducir desde la colonia del Valle a la Condesa en kimono, drogada y sin levantar sospechas? Seguro había rastros de sangre en ti.

— Cosas misteriosas suceden, detective. Sólo le pido que investigue y mientras tanto me encierre. No deseo ser un peligro para nadie más.

Me llevaron a un cuarto donde me quedé dormida. Horas más tarde Editor estaba ahí para recogerme. La detective lo había llamado para contarle lo sucedido. Le contó todos los detalles acerca de por qué pensaba que yo podía ser la asesina. Editor se comunicó con Bruno quien habló con la detective y fue él quien le explicó lo que me sucedía. Le habló de mis días en la clínica de rehabilitación. Ambos, Editor y Bruno, dijeron que estaban seguros de que yo era incapaz de asesinar a nadie. La detective no pensaba arrestarme. Y no lo hizo. Lo único que tenía era la confesión de una mujer delirante bajo los efectos de un montón de medicamentos. Mientras no encontrara pruebas y el arma homicida, no pensaba detenerme.

En todo caso, parecía que yo quedaría libre, pero unos días después las evidencias aparecieron.

ROBERTA EN EL ESPEJO

Me paré frente al espejo y entonces la observé con atención. Estaba ahí, de pie, frente a mí, sonriente y desafiante. No había siquiera un ligero rastro de culpa en su expresión. La doppelgänger se reía de mí desde el otro lado del espejo y no dejaba de llamarme estúpida. No sé por qué, pero era obvio que pensaba que iba ganando la partida. Será que sabía que estaba terminando de volverme loca. No era necesario que muriera para ocupar mi sitio, con que me volviera loca y me encerraran para siempre en el manicomio era más que suficiente. No cabíamos las dos al mismo tiempo en el mundo.

— ¿No te cansas de ser estúpida? Deja de resistirte, no estás hecha para el mundo, dijo la doppelgänger.

— Estoy comenzando a disfrutar eso de ser una piedra en el zapato de las personas, respondí.

— Te crees muy lista, ¿cierto? dijo la otra Roberta desde el otro lado del espejo. ¿Acaso crees que vas a salirte con la tuya?

— Lo que sé es que tú no, le respondí.

— No tienes idea de mí

— No hay mucho que se deba saber con respecto a ti, salvo que no eres de fiar. Tengo idea de mí y con eso es suficiente.

— Yo sé lo que pasó con Alexa Galaxia, conozco tus secretos, todos esos misterios que quieres enterrar en lo más profundo de tu mente.

— Te felicito, le respondí

— Entre más resistencia opongas más me fortaleces

— Lo sé, ahora lo entiendo.

— Nadie nunca te va a amar de verdad

— Vaya, hoy sí que vienes atrasada de noticias.

— Sé que en el fondo tú también deseas cambiar de sitio conmigo.

— Lo he pensado, lo reconozco, pero la verdad es que paso.

— ¿Deseas saber lo que pasó con Alexa y con Nanak?

— Ya lo sé, no tienes qué decírmelo. Al principio el recuerdo era nebuloso, pero he comenzado a recordar. Sin querer me has ayudado más de lo que quisieras. Tu presencia me permitió salir de la prisión mental donde estuve extraviada durante mucho el tiempo. Tu aliento a muerte revivió algunos viejos recuerdos. Gracias, Roberta 2.

— Vete al diablo, dijo.

— Nos vamos juntas, pero ya será después. Por hoy te quedas de tu lado y yo del mío

En ese momento sonó el teléfono y eso fue lo que me despertó del trance. La doppelgänger había desaparecido. Yo seguía frente al espejo, desnuda de la cintura para abajo y escribiendo con lipstick en el espejo, una y otra vez:

Desgarradura, desgarradura, desgarradura…

Cuando respondí el teléfono comencé a despertar del trance. Me vi desnuda y busqué a la doppelgänger en el espejo. Se había marchado. Estaba sola. Respondí el teléfono, pero ya habían colgado. Se trataba de un número que no tenía registrado. Devolví la llamada a ese número. Era la doppelgänger para decirme que aun no terminábamos y que volvería a marcarme más tarde. Su voz me parecía muy familiar. Será porque era idéntica a la mía. Ya la había escuchado antes, pero era como si las anteriores veces la hubiera escuchado "dentro" de mi cabeza y en esta ocasión la escuchaba "fuera" de mí.

¿De verdad me estaba volviendo loca? No estaba bajo el efecto de ninguna de mis drogas de prescripción, lo que me sugería que tal vez ya estaba cruzando el punto sin retorno. Lo que no me pasó en el año de peregrinaje en el mundo de la putería de paga, me venía a pasar justo ahora. He ahí la ironía de mi vida.

Tenía varios días sin saber nada de Mateo. Decidí marcarle, pero no tuve suerte. Tenía apagado su teléfono. Yo acababa de decirle a la detective Olvera que él había mentido en su declaración, que éramos amantes y que habíamos pasado la noche juntos. Por supuesto él no era considerado sospechoso y era comprensible que mintiera, pero por un asunto más bien moral, no porque fuera responsable del crimen de su padre. De igual forma, la bruja otra vez iba a ser interrogada ya que había mentido para corroborar la coartada de Mateo.

El teléfono volvió a sonar, pero ya no respondí. Lo dejé sonar. Ni siquiera vi quien era. Quien fuera podía esperar. En ese momento tocaron a la puerta de mi departamento. Era Editor, que había ido a buscarme para decirme que acababan de arrestar a Marie Süe.

— ¿Qué? ¿Cómo, Editor? ¿Por qué?

— Encontraron las tijeras, Roberta. Ella las tenía. También tenía un kimono tuyo manchado de sangre. ¿Comprendes? La sangre de Nanak. Ella estuvo siempre detrás de todo. Ella es la asesina. En este momento están analizando la sangre y las tijeras. La detective Olvera la está interrogando.

No podía creer lo que me decía. No es que dudara de que la bruja fuera capaz de asesinar a Nanak.

La mujer estaba loca, pero si ella lo había asesinado ¿por qué no se había deshecho de la evidencia? Quise saberlo. También le pregunté cómo se había enterado.

— Tengo amigos en la policía. Me han estado informando todo lo referente al caso. Pienso que Marie Süe quería que te culparan a ti. Lo asesinó la noche previa a la boda y supongo estaba esperando el momento oportuno para plantarte las evidencias y hacerte ver cómo la asesina.

— ¿Por qué no las dejaría en la escena del crimen?

— No serviría de nada. Sólo es ropa manchada de sangre. Eso no prueba que tú lo hubieras asesinado. Supongo que quería que a ti te encontraran en posesión de ellas. De esa forma parecerías culpable.

Entonces comprendí que probablemente Marie Süe llevaba planeando el crimen con bastante anticipación. Era posible que hubiera robado las tijeras y el kimono de mi departamento con esa intención. Pudo hacerlo cualquier noche. A menudo cuando nos acostábamos yo caía fulminada de tanto alcohol y drogas. Y yo no sabía con exactitud cuándo los había extraviado.

— Aunque las tijeras sean tuyas, dijo Editor, va a ser complicado que encuentren tus huellas en ellas, porque con toda la sangre ya deben de haber sido borradas. Además, en todo caso deberían de estar las de ella, aunque es probable que hubiera usado guantes. El hecho de que Marie Süe tuviera las pruebas la hacen parecer culpable. No sé cómo va a explicarle eso a la detective.

— ¿Y cómo las descubrieron? Pregunté. Las pruebas, me refiero a las tijeras, ¿cómo supieron que ella las tenía?

Mateo fue quien las encontró y fue quien avisó a la detective. Mateo las encontró en el departamento de Marie Süe. Entendió que ella había asesinado a su padre y de inmediato la entregó. Ni siquiera lo dudó. En este momento está presentando su declaración. ¿Lo entiendes, Roberta? Tú no hiciste nada.

Todo tenía sentido. Yo no había asesinado a Nanak. Esa versión de los hechos cuadraba con la realidad. Sin embargo, no dejaba de sentirme extraña, como si algo aun no terminara de encajar, pero no sabía cuál era la pieza del rompecabezas que faltaba.

Ese mismo día encarcelaron a Marie Süe. Además de estar en posesión de las tijeras y el kimono, encontraron su ADN en la cama de Nanak. Definitivamente la bruja tuvo sexo con él la noche del homicidio.

Todas las pruebas terminaron por hundirla.

Encontraron varios testigos que declararon que la bruja había estado en la despedida de soltero y que los vieron irse juntos del Penthouse hacia la casa de Nanak en la Condesa. Ahí tuvieron sexo y después lo asesinó. Lo más probable es que todo lo hubiera planeado con bastante anticipación. Por eso había robado las tijeras y el kimono. La noche de la despedida de Nanak seguro las tenía consigo. Después se las llevó, y sólo esperaba encontrar la forma de plantarlas en mi casa para incriminarme.

Lo que no sabía era cómo Mateo había encontrado las pruebas. Y si las encontró en su departamento lo más probable es que a pesar de todo siguiera acostándose con ella. Ya no entendía si Mateo sólo era un adolescente lujurioso, o de verdad Marie Süe lo tenía embrujado.

Cuando hablé con él me dijo que había recibido un mensaje anónimo en su celular, donde le decían que la bruja era la asesina de su padre y que las pruebas las encontraría en su departamento. Dijo que pensó averiguarlo por sí mismo, que la fue a buscar, tuvieron sexo y se quedó a dormir. Me explicó que puso somníferos en su trago para noquearla y registrar tranquilamente el departamento. Una vez que encontró las pruebas se fue a buscar a la detective.

A la mañana siguiente la bruja despertó aturdida, con dolor de cabeza y descubriendo que la policía estaba en su puerta con una orden de aprehensión en su contra acusada del homicidio de Gurú Nanak. Todo había terminado. Marie Süe esperaba el juicio y la sentencia. Sin embargo, yo seguía teniendo dudas. Me parecía demasiado sospechosa la forma en que todo se había descubierto y arreglado. Por ejemplo ¿quién le envió el mensaje a Mateo para decirle que Marie Süe era la asesina de su padre? Es decir, alguien más sabía, pero ¿quién?

La detective Olvera no quiso enterarse de eso. Ella tenía pruebas, el ADN en la cama de Nanak, y el arma homicida. Sobre el móvil para asesinarlo se llegó a la conclusión de que era una de esas fanáticas que prefieren verlo muerto antes de compartirlo con alguien más. Además, me odiaba. De esa forma se deshacía de ambos en un solo movimiento. Eso sin contar con que probablemente se quedaría con Mateo si yo terminaba en prisión. De alguna forma Marie Süe deseaba ser la reina única en el Centro de Meditación de Gurú Nanak.

Solicité verla, pero fue complicado. Al principio me dijeron que se negó. No quería siquiera verme, mucho menos hablar conmigo. Marie Süe alegaba que era inocente y jamás aceptó haber asesinado a Nanak. Dijo que alguien había plantado las evidencias en su casa, que ella jamás había visto las tijeras.

Señaló que sí había estado con Nanak tanto en la despedida de soltero como en su casa. Ahí se acostó con él, pero éste no dejó que se quedara. Al parecer Nanak ni siquiera la reconocía. Con lo borracho que estaba la confundió con una de las suripantas del prostíbulo donde celebró su despedida de soltero. Le dio algo de dinero y la despachó. Ni siquiera le pidió un Uber. Ella tuvo que hacerlo desde su cuenta.

La detective Olvera investigó y llamó a declarar al conductor del Uber quien terminó de hundirla. Afirmó haber pasado por ella al domicilio de Nanak y que ésta presentaba una conducta errática, incluso violenta y agresiva. Dijo haber sido grosera y que actuaba de forma sospechosa, como si huyera de algo o de alguien. La hora coincidía con la muerte del gurú. Los testigos de la despedida de soltera también confirmaron que esa noche Marie Süe actuaba de manera errática y que incluso parecía que iba disfrazada. Era como si todo el tiempo hubiera intentado ocultarse o fingir ser alguien más. A la detective Olvera no le quedaron dudas y la arrestó.

Marie Süe pensó que Fabiana la apoyaría y la representaría en el juicio. Sin embargo, ésta al ver la gravedad del caso decidió echar marcha atrás con esa relación y terminó declarando en su contra. No sólo no quiso representarla, sino que declaró que Marie Süe estaba obsesionada tanto conmigo como con Nanak, que todo el tiempo la había manipulado para ponerla en contra mía. Aceptó que había sido ella quien la había invitado a la despedida de soltera pero que eso había sido porque el mismo Nanak se lo había sugerido. En pocas palabras, se lavó las manos y abandonó a la bruja a su suerte. No le convenía ponerse de su lado y menos si deseaba seguir al frente del Centro de Meditación. Gurú Nanak estaba muerto, pero Bruno y Mateo seguían con vida. Había mucho camino por recorrer.

El juicio se llevó a cabo y la declararon culpable por homicidio calificado, le dieron una sentencia de 22 años y seis meses. Dejé pasar unas semanas a que las cosas se tranquilizaran. Yo seguía teniendo la intención de hablar con ella. Editor me ayudó a hacer las gestiones, y después de mucha insistencia la bruja aceptó verme. Fui a encontrarme con ella. Quería verla a los ojos y que me dijera por qué lo había hecho.

Lo que me encontré fue a una Marie Süe diferente. Resignada, derrotada, abatida, sin maquillar, todavía más delgada. No era la misma bruja que había conocido yo. Estaba sola, no tenía a nadie. Sus sueños y expectativas acababan de esfumarse. A pesar de ser joven su sentencia era larga.

Al salir de prisión sería ya una mujer de 50 años. ¿Qué le esperaba? Lo único que conservaba idéntico era el rastro de la sangre. La misma que había percibido en ella el día que Lorena me la presentó. Ya no vi más a Magdalena, ni a Marie Süe en ella. Ahora sólo percibía a Mariana, "la hadita", como ella solía llamarla. Descubrí que había más de la niña asustada que de la prostituta.

La visita no duró mucho tiempo. Marie Süe seguía renuente a hablar conmigo. Fui directo al punto y le pregunté por qué había asesinado a Nanak.

— Ya deja de fingir, Roberta, dijo. Tú mejor que nadie sabes lo que yo sentía por él. Yo lo amaba y admiraba como nadie, yo sería incapaz de asesinarlo. Y tú lo sabes, pero no moviste un dedo para defenderme.

Sabía que no iba a conseguir nada de ella, y así fue. Pude ver en su mirada que decía la verdad. Al menos ella lo creía. Ella no había matado a Nanak. Volví de la cárcel con más preguntas que respuestas. El rastro de la sangre chorreando en el cabello de la bruja era intenso. Salí del lugar con un sabor a cobre en la boca que no logré quitarme en días a pesar de las cantidades obscenas de alcohol que bebí.

Editor comenzó a organizar una gira promocional para mí. Deseaba mantenerme entretenida antes de que sufriera algún colapso nervioso y tuviera que internarme otra vez. Cuando el homicidio de Gurú Nanak llegó a los medios yo me volví tendencia en las redes sociales. Pasé de zorra punk intelectual a viuda negra. Mis seguidores me adoraban. Todo a mi alrededor estaba manchado de sangre. El hecho de haber sido sospechosa y después terminar siendo libre hizo que me volviera todavía más popular que mis libros. Mi personaje me atrapó. Y aprovechando eso, Editor vio la forma de matar dos pájaros de un tiro. Por un lado, me ayudaba a distraerme y por otro, hacerme promoción en vísperas de mi nuevo libro.

Antes de iniciar la gira, justo una semana antes, recibí una noticia: Marie Süe estaba muerta. Acababa de ser asesinada la noche anterior. Al parecer se había enfrascado en una riña con un grupo de presas quienes en algún momento habían sido grupis de Gurú Nanak. Entre seis o siete la acorralaron y la atacaron en la lavandería donde le cortaron la garganta y la dejaron desangrar.

Lo sabía, el rastro de la sangre en ella me lo había advertido desde el principio. Cero y van tres, pensé. Primero Alexa Galaxia, después Luna Lanz, y ahora Marie Süe. La gente a mi alrededor con rastros de sangre siempre termina asesinada. Bueno, en realidad eran cuatro si cuentas a Nanak, sólo que él no me importaba, por eso yo no lo contaba.

EL VINO DEL ASESINO:

LA OSCURA NOCHE DE LA REVELACIÓN Y LOS LAMENTOS

En cuanto me enteré de la muerte de Marie Süe decidí hacerme cargo del funeral. Sabía que nadie más lo haría. Por alguna razón que aún no alcanzo a comprender decidí hacerlo, sin importar lo que dijeran los demás.

"Quiso incriminarte", me dijeron.

Sí, era cierto que Marie Süe había querido hundirme, pero nosotras teníamos nuestra historia. La sangre en ella de alguna forma tendía un puente entre nosotras.

Como no éramos familia, al principio se negaron a entregarme el cuerpo, pero luego Bruno intervino por mí. Hizó algunas llamadas, jaló de algunos hilos y sus contactos terminaron inclinando la balanza a mi favor. De esa forma me entregaron el cuerpo y pude hacerme cargo del funeral.

— ¿Qué caso tiene que hagas esto? Preguntó Editor quien me apoyó en los trámites. ¿Para qué haces un funeral al que nadie va a asistir?

Precisamente, Editor, respondí. Pero no te preocupes, no tienes qué entenderlo. Marie Süe y yo tuvimos un lazo. Es todo.

Tal como lo predijo Editor, al funeral no fue nadie, excepto Bruno, quien estuvo ahí, no por la bruja, sino para acompañarme a mí. Ni siquiera Lorena fue, y eso que le insistí. Me mandó por un tubo e ignoró mi invitación.

Tampoco Fabiana, ni Mateo se acercaron por obvias razones. Eso sin contar con que me vieron con malos ojos desde ese instante. No podían creer que hiciera eso con la asesina de Nanak, quien al final había cosechado lo que ella misma había sembrado. Ojo por ojo, dijeron. El karma la alcanzó en prisión y no lo lamentaban.

Esa noche sólo éramos tres, en silencio y oscuridad. El cuerpo sin vida de Marie Süe, Bruno Pesadilla y yo. El olor a sangre dominaba el ambiente. Reinaba la paz en el lugar. Todo era tan silencioso que comencé a disfrutarlo de verdad.

Entonces, en medio de esa calma, le pedí a Bruno que me hablara con la verdad y que me contara qué era lo que había pasado la noche del asesinato. Yo sabía que allí había algo más y nadie me lo decía. Unos porque lo ignoraban y él no sé si por protegerme.

El asunto es que yo sabía que no era toda la verdad y deseaba llegar hasta el final sin importar el precio. ¿Ya qué más podía pasar?

— Déjalo ya, Bobby Brown, dijo, ya fue, ya está hecho. Es agua pasada.

— Nada de agua pasada, Bruno, es agua congelada, atascada, agua afilada que me hiere por dentro. Sé que de alguna forma tú estás detrás de esto y yo también. ¿Fuiste tú quien le dijo a Mateo que Marie Süe asesinó a Nanak?

— No aquí, Bobby Brown, esto es un funeral. La muerte está presente. Los muertos son portales. El Extranjero…

Ni siquiera dejé que terminara la frase. Sabía hacia dónde iba con eso.

— No le tengo miedo a la doppelgänger, Bruno, y tú tampoco deberías hacerlo.

— Lo que no entiendes, es que es a ti a quien te protejo, pero no del Extranjero, te protejo de ti misma, es todo.

Y ahí estábamos de nuevo con el viejo discurso. Esta vez lo dejé correr.

Conocí a tu doppelgänger incluso antes de conocerte a ti. Como ya te dije, descubrí al Extranjero en la Habitación Espejo, la primera vez que me interné en la clínica de rehabilitación. Desde entonces sé muchas cosas sobre ti. Claro que no le temo a tu doppelgänger, tampoco a ti, por supuesto, pero sé que debo estar al tanto de ti antes de que hagas algo peligroso.

— Sólo ve al punto, Bruno, le dije. La noche del homicidio, ¿qué pasó?

Esa noche como sabes, acompañé a Nanak a su despedida de soltero, y fuimos a un antro de strippers. Y ahí fue donde la vi, a tu doppelgänger. Sé que no eras tú, sino tu doble. Con el tiempo aprendí a distinguir a una de la otra. Cualquiera pensaría que son idénticas, pero no lo son, al menos no del todo. Además, cuando aparece la doppelgänger la atmósfera adquiere un olor y sabor a cobre. Esa noche, ahí estaba Marie Süe, invitada por Fabiana. Sabía que algo tramaba, pero lo dejé pasar. Me levanté y sin decir nada me fui detrás de la doppelgänger. En momentos la perdía, pero volvía a encontrarla. Estuve detrás de ella varias horas hasta que llegamos a la Condesa, a la casa de Nanak. Entonces comprendí por qué me había llevado allí, pero era demasiado tarde.

— ¿A qué te refieres? ¿Tarde para qué?

— Vi salir a Marie Süe, subirse a un Über y marcharse. Después te vi a ti abriendo la puerta con las llaves de la casa. Eso me extrañó. No sabía que tú tuvieras copias. Estaba confundido. Tú estabas entrando a casa de tu prometido vestida con un kimono, a las 3 de la mañana.

Decidí acercarme a observar. Me colé en el patio trasero para ver si podía ver algo a través de la ventana de la habitación de Nanak, pero no alcancé a ver nada. No sabía si sólo habías ido a verlo, a hablar con él o a acostarte con tu prometido. Ni siquiera imaginé que pudieras hacerle daño. Decidí mantenerme cerca, a la expectativa. No escuché gritos ni nada alarmante. Minutos después te vi saliendo de la casa con el kimono manchado de sangre y las tijeras en la mano. Estabas en trance. Sabía que no estabas consciente. Tu mente estaba errante en la Habitación Espejo. Era como verte en estado de hipnosis. ¿Me explico?

— ¿Y qué pasó después?

— Decidí seguirte. No sabía si despertarte. Tu caminaste serena hacia la Honda, la encendiste y te marchaste. Nadie, excepto yo, te vio con el kimono manchado de sangre y las tijeras en la mano. Me fui detrás de ti. Pensé que en algún momento te desharías de las tijeras y del kimono, pero no lo hiciste. Llegaste, te estacionaste y antes de subir, te paraste frente a los botes de basura, te quitaste el kimono, envolviste las tijeras y tiraste todo a la basura. Después sólo te fuiste a tu departamento tan tranquila como si nada hubiera pasado. Yo recogí las evidencias y me largué. No sabía que hacer con ellas. Decidí esperar. Luego vi que tanto Fabiana como Marie Süe querían hacerte parecer culpable y entendí que tarde o temprano iban a dar contigo. Así que actué para protegerte. Planté las pruebas en casa de la bruja y avisé a Mateo. El resto ya lo sabes. Supongo que por eso no me deshice de las evidencias desde el primer momento. Sabía que podían serme de ayuda más adelante y así fue. Tú asesinaste a tu prometido, pero las pruebas apuntaron hacia Marie Süe.

— *Y ahora ella está muerta y yo soy libre*, dije. Necesito embriagarme. Bruno, vámonos al diablo.

Bruno y yo cruzamos el umbral de la Habitación Espejo. Eso quedaba. Estábamos dementes y malditos. Y lo peor de todo era que no había lamentos en ninguno de nosotros. No había siquiera el mínimo asomo de culpa. Sólo complicidad, silencio y sombras.

Antes de salir de la funeraria, le pedí que me dejara a solas con el cadáver de Marie Süe. El ataúd estaba abierto. Deseaba verla por última vez y largarme para siempre. La miré y noté una sensación de humedad y un sabor a cobre en el ambiente. Todo comenzó a oscurecerse. No se escuchaba nada, ni dentro ni fuera de la sala. Miré el rostro sin vida de Marie Süe y sentí un escalofrío. No me asusté, pero sí sentí que la piel se me erizaba.

El Extranjero, la doppelgänger, pensé.

Me di prisa y cerré el ataúd. Me costó trabajo, sin embargo, una vez que entendí el mecanismo lo cerré y justo cuando lo hice algo sucedió. Fue algo similar a un corto circuito o un apagón, pero no en la sala, sino en mí, en mi mente, en mis registros, en mi conciencia. Fue como si algo al interior de mi cabeza hubiera hecho clic al momento de cerrar el ataúd y con esa acción algo hubiera detonado el corto.

Hay un par de semanas que no tengo registradas en la memoria después de ese momento. No sé si me desmayé, si perdí el conocimiento o qué pasó. No sé si me fui con Bruno como había planeado. No se si me fui sola, si me llevaron a un hospital. Perdí la memoria de esas semanas. Presiento que estuve consciente durante todos esos días, pero lo que no tengo son los recuerdos, como si mi mente estuviera despierta y activa, pero se negara a almacenar los archivos. Presiento que la mayoría de las personas con las que conviví durante esas semanas ni siquiera se dieron cuenta, ya que nadie me contó nada extraño referente a esos días. Supongo actué normal. El único asunto es que perdí la memoria de esos días.

No sé qué hice, ni con quién estuve. No sé si robé un banco, si tuve sexo, o si estuve encerrada llorando a solas en mi departamento. No sé si me fui de compras en la Honda, o si escribí un nuevo libro. Sé que no me metí en problemas porque nadie me buscaba, pero cuando recuperé la conciencia me sentía diferente.

Y fue entonces que abrí los ojos. Me encontraba sentada en el suelo húmedo, al interior de un túnel. Apestaba a mierda y meados de vagabundos. Sudaba y tenía mucho frío. Me ardía la cara. Terminé por recuperar el conocimiento y vi que sostenía una navaja de peluquero en la mano. Chorreaba sangre. Toqué mi rostro y supe lo que acababa de hacer. Me corté yo misma la cara con la navaja desde la parte superior de la mejilla izquierda hasta la comisura de la boca. Sangraba. No sabía por qué lo había hecho. Me di cuenta de que estaba allí refugiándome de la lluvia.

Entonces la escuché. Esa voz me era familiar. Recordé a la doppelgänger, pero no era ella. Era alguien más. No podía verla entre la densa oscuridad. Era una mujer que me llamaba por mi nombre.

— Levántate, Roberta, me dijo, ven, te llevo a casa. Vámonos de aquí. Hueles a mierda.

— Marie Süe… dije, tú estás muerta.

— Cállate. No sabes lo que dices, Roberta, las brujas no podemos morir. Ven conmigo. Necesito que hagas algo. A partir de hoy tú serás Matilda.

— ¿Qué quieres que haga? Pregunté

— Vas a escribir un libro por mí.

— Un libro ¿sobre qué?

— Ya te iré contando. Se va a llamar: *"Calle La Noche"*

Me levanté y tomé su mano, caminamos por el túnel rumbo a la ciudad. Afuera caía una intensa lluvia. A pesar de eso, el olor a sangre dominaba el ambiente. Nos fuimos de la mano, por las desoladas calles de la Ciudad de México. No sé si había terminado por perder la cordura, pero estaba en paz, como si la lluvia danzara y cantara para mí. Hacía mucho tiempo que la realidad había dejado de importarme. Al final de cuentas ¿Qué es la realidad? Una historia que uno se narra día con día, cada mañana, al despertar y abrir los ojos, con la esperanza de que éste sea el día definitivo en que logres cumplir tu sueño y escapar de ti. El día del ocaso, el día de la pérdida de la memoria permanente. El día que conocerás la eternidad.

* 9 7 8 6 0 7 6 3 3 4 7 8 2 *